壹妃傳

第一部

二

著—解語—

熹妃傳

目錄

第五十八章 人生如戲

胤禛仔細打量了伊蘭一眼後對凌若道：「眉清目秀，長得和妳很相似，叫什麼名字？」

「回貝勒爺的話，小妹名喚伊蘭。」凌若依言回答。

「伊蘭花的伊蘭嗎？」年氏在一旁問，待凌若點頭，她嫣然一笑道：「此花在京中少有人識，倒不想有人會此花為名。」

凌若欠身道：「妾身阿瑪在小妹出生前，曾在江南見過種植在那裡的伊蘭花，很是喜歡，便以此命名，希望小妹能如伊蘭花一般柔美婉約。」

年氏黛眉一挑，朝胤禛道：「凌福晉妹妹將來如何妾身不知，但妾身卻知她定是很怕冷。」

「何以見得？」胤禛撫著靈汐嬌柔的小臉問，流露出幾分好奇之色。

年氏笑吟吟地朝站在凌若身邊的伊蘭努了努嘴：「若非怕冷，怎的才九月初便已穿上了棉襖？又不是下雪天，瞧咱們靈汐格格也不過單衣夾襖而已。」

伊蘭小臉一白，低頭略有些不安地拉扯著那身簇新但明顯與時令不合的彈花棉襖，凌若還未來得及說話，宋氏已走過來，不由分說地拉住伊蘭的手故作關心道：「小小年紀照理來說不該這般怕冷才是，是不是身子不舒服……咦，手怎麼這麼熱？」她眉頭微蹙，翻手用力掰開伊蘭蜷在一起的手掌，只見那小小的手心盡是黏膩的溼汗，再看她額頭與脖子，皆滿布細密的汗珠。

「小妹無病，不勞宋福晉掛心。」凌若隔開宋氏，將伊蘭拉到懷中，神色警惕地道。

宋氏噙了一抹不易察覺的冷笑道：「既是無病，為何明明熱得出汗還要身著棉襖？難道凌福晉的妹妹只得這一身粗布棉衣嗎？」

宋氏故意說得極大聲，每一個字皆清晰傳入所有人耳中，在場者無一個是簡單者，只要稍稍一想，再看伊蘭這身新得明顯是第一天穿的衣裳便明白其中玄奧，紛紛掩嘴輕笑，眼中盡是輕蔑之色。

伊蘭本就是為了怕人看輕嘲笑，才將最好的衣裳穿上身，未曾想還是被人拿來說事取笑，一張小臉漲得通紅，無助地絞著衣角，不知如何為好。

凌若怎會看不出這是年氏與宋氏一唱一和，在針對自己，要令伊蘭乃至自己出醜？但一味退讓只會讓她們得寸進尺，更何況她們還辱及家人，當下斂袖朝面帶自得之色的宋氏道：「伊蘭雖不只這一套衣裳，但姊姊口中的粗布麻衫，確已是伊蘭最好的衣裳了。妹妹阿瑪雖是四品京官，但他一向清廉自居，從不取朝廷俸例之外的銀子，他常說：為官者既領了朝廷俸祿那就該為君分憂，為民請命，若一心只想著貪圖安逸，中飽私囊，如何能對得起君王的信任，對得起百姓的期盼？是以不論家中日子如何艱難，阿瑪都堅持不取一分不廉之銀。」說到這裡凌若不著痕跡地瞟了胤禛一眼，見他神色動容，便知自己的話已打動了他。

近一年相處下來，她知道胤禛平常最恨貪官，最敬心懷百姓的清官，這番話看似在對宋氏說，實則皆是說與胤禛聽，只要胤禛傾向自己，任憑宋氏使盡渾身解數也翻不出什麼花樣來。

她幽幽地嘆了口氣道：「阿瑪一人要養一家老小，只憑那些個俸銀根本不夠用，是以額娘和妾身在家時，常會做些針錢活拿去換錢補貼家用，平時家中吃飯只有逢年過節才會看到葷腥。至於這衣裳，一年能有一件新的便算不錯了。」凌若這話半真半假，日子拮据是真，但要說逢年過節才能吃到葷腥便有些誇張了，畢竟在凌柱得罪石厚德之前，外省孝敬的冰炭敬還是有的。

嫡福晉大為感動地道：「想不到凌大人是個如此清廉自律的官員，我大清若能多一些像凌大人這樣的清官，何愁不能長盛不衰？貝勒爺您說呢？」

「福晉說得不錯。」胤禛點點頭，看向凌若的目光又柔和了幾分。「沒想到妳之前過得這樣清苦。」

凌若搖搖頭。「一家人能夠開開心心在一起，這些苦算不得什麼。反而是現在……」目光越過臉色漸漸難看的年氏，落在低頭不語的伊蘭身上，含了一抹無奈的苦澀道：「妾身覺得很對不起妹妹，她滿懷期待而來，為怕失禮於人前，不惜忍著酷熱，將本應該冬天才穿的棉衣穿上，不想臨到頭卻被人恥笑了去。」

「姊姊！」伊蘭本就心裡難受，眼下聽得這話哪還忍得住，埋頭到凌若懷中低低抽泣。家中雖說不富裕，但阿瑪、額娘以及長兄、長姊都待她若珍寶，往常有什麼要求，只要他們能做到無一不滿足，從沒人這樣夾槍帶棒的諷刺她，且還是在大庭廣眾之下。

「莫哭了，是姊姊不好，連累妳被人笑。」凌若口中叫伊蘭莫哭，自己卻忍不住掉下淚來。

嫡福晉最是心軟，見她們一哭，自己眼睛也跟著紅了，忙道：「快都別哭了，這等會兒還要看戲，妳們這樣一哭誰還有心情看戲啊。」說到這裡她目光一轉，含了些許不悅道：「宋福晉……」

她責備的話還沒說出口，年氏已經先一步道：「我想宋福晉也是無心之言，並非存心，是凌福晉與她妹妹太過敏感了，貝勒爺您說呢？」

胤禛正在餵靈汐吃東西，聞言抬起頭睨了略有惶恐之色的宋氏一眼，淡淡道：「妳也是府裡的老人了，往後說話仔細些，不要再說不該說的話。」

「是，妾身謹記。」宋氏連忙答應，心有餘悸地退回到自己座位上，她本想藉機羞辱鈕祜祿氏一番，沒想到對方這麼狡猾，令自己偷雞不成反惹來一身騷。適才若非年福晉及時打斷嫡福晉替她說話，只怕自己不能這樣輕易過關。

見胤禛已經發了話，那拉氏也不好再說什麼，遂對翡翠道：「速去找一身適合伊蘭姑娘穿的衣裳來。」

這話卻是令翡翠發了難，找身衣裳不難，可要找適合八、九歲女孩穿的衣裳卻是極難，縱觀整個貝勒府，與伊蘭年紀相仿又同是女孩的也就靈汐格格一人，難道她去找靈汐格格要嗎？

正當翡翠為難之際，一直沉默不語的靈汐突然拉了拉胤禛的衣裳，艱難地吐出數月來少得屈指可數的話：「我……衣裳……多……給她。」

儘管因許久不曾說話，令靈汐的聲音聽起來沙啞乾澀，但這並不妨礙胤禛的驚訝與激動。這些日子來他想盡辦法都不能讓靈汐開口，沒想到今日她會主動開口。

他緊張地撫著靈汐的肩膀道：「汐兒，妳……妳再說一次給阿瑪聽好不好？」

「我……衣裳……多……給她。」靈汐指了伊蘭，一字一句艱難地重複相同的話，儘管言詞不順，但足以讓人明白她的意思。

「好，依妳，都依妳！」胤禛激動地點頭，只要靈汐願意與人交流，不將自己封閉起來，她想要天上月亮都行，更甭說區區幾件衣裳。

李氏亦是激動地不得了，盼了這麼久終於盼到女兒開口；她不顧自己有孕在身，快步過來緊緊摟住靈汐，含淚道：「女兒，額娘的女兒，妳終於肯再說話了，妳知不知道額娘等得心都快碎了。」

許是李氏的激動嚇到了她，又許是李氏抱得她過於緊，靈汐眼中流露出不安之色，雙手掙扎著欲往胤禛身上靠；她手剛一鬆動，靈汐便迅速爬到胤禛身上，緊緊抱住說什麼也不放，令李氏好不尷尬。她是靈汐的親額娘，可靈汐對她卻彷彿陌生人，反對胤禛極是依賴。

胤禛拍著靈汐的背，輕聲安慰了一番後對失落的李氏道：「妳這樣激動會嚇到靈汐，她現在肯開口說話，說明情況正在好轉，慢慢來，讓她一點一點適應吧。」

「是，妾身知道了。」李氏訕訕地答應一聲，轉頭對跟在身後的晴容道：「按格格吩咐，去將她那套新做的鵝黃銀紋撒花衣裳拿來給伊蘭姑娘換上，另外再拿幾套格格不常穿的衣裳，疊好給伊蘭姑娘帶回去。」

晴容很快便取了衣裳來，在凌若的示意下，伊蘭接過衣裳，正要隨墨玉上樓更衣，忽聽得嫡福晉道：「貝勒爺，難得靈汐肯為伊蘭說話，可見她們投緣，又是一般年紀，往後不如讓伊蘭多入府陪陪靈汐，說不定對她的病情有所幫助。」

胤禛先看向靈汐，見她微微點頭，遂帶了一絲笑顏道：「這倒不失為一個好主意，只不知若兒與她妹妹願意與否？」

凌若尚未答話，伊蘭已經欣然跪下道：「回貝勒爺的話，伊蘭願意。」她喜歡富麗堂皇的貝勒府，喜歡這裡展現的一切，眼下有機會自由出入，自無拒絕之理。

凌若原想推辭，她不願唯一的妹妹蹚貝勒府這趟渾水，可伊蘭自己都答應了，她再反對也說不過去，只得欠身同意：「妾身也希望靈汐格格能快些好起來。」

那拉氏頷首道：「那就這樣定了，改明兒我與高福說一聲，讓他們從今往後不得阻攔伊蘭入府。」

伊蘭歡喜不已，在謝過恩後歡歡喜喜地隨墨玉上樓更衣，待她換好衣裳下來時，戲已經緊鑼密鼓地開始了，所有人都將注意力放在戲臺上。

伊蘭在凌若身邊坐下後，睨了不遠處的年氏與宋氏，皺著眉頭附在凌若耳邊小聲地道：「姊姊，我不喜歡年福晉和宋福晉。」剛才的事讓她很反感。

凌若微微一笑，抓過一把瓜子放到她秀氣的手掌中，輕聲道：「姊姊也不喜歡，但很多時候喜與不喜不可以隨意表現在臉上。往後妳會經常出入貝勒府，此處規矩大、人也多，旁的姊姊可以慢慢教妳，但有一點妳要記住，千萬不要讓人猜到妳心裡在想什麼。」

「嗯，伊蘭記下了。」對於姊姊的話，伊蘭並不是很明白，但她知道姊姊這樣說一定是為自己好。

「記下就好，看戲吧。」凌若一笑，不再多言。她知道自己這樣說是為難伊蘭了，說到底她只是一個尚不足十歲的孩子，莫說閱歷，就是心智也遠未成熟，要想做到喜怒不形於色談何容易，縱是她自己都未做到，但這根弦必須時刻繃在心中，萬萬不可鬆懈。

臺上演的是北宋時期邊關守將楊繼業的孫媳婦穆桂英為朝廷立下赫赫戰功，但被奸臣所讒被逼辭官歸田，過著長達二十年的退隱生活，直至西夏暴亂，朝中無人，欲用穆桂英掛帥出征，最穆桂英拋棄私憤與丈夫及兒女並肩作戰的故事。

集慶班不愧是遠近聞名的戲班，臺上生、旦、淨、末、丑皆功底紮實，表演起來一板一眼，尤其是演穆桂英的那名青衣，唱腔圓正，動作剛中帶柔又如行雲流水，極是好看。

沒有人注意到葉秀看向青衣的目光帶著幾分說不出的怪異，像是嫉妒又像是矛盾。

那拉氏細細剝了一個柑橘，又將瓤上的白筋盡皆挑乾淨後才遞給胤禛，面上帶著一如既往的柔和笑容。「今年江南進貢來的橘子甘甜多汁，極是不錯。」

胤禛接過後道：「我記得妳很喜歡吃橘子，高福可有多送一些去妳那裡？」

「送了許多，妾身一人根本吃不完。翡翠從民間弄來一個方子，說是可以做橘子酒，妾身便將多的橘子皆交由她尋來的製酒師去弄，也不知能不能真做出酒來。」那拉氏又剝了一個餵給靈汐吃，靈汐對她倒不抗拒，每次都乖乖張嘴，直到吃了四、五瓣後才搖頭拒絕。

「若說府中誰最喜歡吃橘子，非葉福晉莫屬，可惜橘子雖美味但易上火，葉福晉如今有孕在身不宜多吃。」橘紅色的燈盞灼灼照在那拉氏臉上，閃爍著溫潤的光芒，宛如一塊美玉，她的目光駐留在胤禛臉上。「記得葉福晉剛進府那陣子，貝勒爺最喜看她唱戲，妾身還記得葉福晉最拿手的也是這齣穆桂英掛帥，演得當真唯妙唯肖，比臺上的那名青衣還要好。」

那拉氏的話勾起胤禛心中深藏的記憶，不是葉秀，而是另一個女子，一個令他為之瘋狂的女子。求不得，放不下，他從未真正能夠將湄兒放下，所以他的痛苦也從未終止過。

他寵葉秀，將她由一個格格晉為福晉，只是因為看她唱戲會讓他想起與湄兒一道在宮中看戲的那些快樂日子，真想……真想再回到從前……

胤禛還未說話，那拉氏忽地打量了臺上的青衣一眼，奇怪地道：「貝勒爺覺不覺得演穆桂英的那名青衣，其動作細微處與當初葉福晉登臺時很相似，像是一個師父教出來的一般？」

「物有相同，人有相似，或許只是巧合吧。」胤禛地回了一句，一口飲盡年氏剛替她斟好的酒，藉此壓制有些煩亂的心情。

「也許吧。」那拉氏口中應著，但心裡的疑惑始終揮之不去，幾乎是同時，凌若亦側了頭自言自語：「咦，我怎麼覺著臺上那名青衣有些眼熟，彷彿在哪裡見過。」越看越覺得像，可惜青衣臉上繪著彩妝，令人無法看真切她的模樣。

正自奇怪時，伊蘭突然放下喝了一半的羊奶捂著肚子小聲道：「姊姊，我肚子好疼啊。」

凌若倏地一驚，連忙扶了她小小的身子道：「好端端的怎麼肚子疼了，是不是吃壞東西了？」

伊蘭小巧的五官皺成了一團，忍痛道：「我也不知道，剛剛喝羊奶時還好端端的，突然一下子就腹痛如絞了。」

因為伊蘭年紀尚幼，不宜多喝茶，所以嫡福晉特意讓人去給她端了一盅與靈汐一樣的溫熱羊奶過來，沒想到剛喝完沒一會兒就說肚子疼了。照理說不應該啊，待看到桌上吃了一半的柑橘和鳳梨，她頓時明白過來，必是冷熱交替之下不慎傷了腸胃。

「不行了，我忍不住了，我要出恭。」幾句話的工夫，肚子更疼了，伊蘭額頭甚至開始冒冷汗。

凌若看她痛苦得緊，顧不得責罵，趕緊讓墨玉帶她出去，本以為很快會回來，誰知足足等了半個時辰也不見人影，派李衛等人出去尋了一圈竟然沒見到蹤影，恭房前也沒人。

這兩人到底去了哪裡？難不成出事了？一想到這裡凌若焦急難安、心神不寧，哪還有心思看戲，趁著無人注意，悄悄領著李衛等人離席四處尋找。

第五十九章　見鬼

出了清音閣，幾人沿著去恭房的路分頭搜尋，幾乎將這一帶搜尋了個遍，可就是找不到伊蘭她們，當真是奇怪了。

「到底去了哪裡？」凌若心急如焚，好好的兩人怎麼說不見就不見了？正著急間，她忽地看到前面燈光處隱約有人影閃過，那背影看著像是墨玉，還急匆匆地不知要去哪裡。

她喚過李衛隨她一起朝那人影追去，一邊追、一邊喊，照理說這隔得也不遠，他們喊這麼大聲應當聽到才是，可「墨玉」不僅不加理會，反而加快腳步拐過一處牆角消失不見，等他們追過去時前方已空空如也，哪還有人影。

凌若打量周圍，訝然道：「咦，這裡不是廚房嗎？怎麼走到這裡來了？」

他們現在站的位置正好是廚房門口，此刻裡頭燈火通明，人影晃動，不時傳來各種聲音，顯是在為看戲的主子、福晉們準備點心。

「主子，奴才覺著事情似有些不對勁，咱們還是趕緊回去吧，至於墨玉和二小姐，只要她們在這府裡總是能找到的。」李衛心思素來縝密，適才只顧追著那像墨玉的身影來不及想事，現在停下來仔細想想，頓時覺著有些古怪，那人彷彿有意引他們來此。雖不知用意為何，卻令他出生一絲不祥的預感。

凌若也覺著不對勁，正待要扶了李衛的手離開，忽地廚房門打開，一名面貌忠厚的中年人提了一個龍鳳銅製大壺走出來。凌若識得他，是府中專門負責做點心的廚子，叫李忠，那松子糕就是出自他之手。

他一邊走一邊回頭催促後頭雙手捧著一個紅漆托盤的徒弟。「走快些，莫讓主子們等急了。」走了幾步忽地看到還來不及走的凌若，頓時一愣，趕緊放下銅壺與徒弟一道行禮。「奴才給凌福晉請安，凌福晉吉祥。」

越不想被人看見就越容易被人看見，世事永遠這麼無常，凌若無奈地收回腳步示意他們起來。「你們這是要去哪裡？」

見她問話，李忠趕緊陪笑道：「回凌福晉的話，奴才剛燒開了一壺水，這不正要去清音閣給主子們沖杏仁茶嗎？倒是福晉，您不是在清音閣看戲嗎，怎麼會來這裡？」

「我家主子剛才經過這裡時不小心落了心愛之物，特意回來找尋。」李衛急中生智脫口而出，也虧得去清音閣確實要經過此處，否則他還真不知要尋什麼理由來才能看起來合情合理。

「不知福晉找到了沒有，要是沒有的話，您告訴奴才是什麼，奴才幫您一道找找。」李忠小心地道。

「罷了，適才尋了一圈也沒看到，也許並非落在此處。」凌若隨意應付了一句，怕他再多問下去會露了馬腳，轉過話題道：「杏仁茶必須要以沸水沖之才好喝，一旦放涼了，再沖可就沖不出那個味道了，你還是快些過去吧，我隨後就來。」

被她這麼一提，李忠也想起來了，這水燒開可有一會兒了，再等下去當真要涼掉，他趕緊答應一聲提了銅壺就走，那小徒弟緊緊跟在後面。

「主子，此處不宜久留，咱們也走吧。」待李忠兩人走遠後，李衛小聲地對凌若道。

凌若點點頭，重新將手搭在李衛臂上，正待邁步，忽地心中一動，拔下髮間的七寶玲瓏簪，略一猶豫後毅然扔進旁邊的灌木叢中。想要讓一個謊言不被人揭穿，最好的辦法就是將這個謊言變成真實。

凌若並不知道就在她離開後沒多久，有道身影出現在她先前所在的位置，在一陣短暫的停留後，那人撿起了那支在黑暗中依然閃爍著耀眼光芒的七寶玲瓏簪。

樹影重重，夜風穿過樹木時似有嗚咽之聲響起，伴著搖晃的樹影，恍如穿梭在這黑暗中的魑魅鬼魅。

明槍易躲，暗箭難防。此時的凌若根本不知一張針對她的大網已經編織完成，正逐漸開始收緊！

待凌若趕回到清音閣時，臺上的戲已經唱至尾聲，李忠正一一為眾人沖泡杏仁茶，獨屬於杏仁茶的純正香味瀰漫了整個清音閣。

「如何？找到伊蘭了嗎？」看到水秀等人已經回來了，她連忙追問，待得知依然沒有消息時，心頓時為之一沉，若伊蘭當真在府中出意外，她要怎麼向阿瑪和額娘交代？

「姊姊！姊姊！」正當凌若六神無主時，突然傳來伊蘭的聲音；顧不得旁邊瓜爾佳氏驚異的目光，她倏然起身往聲音的方向看去，只見伊蘭與墨玉彎著身子快步往她這裡走來。

凌若一把抱住伊蘭撲進懷中的小小身子，猶如抱住失而復得的稀世珍寶，激動不已，待心情平復一些，正要問伊蘭去了哪裡，突然發現手臂下伊蘭的身子微微發抖，再看墨玉也是一臉驚惶不安的樣子。

「可是有事發生？」她知道必是出了什麼事，否則墨玉不會這般模樣。

墨玉接過李衛遞來的茶喝了幾口定定神，方才將之前的事細細描述了一遍。原來她帶伊蘭解完手，在回來的路上不知怎麼一回事，那處的幾座燈樓竟然不約而同齊齊熄滅了。要知那燈樓每一處皆是以銅絲相護，又有專人守護添加燈油，永夜不熄，墨玉在府中也有一年餘，但凡入夜從未見路燈熄過。

有燈時不覺得，如今這一熄卻是漆黑一片，伸手不見五指，彷彿隨時會有怪物從黑暗中跳出來，實在將她們兩人嚇得不輕，墨玉儘管心裡很害怕，但還是努力裝出鎮定的樣子安慰伊蘭，並摸索著沿來時路走去。

路，像是沒有盡頭一般，不論她們走了多遠，周身始終是無盡的黑暗，伴著黑暗來的還有深深的恐懼；儘管緊緊抓著墨玉的手，伊蘭依舊害怕地渾身發抖；就在這個時候，她們突然聞到一陣濃郁的香氣，香氣入鼻的同時，伊蘭看到前面有一個白影飄過，嚇得她當即尖叫不止，手腳亂揮驚惶地大喊大叫：「鬼！鬼！救命啊！」

墨玉雖沒看到白影，但被伊蘭這個「鬼」字嚇得渾身一激靈，正準備抱起伊蘭離開這個詭異的地方，眼前突然毫無預兆地出現一張蒼白無血色的女人臉，醬紫色的舌頭長長伸在外面，兩隻眼睛還往外滴著血。

墨玉受此刺激，承受不住當即暈了過去，而她在摔倒的時候正好壓在伊蘭身上，令她一同摔倒，頭恰好磕在青石地上也跟著暈了過去。

墨玉不知過了多久，只知等她醒過來時人已不在原地，而是在隔了不少路的浣衣處，也不知是怎麼過來的，所幸伊蘭就在旁邊，她趕緊叫醒伊蘭離開這個處處透著詭異的地方。

「姊姊，真的好可怕，那個白影沒有腳，是飄著走的！」伊蘭心有餘悸地說：「不過墨玉說的那張臉我沒見到。」

凌若聽她們越說越像一回事，不禁斥道：「休得胡言！這世間哪有鬼神，更何況這是在天子腳下、皇城附近，即使真有鬼神，也被天子氣息震懾，心懷畏懼不敢靠近。」

她們說話雖小聲，但瓜爾佳氏近在咫尺，這話自是一字不少落入她耳中，她當即湊過身來神祕兮兮地道：「妹妹不要不信，世間若當真沒有鬼神，何以會有那麼多人敬畏害怕、燒香拜神？老祖宗甚至還傳下中元節群鬼回陽的說法。至於妹妹說天子腳下鬼神不敢靠近，我告訴妳啊……」她瞥了四周一眼，壓低了聲道：「這天底下除了邊關戰場還有天牢之外，要說死人最多的地方，莫過於紫禁城，經常有太監、宮女失蹤，那裡連磚下的土都是紅的，我聽說經常鬧鬼呢！」

伊蘭本就害怕，現在被她一說更是嚇得小臉煞白，把頭埋在凌若懷裡不敢抬起。「姊姊我害怕。」

「不怕，有姊姊在，沒有人可以傷害伊蘭。」凌若安慰過妹妹後望了瓜爾佳氏一眼，微一皺眉道：「想不到姊姊這般相信鬼神之說。」

「寧可信其有，不可信其無。何況墨玉和令妹都看得真真的，難道還會假嗎？依我看，妹妹妳最好去廟裡求幾道符來。」瓜爾佳氏好心提醒。

凌若盈盈一笑，不以為然地道：「多謝姊姊關心，不過妹妹始終覺得鬼神只在心中，信則有不信則無，與其求神拜佛求心安，不如好好想想這鬼從何而來。」

她從不信鬼神，人死如燈滅，鬼魂索命一說不過是欺世謊言。

第六十章　青衣

瓜爾佳氏還待再說，忽地聽到四周響起一片拍掌之聲，原來戲不知何時已經落下帷幕，班主正領著眾人在臺上謝恩。

穆桂英掛帥這齣戲胤禛已不知看過幾回，與其說他在看戲，倒不如說他是在藉戲看曾經的自己與湄兒，那是他人生難得的快樂，到如今，只剩下追憶……

他搖搖頭壓下腦中紛雜的思緒，對跪在下面的集慶班眾人道：「戲唱得很好，尤其是演穆桂英的青衣，扮相唯妙唯肖，在我見過的青衣中，足以排在第二位，除了先前的酬勞之外，再從帳房裡支一百兩銀子，算是我賞你們的。」

「多謝貝勒爺。」青衣眼中掠過一絲喜色，與班主一道謝恩。

適才聽戲的時候，她的聲音給胤禛一種似曾相識的感覺，彷彿在哪裡聽過，而今更加明顯，正自奇怪，忽聞嫡福晉含笑道：「貝勒爺心中的青衣第一，可是指葉福晉？」

「知我者莫過於福晉。」胤禛澹然一笑，望向葉秀的眸光中有一絲少見的溫柔。「秀兒的穆桂英扮相實乃一絕，我想這世間難再有超越她之人。」

葉秀聞言不僅未見喜色反而惶恐，只見她扶了侍女的手來到胤禛與嫡福晉面前，挺著斗大的肚子跪下道：「請貝勒爺和福晉恕妾身欺瞞之罪。」

這話聽得眾人一愣，那拉氏更是茫然道：「妹妹好端端的怎麼說這話，什麼欺瞞？」

葉秀低頭不語，倒是那青衣膝行上前，與葉秀並排而跪垂首道：「奴婢紅玉給貝勒請安，給嫡福晉請安！」

「紅玉？妳……妳怎麼會在集慶班中？」嫡福晉不敢置信地問，胤禛同樣也是驚訝莫名，他怎麼也沒料到這名自己聽著聲音有些熟悉的青衣，竟是葉秀身邊的人。

不用說，必是葉秀想辦法讓紅玉頂替原有戲班中的青衣上臺，好在胤禛面前露臉，此舉明顯是在抬舉紅玉。

旁人也許會奇怪葉秀這麼做的用意，抬舉紅玉等於是在分薄胤禛的恩寵，豈非與她自己過不去？但凌若卻明白葉秀此舉用意為何。

葉秀自懷孕之後便不宜再侍寢，雖說腹中之子是她最好的護身符，但近十個月她都不能侍於胤禛床枕之側，心中難免惴惴不安，更何況還曾被禁足，這令她更擔心自己的地位。如此一來，最好的辦法就是扶植一個自己信得過之人上位，藉此來鞏固自己的地位。

紅玉頗有幾分姿色，又是她的貼身侍女，自是最好的人選，只是……凌若在心中微微冷笑，她見過紅玉，這個女人有姿色也有野心，儘管她藏得很小心，但還是能感覺到，扶持她上位，只怕葉秀將來很難控制得住。

除非……葉秀並不似表面看到的那般膚淺愚蠢，否則必將自食其果。

紅玉聽得那拉氏問話，連忙低頭道：「回嫡福晉的話，是奴婢膽大妄為，知道今日集慶戲班會進府唱戲，便央主子與班主說讓奴婢頂替那青衣上臺。」

她話音剛落，葉秀立時接上：「也怪妾身不好，明知不該，但經不住紅玉幾番央求，故答應了。」

凌若能想到的事，年氏自然也想得到，她素來心高氣傲，豈能任憑葉秀在自己面前耍手段而做不知？把茶盞往桌上一推，冷笑道：「想不到葉妹妹還是一個如此體恤下人的主子，真是看不出。」

葉秀垂著頭不敢為自己分辯，倒是胤禛俯下身扶住葉秀輕輕道：「妳肚子日漸增大行動不易，往後跪禮就免了，起來吧。」

「多謝貝勒爺。」葉秀謝過之後就著胤禛的手艱難地站了起來，年氏見胤禛當眾偏著葉秀，本就不愉的臉色越發不好看，輕哼一聲將臉轉過一邊不再看他們。

胤禛睨了尚跪在地上的紅玉一眼問：「妳是何時開始跟著妳主子學戲的？」適才戲臺上，紅玉不論唱詞的技巧還是動作都像極了葉秀，他豈會看不出來。

紅玉小心地瞅了胤禛一眼，軟言道：「回貝勒爺的話，一直都有學，只是有主子珠玉在前，奴婢又笨手笨腳怎麼也學不像，為怕給主子丟臉所以誰都沒說。後來主子懷了身子，不宜再唱戲給貝勒爺看……奴婢記得貝勒爺曾說過，主子演的穆桂英最是英姿颯爽，堪稱一絕，不論心中有多大的煩惱，只要看到主子演的穆桂英就會一掃而空。所以奴婢在知道今夜集慶班演的恰好就是這齣穆桂英掛帥時，就斗膽頂替青衣上臺。奴婢知道自己比不得主子，只求能替主子令貝勒爺稍稍展顏，便於願足矣。」

「原來如此。」那拉氏聽後點頭。「能有這份心，總算妳主子平日沒白疼妳。」

胤禛看看餘音猶在的戲臺，又看看戲裝打扮的紅玉，目光有些許停滯，親手拉起紅玉，定定地望著她彩妝下的面容道：「雖不及妳主子那般形神兼備，但能學得七、八分也算不錯了，很好，妳想要什麼賞賜儘管說。」

紅玉盯著自己被胤禛握在掌中的手指，聲音細如蚊蚋：「奴婢什麼都不要，只求貝勒爺往後能少煩惱一些。」

胤禛一笑，不置可否地道：「誰都想少煩一些，只是人在世間，總會有各式各樣的煩惱尋上來，想躲都躲不掉；也許唯有閉上眼睛的那一天才會毫無煩惱。」

他話音剛落，那拉氏已一把握住他的手蹙眉道：「好端端地，不許說這種不吉利的話。」

那拉氏握得很緊，緊到連胤禛都覺得有一絲痛楚，在短暫的愕然過後，他明白了那拉氏如此激動的原因，心中浮起一絲絲感動，反握了她的手安慰：「人生百年，總有閉上眼的一天，何需介意。」

「不管怎樣，總之妾身在一天，就不許貝勒爺說這樣的話。」一直以來，那拉氏展現給別人的都是大方得體的一面，甚少有這樣執著甚至強硬的時候。

「好，不說就不說。」胤禛拍拍她的手，又轉向紅玉，儘管紅玉臉上繪了濃重的彩妝，但依然能看出她五官很細緻，在短暫的遲疑後，他心裡有了決定，張嘴道：「妳往後——」

「啊！好痛。」胤禛話還沒說完，葉秀突然雙手捧肚跌倒在地，神色痛苦萬分，嘴裡更不停地叫著。

第六十一章　再相見

變故來得太突然，將所有人都給嚇得愣在了那裡，還是胤禛最先反應過來，撩袍來到葉秀身邊，半扶了她的身子問是怎麼了。

「好痛！貝勒爺，我……肚子……好痛！啊！孩子……是孩子……貝勒爺救我們的孩子，救他！」葉秀像溺水的人遇見浮木般，使勁抓住胤禛的衣裳。

「我會的，妳放心，孩子沒事！」胤禛一邊說一邊手伸到葉秀身下想要抱起她，哪知手剛一伸下去就發現底下溼漉漉一片，只見手掌上沾滿了鮮紅的血。

那拉氏驚叫一聲，連忙派人去請大夫，待下人匆匆跑走後她又不放心，命翡翠帶著自己的手印，速速進宮一趟去請太醫。

那廂胤禛已經抱了葉秀急急上樓，那裡有供人小憩用的床榻，此時不宜移動，先安置在此等大夫來了再說，至於紅玉，他早無暇理會。那拉氏匆忙交代幾句後也跟了上去，年氏緊隨其後，李氏想了想，一跺腳也跟著上了樓。

底下一片嘈雜，剛才胤禛手上那攤血有不少人看看得真切，而嫡福晉又命人去請大夫，甚至還派人入宮請太醫，這分明是小產之兆，難道孩子要保不住？

除了與葉秀交好的幾人面有擔憂之色外，更多的人是當一場戲在看，臉上甚至露出幸災樂禍之色。

於她們來說，葉秀身懷六甲並不是一個好消息，一個個早巴不得她沒這個孩子，省得母憑子貴，到時騎到她們頭上來作威作福。

女人之間永遠不會有真正的和平，除非終男人一生只娶一人，可如此至情之男子怕是尋遍天下也難得一二，更別說天家。

著人將伊蘭送回去後，凌若站在那裡若有所思，今兒個這事，真可謂是峰迴路轉，先是葉秀藉戲欲捧紅玉上位，緊接著她便出事，而且還來得如此突然。

正當眾人揣測紛紛時，高福領著一個鬚髮皆白的大夫到了，顧不得給凌若等人請安，直奔樓上而去。

「不如我們也上去看看？」不知誰說了這麼一句，立時引來大家的附和，自己胡猜亂測哪及得上親眼所見，當下一道往樓上走去。

只見葉秀面色蒼白地躺在床上，大夫坐在床沿神色鄭重地為其把脈，而胤禛與嫡福晉幾人則憂容滿面，葉秀流了這麼多血，情況實在不容樂觀。

「賀大夫，到底怎麼樣了，可要緊？」見大夫收回手，胤禛迫不及待地問，賀大夫是京中有名的大夫，四貝勒府有什麼病痛都請他來診治，是以胤禛對他並不陌生。

賀大夫搖搖頭拱手道：「請貝勒爺恕罪，葉福晉脈象虛弱無力，血氣不足，只怕腹中孩兒難以保住。」

胤禛雖已想到這個可能，但真從大夫口中說出來的時候，還是覺得難以承受，蹬蹬退了幾步艱難地道：「當真無法？」

賀大夫嘆了口氣道：「請貝勒爺恕老朽醫術淺薄，實在無能為力。若葉福晉腹中胎兒月分大一些，老朽倒是能想辦法為葉福晉催產，保住孩子的性命，可是而今不過六月，孩子一旦離開母體必然夭折，斷斷是活不下來的。」

「不要！賀大夫，我求求你，救救我的孩兒，你要什麼我都可以給你！」葉秀聽到了他們的話語，掙扎著從床上撐起，握住賀大夫的衣角哀求，她將所有希望都寄託在這個未出世的孩子身上，絕不能讓孩子出事，絕不能！

「若能救，老朽早就救了，實在是……」賀大夫搖搖頭止住了後面的話，大夫也是凡人，不是神仙，很多時候有心無力。

「這……這可如何是好。」那拉氏急得猶如熱鍋上的螞蟻團團轉。年氏纖長的眉眼間亦含了幾分焦慮。

「葉妹妹的脈一向是賀大夫在請，你對她的情況最是瞭解不過，難道當真沒有回轉的餘地？」

賀大夫想了想道：「素聞太醫院的太醫醫術絕高，不說起死回生，卻可妙手回春。貝勒爺不妨入宮去請太醫來看，說不定能有救，但一定要快，葉福晉的情況拖不了太久。」

賀大夫告辭離去，但他的話卻令葉秀重新燃起一絲希望，忍了鑽心的痛楚哀哀地朝胤禛伸出手。「貝勒爺，孩兒還沒來這世上看一眼，還沒喚你一聲阿瑪，他不能死，您一定要救他！」

「貝勒爺放心，妾身一早就派翡翠去請太醫了。」那拉氏道。

她話音剛落便聞得有人奔上來，正是翡翠，在她身後還跟著一個年輕男子，她一邊跑一邊喘著粗氣喊：「太醫……太醫來了。」

凌若不經意地瞥過那名年紀輕輕的太醫，卻在看到他的模樣時如遭雷擊，她神色恍惚，萬萬料不到翡翠請來的太醫竟然會是……徐容遠！

自從知道容遠入宮當了太醫，凌若不是沒想到有一天或許會遇見，但絕沒有想到會在今日這樣突然的情況下。

心，亂如麻；對容遠，她有情亦有愧，十餘年的相知相許，原以為可以白頭到老，不曾想卻被她親手毀滅。

不論有何理由，終此一生她都對容遠有愧，若容遠恨她、怒她，尚好一些，可容遠不僅絲毫未怪，還因她入宮為太醫。

容遠並沒有看到凌若，他剛一上來便被拉去為葉氏診脈，隨著他手放在葉氏腕間，樓閣中鴉雀無聲，所有眼睛都集中在他身上，想看看這個年輕的太醫是否當真有回天之術。

他剛一收回手，嫡福晉便迫不及待地問：「徐太醫，到底怎麼樣了，可還有救？」

容遠沒有馬上回答，他抬起頭在人群中看了一圈，彷彿在尋找什麼，待看到神色複雜萬分的凌若時，眼眸驟然一亮，有無言的喜悅在眼底滋生。

若兒，我們終於再見了……

第六十二章　保胎

他朝淩若微一點頭，強捺激動的心情，收回目光對胤禛與那拉氏道：「葉福晉氣血兩虛，確是小產之兆。微臣曾從古書上尋到一則保胎祕方，也許能奏效，只是這樣一來葉福晉便要受苦了。」

葉秀想也不想便道：「只要能保住孩子，要我受什麼樣的苦都沒關係！」時間拖得越久，她就覺得孩子離自己越遠。

「不錯，只要有一線希望，都請徐太醫盡力保全。」胤禛如是說道。

那拉氏亦在一旁點頭道：「正是此理，孩子已經六月有餘，多保一天生下來養活的機會便大一分，請徐太醫千萬不要推辭。」

「微臣明白，微臣會盡力而為。」說完這句容遠不再耽擱，取來紙筆寫下藥方遞給等在一邊的狗兒。「依方子去抓藥，三碗清水煎成一碗後即刻端來服用，一日三次；另外再給我去找一些艾葉來，越快越好。」他一邊說一邊從隨身醫箱中取出針灸用的銀針。

艾葉很快就拿來了，醫書上言艾葉有鎮痛、止血的功效，點燒後熏手足十指，可以保胎固元，但忌之多用，尤其是體虛之人。容遠更從古書上尋得一個配合燒艾的針灸之法，其固胎的功效比單純燒艾好上許多。

為怕打擾容遠醫治，所有人皆退避至樓下等候，此時已至亥時夜深，寒意滲人，縱然有披風擋風依然手足冰涼，葉秀她自己出事，卻要自己等人陪著受罪，那些個福晉、格格皆是滿腹怨言，但那拉氏與年氏等幾個嫡、側福晉都沒說什麼，她們也只得忍著，沒一個人敢離開。

如此等了半個時辰後，方見容遠帶著一身濃濃的艾草氣息從裡面出來。

胤禛立時追上去問：「情況如何？」

「血已經止住，胎象也稍稍穩固，至於能不能保住胎兒，就看福晉自己了，待藥煎好後即刻讓她服下，在孩子出生前，必須每日定時服藥，還有，千萬不要下床，也不能坐起，盡量拖延，能保一日是一日。」想到自己深愛的女子如今已成了眼前這人的妾室，容遠心中百感交集，又苦又澀，說不出是何滋味。

「有勞徐太醫深夜前來，胤禛感激不盡。」胤禛並不知曉容遠心中所想，聽得他說孩子有可能保住，不禁輕吁了一口氣，朝容遠拱手致謝之餘又道：「若徐太醫不急著回去的話，能否在此地多留一會兒，待胎兒稍稍穩固一些再走？」

「自然可以。」容遠並不是今夜的值夜太醫，只是有些事留得晚了一些，恰好碰上翡翠去那裡，聽聞是四貝勒府，他連想都沒想便隨過來，為的就是見凌若一面，還有些話他想當面與她說。

直到這個時候那拉氏才有機會問出心中的疑問：「妹妹身子素來健碩，之前又不曾磕碰摔倒，為何會突然有小產的跡象，且來勢如此凶猛。」

不只她，所有人心中都有同樣的疑問，此事來得蹊蹺，讓人摸不著頭腦。

容遠想了想道：「我在切葉福晉脈的時候，發現她體內血液曾在一段時間內流轉過快，從而導致胎兒不穩，會否是葉福晉吃了什麼活血的東西？」

「不可能！」那拉氏斷然否決了他的猜測。「府中兩位福晉有孕，但凡入她們口的東西都特別注意，絕不可能出現寒涼或活血的東西，即使是紅棗我也早早吩咐了人不許用，更何況若真是食物有問題，李妹妹何以會沒事？」

「不錯，我並未感覺有任何不妥。」李氏走上前來。

凌若不知是否自己錯看，總覺著李氏在說這話的時候神色彷彿有些不自然，她側過頭以袖掩口，小聲問一旁的李衛：「你覺著會不會有人故意動手腳？」

李衛踢著腳邊不知何人落下的一粒珍珠，嘴脣輕動：「葉福晉視腹中孩子為命根，奴才曾見她極為仔細地詢問賀大夫需避忌的食物，而觀她今日又欲扶紅玉上位以固地位，可見她並非我們所見的那般愚蠢，反而精明至極，這樣一個心思縝密的人，主子覺得她會不小心吃錯東西，從而送掉她今後的榮華富貴嗎？」

李衛的話一針見血，與凌若不謀而合，但是有一點她始終想不通，為何李氏會沒事。給她們兩個準備的東西皆是一樣的，而葉秀又是在看完戲後突然出血，若說是看戲之前所食，那這時間未免太久了一些。

那廂那拉氏已將今夜清音閣中準備的吃食一一報與容遠知曉，她記性極好，數十種吃食記得分毫不差，甚至連當中有何配料都如數家珍。

「若非外力又非食物，以葉福晉的身子，微臣當真想不到是何原因。」容遠確實沒發現當中有孕婦不宜之物，當下皺了眉，想不出問題出在何處。

胤禛有些不放心地對李氏道：「月如妳當真沒事？要不要讓徐太醫給妳把把脈？」

「妾身的身子自己還會不知道嗎？當真很好，沒有半些不舒服，不用麻煩徐太醫了。」李氏眼中掠過一絲不易察覺的驚惶，藏在袖中的手微微發顫。

見她說的肯定，胤禛不再勉強她，只叮囑她萬事小心，一有不對就立刻告訴他。葉秀的孩子已在鬼門關上走了一遭，能否拉回來還是未知這數，他絕不想李氏的孩子再出意外。

「廚子做出來的東西沒事，不代表吃進嘴裡也沒事。」年氏突然出此言語，令在場每一個人心中一凜。其實不少人有此懷疑，只是不敢當著胤禛的面說出來而已，畢竟此事非同小可，若當真有人作祟，只怕不能善了。

胤禛目光一沉，撫著下巴凝聲道：「妳有什麼話直說就是。」他自小在宮中長大，對後宮諸妃為爭奪皇阿瑪寵愛所使的手段，不說瞭若指掌但也有所耳聞，絕不願見自己府中亦是這番模樣。

年氏垂下眼，望著自己露在長袖外的指尖靜靜道：「事出必然有因，妾身懷疑府中有人欲對葉氏不利，若不查個究竟，找出加害之人，即便葉氏躲過這一次也是枉然。」

那拉氏越聽越心驚，忍不住插嘴：「會不會是妹妹想多了？誰那麼膽大包天敢謀害貝勒爺的子嗣。」

年氏聞言露出幾分譏誚之意。「人心難測，並非所有人都與姊姊一樣菩薩心腸，知人知面不知心，難保不會有人鋌而走險。」說到此處她忽地想到了什麼，望著李氏的肚子吟吟笑道：「姊姊可真幸運呢，同樣懷孕，妳卻安然無恙。」

第六十三章　紅花

這話一出李氏登時臉色大變，尤其是胤禛看向她的目光多了幾分疑慮，當即怒斥：「妹妹此話何意，難道是在懷疑加害葉妹妹的人是我？當真可笑至極，我與葉氏素來交好，情同姊妹，又先後有孕，怎可能起謀害之心？」

「知人知面不知心，親姊妹都可反目成仇，何況只是情同姊妹？葉氏比姊姊早幾月有孕，當是她先產子。若生下男孩，那便是現在的長子，而姊姊的孩子只能淪為次子，難道姊姊心裡當真沒有一點不甘嗎？」她笑，然這笑意間卻有殺機四伏。

「簡直是一派胡言。」李氏憤然斥責年氏，冷冷道：「依妳所言，我孩子是有可能成為次子，那妳呢，還有其他人呢？她們將來生下孩子不一樣是次子。妳說我有這心思，豈非是在說妳自己，說這裡所有的人！」

「行了，都別說了！」胤禛不耐煩地打斷她們的話，捏了捏眉心，心下有了計較，看向靜默不語的容遠道：「我想請徐太醫幫忙檢查一下今晚食物，看看是否有可疑。」

容遠點頭答應之後，立時有人將葉秀用的東西皆拿過來給他仔細檢查，之前幾樣點心都看得很快，待拿起尚剩了半碗的杏仁茶，沾了一點在嘴裡後，他神色立時有所變化。儘管杏仁茶的味道濃郁無比，他還是在其中嘗到了一絲不該有之物的味道，為怕弄錯又嘗了一次，終於肯定無誤。他抬頭對一直等在旁邊的胤禛道：「這碗杏仁茶中被人放了紅花！」

「紅花！」那拉氏失聲驚呼，紅花是什麼東西她再清楚不過，但凡女子不想要腹中胎兒，便會去買紅花來煎水喝下，不消多時，胎兒便會被打下，成為一攤汙血，尋常孕婦對此避之唯恐不及。

李氏面色一片煞白，下意識地往自己原先所坐的地方看了一眼，只見那小几上靜靜地放著一碗同樣的杏仁茶，眼底掩飾不住驚慌。

與此同時，凌若心頭亦是一陣狂跳，杏仁茶……怎麼會這麼巧？她被人引去廚房，恰好撞見李忠，緊接著杏仁茶中就被查出有紅花，還差一點使葉秀落胎，這當中……她越想越覺不對，彷彿有一隻無形的黑手在後面主導著一切。

胤禛震怒不已，狠狠一掌拍在酸枝木桌几上，震得茶盞高高跳起，濺了他一手水跡，口中怒喝：「竟然當真有此事，真是好大的膽子！說，到底是誰如此喪心病狂？」

年氏揚眉，眼眸輕輕一轉道：「妾身記得今日清音閣所用之吃食皆為嫡福晉準備。」嫡福晉也好李氏也罷，於她來說皆是一樣的。

「福晉……」胤禛看向驚駭不已的那拉氏，儘管沒有說什麼，但當中質問之意極為明顯，微瞇的眼眸中有逼仄寒冷的光澤，令人望之生畏。

那拉氏忙跪下道：「貝勒爺與妾身夫妻多年，妾身是什麼樣的人貝勒爺當最清楚不過。今日清音閣的吃食確為妾身準備，但妾身可以對天發誓，絕沒有在當中放過紅花。」她低低垂下眼瞼，纖長的睫毛覆住她哀戚的目光。「妾身是失去過孩子的人，深知失子之痛痛不欲生。試問妾身又怎忍心將這樣的痛楚加諸在他人身上？更何況葉氏一出事，第一個被懷疑的人必然就是妾身，這麼做豈非愚不可及，自尋死路。」

正如那拉氏所言，若有人出事，第一個遭懷疑的人就是她，這樣做於她有百害而無一利。再聯想起那拉氏素日的為人，胤禛頓覺自己剛才的懷疑毫無根據，又聽她提起弘暉，目光不自覺地一軟，懷疑有如冰雪一般迅速消融，取而代之的是深深的內疚與憐惜，望著那拉氏微微顫抖的身子道：「我明白，妳身子不好別跪著了。翡翠，扶妳家主子起來。」

年氏脣角微微一揚，冷笑道：「不入虎穴焉得虎子，今日若非徐太醫在，又怎會知道杏仁茶中被人悄悄下了紅花，自然也不會有人懷疑嫡福晉您。」

面對年氏一再的挑釁，那拉氏縱是脾氣再好也忍不住，她沉下了臉，冷冷道：「我也記得，今日泡茶所用之水乃妹妹所備，若說可疑，豈非妹妹也同樣可疑？」

年氏萬料不到那拉氏會扯到自己身上來，登時臉色大變，她一時大意竟忘了此事，若因此令胤禛對她起疑，後果堪虞。想到這裡她連忙為自己叫起屈來：「妾身冤枉，這水自玉泉山上運下來後妾身碰都沒碰到，怎可能在其中下藥？何況若下在水中，豈非所有茶水之中盡皆有紅花。」

「有沒有，請徐太醫一看便知。」在那拉氏的請求下，容遠又檢查了其他東西，並沒有在其他茶水點心中發現紅花蹤跡，但是杏仁茶中卻是每碗皆有，不論葉秀喝哪一盞，都是相同的結果。

紅花本是一種活血的藥物，雖於孕婦來說是大忌，但對尋常人無害；換而言之，就是所有茶水中皆放了紅花，旁人也根本不會察覺。

那拉氏一聽說所有杏仁茶中皆有紅花時，心中立刻一沉，此時府中懷孕的不只葉秀一人，她連忙走到李氏跟前憂心忡忡地道：「妹妹果真無事嗎？那杏仁茶……」

「貝勒爺放心，杏仁茶妾身一口都沒喝。」李氏回給他一個安心的微笑。「適才妾身突然覺得胸口發悶噁心，根本吃不下東西，這杏仁茶上來後便一直放在旁邊，一丁點兒都沒沾過。若貝勒爺不放心的話……」李氏瞥了晴容一眼道：「去將我那碗杏仁茶拿給貝勒爺過目。」

這杏仁茶醇厚濃郁，若喝過的話，碗沿必然會留下痕跡。晴容捧起李氏那碗杏仁茶往回走，卻在走到中途時不慎被椅子絆到，一時重心不穩跌倒在地，捧在手中的茶盞被摔得粉碎；晴容顧不得身上的疼痛，連忙跪地請罪。

「妳這丫頭怎麼總是這樣笨手笨腳，當真該死。」李氏不悅地斥了她一句，待要再說，胤禛已擺手道：「算了，只是小事罷了，最重要的是妳和孩子沒事。」

李氏聞言柔柔一笑，手放在尚不曾顯懷的肚子上道：「妾身一定會拚死護住咱們的孩子，絕不讓他出事。至於下藥一事……」她頓一頓道：「恕妾身直言，食與水確為嫡福晉與年妹妹準備不假，但期間經手之人眾多，而廚房又不是什麼機要重地，任何人都可以自由出入，想下藥並不難。與其平空猜測，不如叫人來問問，看是否曾有人出入過廚房。」

胤禛略略一想，覺得她所言有幾分道理，遂喚來狗兒讓他去找李忠。杏仁茶是他所沏，要說可疑自是他最可疑。

凌若心越來越往下沉，她幾乎可以預見，李忠來了之後只要稍稍一問，不管他遇見自己是偶爾還是必然，都會將自己曾在廚房附近出現過的事說出來，到時候只怕所有懷疑都會集中在自己身上，現在她只能乞求自己布下的後手能有用。

第六十四章　瓜爾佳氏

明知一切正在朝於己不利的方向發展，但卻無力阻止，只能眼睜睜看著事態一步步往壞處發展。

李忠與他徒弟來得很快，當得知自己沏出來的杏仁茶裡有紅花時，他嚇得雙腿一軟，癱在地上連連磕頭叫屈，口中反反覆覆不停喊著冤枉二字，額頭亦是磕得青腫一片。

胤禛一言不發，只盯著他看，見他神情確實不像做偽後方才冷聲道：「除你之外還有誰曾去過廚房，又或者碰過杏仁茶？」

李忠仔細想了想後，遲疑著道：「奴才也不知算不算，只是廚房備好杏仁茶提了龍鳳銅製大壺出來時，曾遇見過凌福晉。」

凌若？胤禛驟然一驚，下意識地往凌若看去，他怎麼也想不到此事竟然會與她有關，難道是她？不知為何，一想到這個可能胤禛就覺心口悶悶的。

要來的始終會來，躲之不過。

凌若在心底嘆了口氣，迎上了胤禛驚疑的目光上前如實道：「是，妾身確曾去過廚房，也遇到過李忠。」

「妳為何要這麼做？」在一片譁然聲中胤禛走到了凌若面前，每一步他都邁得很沉重，目光始終停留在凌若平靜的臉龐，有難言的痛惜在眼底。

「妾身只是遇見過李忠，卻不曾碰觸過任何東西，貝勒爺不信的話可以問問李忠，妾身所言是否有假。」她言，盡量不讓自己露出慌亂之意，此話也得到了李忠的證實，然年氏依然對此嗤之以鼻，直言其若當真心中無鬼，為何要看戲中途去廚房？

「是啊，妹妹到底因何去那裡，倒是快說啊。」見凌若遲遲未解釋，那拉氏不禁心焦如焚，一再催促，深恐胤禛一怒之下定了她的罪。胤禛雖然沒說什麼，但眼中亦露出詢問之意。

凌若知此事搪塞不過去，只得將伊蘭出去解手遲遲未歸，自己放心不下便出去尋找，但對有人刻意引她去廚房一事隻字未提。此事空口無憑，甚至還會說她是為求脫嫌捏造，只推說是在尋找途中發現頭上的簪子不見了，她懷疑是在來清音閣的路上掉了，就沿路回去尋找，經過廚房時恰好遇到李忠。

「只是一支簪子而已，用得著這麼緊張嗎？」年氏對她的話嗤之以鼻。

凌若低頭不語，倒是胤禛想起一事來，脫口道：「可是那支七寶玲瓏簪？」他記得當時送那支簪子給凌若的時候，她愛不釋手，很是喜歡。

凌若意外地抬起頭，有歡悅在眼底浮現，似若天邊流霞，絢爛如錦。「貝勒還記得！那簪子是貝勒爺所贈，妾身當珍之重之才是，誰想竟會不慎遺失了，妾身實在無顏面對勒爺。」

「罷了，只是意外罷了，無須自責，再說正如素言所說，只是一支簪子罷了，若當真找不到，我再找人做一支一模一樣的給妳。」

年氏不信，世上何來如此多的巧合，多是人刻意為之，當下質疑道：「妳說伊蘭久去未歸，是何原因？」

凌若一愣，未及時回話，那拉氏見狀忙出聲替她解圍：「府中這麼大，伊蘭才來了兩回，興許是迷路了也說不定。」

年氏冷冷道：「適才凌福晉親口說一道去的還是墨玉，難不成墨玉也跟著迷路了？」

這句話問得那拉氏一陣啞口，這確實說不太通，她雖有意替凌若說話，但在不清楚事情經過的情況下難免有心無力，遂看向凌若道：「當時情況究竟如何，妹妹不妨直說。」

「是。」凌若欠身將伊蘭與墨玉中途遇到之事如實相告，待聽得鬼神之說時，眾人不禁議論紛紛，縱是胤禛也露出怪異之色，畢竟鬼神之說太過荒誕不經，實在難以讓人信服，這也是凌若之前遲遲不肯開口的原因。

待她言畢，年氏已是一臉譏誚不屑。「凌福晉莫不是把我們當成三歲孩童吧，竟說出如此拙劣的謊言來，妳以為會有人相信嗎？」

「主子沒有說謊。」墨玉搶上前道：「奴婢陪伊蘭小姐回來的時候，確是因見到鬼影而嚇暈過去，再醒來時卻發現自己身在他處。奴婢可以發誓所言句句屬實，若有虛假當遭天打雷劈！」

「妳是她丫頭，自然幫著她說話，除了妳與凌福晉的妹妹外，還有人能證明此事嗎？」年氏對她的話嗤之以鼻，根本無半分相信，至於胤禛亦是半信半疑。

凌若略略一想，看著胤禛道：「雖無直接證人，但伊蘭她們回來與妾身說起此事時，雲福晉就在旁邊，她能證明妾身並未說謊。」雲福晉即瓜爾佳氏，因她閨名為雲悅，所以府中多喚她為雲福晉。

見胤禛望過來，瓜爾佳氏連忙快步至胤禛面前欠身行禮，胤禛不耐煩地揮揮手示意她起來。「適才凌福晉所言妳也聽到了，究竟她說的是真是假？」

「回貝勒爺的話，妾身……」瓜爾佳氏望向凌若，細長的眼眸中閃過幽幽的冷光與隱晦的笑意，凌若還來不及細想這笑意蘊含的訊息時，瓜爾佳氏已經說出了令她渾身冰涼的話：「妾身從未聽凌福晉的妹妹提及任何關於鬼神的話，她確實與墨玉一道出去過，但很快便回來，並未像凌福晉說的那樣久久未歸。」

本以為是救命良藥，誰想臨到頭卻突然成了致命的毒藥！凌若臉上一下失了血色，身子搖搖欲墜，瓜爾佳氏是離她最近的人，而今她這麼說，等於是判了自己死刑，縱是跳進黃河也說不清。只是，搜遍所有記憶，也想不起她有任何得罪瓜爾佳氏的地方，為何她要這般當眾誣蔑，意欲將自己置之死地！

「妳在撒謊！」墨玉愣過後，指著瓜爾佳氏激動地大叫：「我們明明有說過，妳也聽到了，甚至還叫我們去廟中求幾道符來，為何妳現在要顛倒黑白，陷害我們主子！」

瓜爾佳氏以手撫胸，極是難過地道：「我也想希望凌妹妹是清白的，可要我違背良心以謊話來替凌妹妹掩蓋嫌疑，我實在做不到。」

不得不說瓜爾佳氏演技高明得很，若非凌若自己就是當事人，只怕也要被她蒙混過去。現在回想起來，看戲時瓜爾佳與自己說話只怕也是有意，為的就是在她毫無防備時狠狠插上一刀。

事到如今，凌若反而冷靜下來，心念電轉，思緒漸漸明朗；從伊蘭出去到她被人引去廚房，再到葉秀出事瓜爾佳氏反水，這一切分明是有人刻意布下的局。只是現在明白得太晚了，布局者心思縝密謹慎，她根本尋不到任何破綻。

第六十五章 招認

「妳太讓我失望了。」胤禛目光牢牢迫向凌若，有難言的痛楚在裡面，現在所有證據都指向她，由不得他不信。

「妾身當真沒有。」凌若無力地搖頭，她知胤禛是個多疑之人，此種情況下必然疑心於她，但真從他口中聽到時依然忍不住心痛如絞，淚不由分說便落了下來，融入茫茫夜色中。

她的淚因胤禛而落，卻讓容遠痛徹心扉。他與凌若青梅竹馬，深知其性情，絕不會做出此等惡毒之事，分明是有人陷害，想必這一年間她在貝勒府過得並不輕鬆。如此想著，雙手在衣袖下緊緊握成拳頭，唯有如此才能令自己不露出異色。

年氏撫了撫繁花刺錦的袖子，眉眼間有掩不住的得色。「罪證確鑿，凌福晉縱是再抵賴也無用。謀害皇家子嗣乃大罪，當交由宗人府按律論處。」

「貝勒爺三思！」那拉氏慌忙道：「今日之事疑點尚有很多，更何況捉賊拿贓，下藥的紅花並沒有找到，而且也沒有直接證據說鈕祜祿氏在杏仁茶中下藥，一切還是等調查清楚再說，以免錯冤了好人。」

「嫡福晉所言甚是，此事還是先緩緩。」李氏亦在一旁附和。

宗人府是什麼地方？號稱執掌皇族之生殺，以此刻羅列在凌若身上的罪名，一旦進去了，即便不死也休想活著出來。

「她若真問心無愧，為何要編一個鬼神的諾言來蒙騙大家？分明是心中有鬼，甚至連掉了簪子也是一派胡言。至於紅花……」年氏冷笑一聲，輕啟飽滿的紅唇吐出森森冷語：「既已達到目的，又怎會笨得再留下來讓人發現。」她對凌若不滿已久，昔日絨球之事一直如刺在喉，何況胤禛對凌若的態度一直曖昧不明，此刻好不容易有機會，自是緊抓不放。

胤禛一直不曾說過話，素來冷峻的臉上露出複雜至極的神色，若換一個女子，或許早被他打發去了宗人府。但那是凌若，那麼多福晉、格格當中唯一得到他信任，與之說上幾句真話的凌若，當真要不留餘地嗎？他從未想過有朝一日自己會為湄兒以外的女子如此猶豫不決，全然不像平日的自己。

「妹妹果然還在這裡。」正當胤禛猶豫之際，一個聲音倏然響起，循聲望去，只見一襲青色藕絲綴珠衣衫的溫如言遠遠走來，她先是一喜，待看到胤禛等人皆在且朝自己看來時，旋即快走幾步上前見禮。

「妳去了哪裡？」胤禛眉心微微一皺，之前葉秀出事，所有人都忙亂成一團，他根本沒注意溫如言是否有在。

見其神色不善，溫如言小心地回答：「適才看戲途中，妾身不小心灑了酒在裙子上，為免失儀所以特意回去換了一身，回來經過廚房時撿到一支簪子，妾身認得那是貝勒爺所賜，所以特意拿過來還給妹妹。」說著她從袖中取出一支七色寶石綴成的金簪，正是那支七寶玲瓏簪。

見到此簪，最吃驚的莫過於凌若，這簪子是她親手所扔，為的就是萬一被問起時可以藉口去尋簪子，但是瓜爾佳氏的反咬一口，令事情超出了她的預想，此招亦變得無用。

沒想到會這麼湊巧被溫如言撿到，而她又在這個時候拿出來，雖依舊不能證實自己的清白，但至少證明她此前所說的並非謊言。

她是想幫自己嗎？這些時日她刻意冷淡疏離，與溫如言已經許久沒再走動過，不說形同陌路卻也差不多了，萬萬沒料到這個時候她會站出來，難道她不怪自己嗎？凌若內心說不出的紛亂複雜。

年氏對她的說詞並不相信，正待質疑，忽聞久未言語的容遠開口：「其實貝勒爺想知道是誰在茶水中下紅花並不難。」

這話令得眾人精神一振，尤其是胤禛，連忙追問。容遠拱手道：「只是要拿過紅花的人，皮膚都會沾上些許紅色，平常時候看不出，但只要將手浸入鹽水中，那紅色便會清晰浮現。此事記載於古醫書上，知者不多，想來那下藥者不會那麼博學，貝勒爺只要一試便知。」

「來人，取水來！」此時此刻，胤禛沒有一絲猶豫，即刻叫人取水來，在他心中始終存有一絲僥倖，希望凌若不是罪魁禍首，希望一切都是他想錯了。

水來之後，凌若第一個將手伸進去，在那一刻，胤禛感覺自己呼吸為之一窒，待看到凌若雙手乾淨並無一絲紅色時，緩緩吐出憋在胸口許久的一口濁氣。

還好不是她……

在凌若之後，那拉氏、年氏、李氏、瓜爾佳氏等人一一伸手入盆，皆無異常，緊接著便是下人，他們才是重點，身為主子，下藥這種事並不會親自動手，很多時候是讓下人為之。

當銅盆傳到跟隨李忠的那名徒弟小四時，他立刻露出慌亂之色，始終不肯將手伸進鹽水中，在李忠一再催促下，怪叫一聲拔腿就跑。

這般舉動無疑暴露出一切，無須再問，紅花必是他所放無疑。他們幾乎疑心了所有人，包括李忠，卻獨獨沒有想到竟然會是個不起眼的小廝。

不需胤禛吩咐，在小四動的那一刻，狗兒和周庸立刻追上去，未等他跑出多遠，便被兩人死死抓住扭送至胤禛面前。

容遠瞟了他一眼，乾淨的手指輕輕劃過銅盆中的水，原本映照出天上明月的水面因此泛起層層漣漪。「紅花根本不會在手上留下任何痕跡，是你自己出賣了自己。」

此人差點害凌若蒙受不白之冤，於他，容遠無一絲同情。

胤禛一腳踹在他身上，怒喝：「說，是誰指使你下藥謀害兩位福晉的？」小四只是個小廝，不可能無緣無故去謀害兩位正當寵的福晉，在他身後必然有主使者，此人極可能是出於嫉妒而指使小四下藥。

女人在一起免不了會有爭寵奪愛的情況，這一點胤禛很清楚，很多時候他也睜一隻眼、閉一隻眼由得她們去，但這回明顯已經越過了他的底線，他誓必要揪出背後的主謀。

「奴才……奴才不知道，奴才什麼都不知道。」小四面如土色，跪在地上瑟瑟發抖，深悔自己剛才沒有沉住氣，竟聽信那名太醫的鬼話，可現在說什麼都晚了。

那拉氏皺起眉頭含怒道：「你若將主使者供出來，尚有活命的機會，否則必是死路一條。」

小四雖是賤命一條，但也不想死，當下「砰砰」磕頭，一股腦兒將自己知道的事全說了出來：「奴才好賭，欠了人一屁股債，他們揚言若還不出的話就剁了奴才的手，奴才很害怕，正不知道該怎麼辦的時候，有人扔了一包銀子還有一包紅花給奴才，說只要奴才趁人不注意，將紅花熬出來的水，混在清音閣開戲那晚師父用來沖杏仁茶的茶水中，那銀子便是奴才的了。那包銀子足有一百兩，奴才一時鬼迷心竅，便答應了她。」

「給你紅花的是誰？」不只是那拉氏，年氏等人亦是一臉緊張地等小四回答，誰想小四竟是搖頭道：「那時是夜裡，她又蒙著臉，奴才認不得。至於那些銀子，還了賭債後還剩下三十兩，奴才藏在床底下了。」說到這裡，他爬到胤禛跟前使勁打著自己的臉哀求：「奴才一時鬼迷心竅犯下彌天大錯，奴才知錯了！求貝勒爺開恩，饒奴才一條狗命，求您開恩！」

胤禛見再問不出其他，遂低頭冷笑道：「只為區區一百兩銀子就可以謀害主子，這種奴才要你何用！」他轉臉對狗兒道：「把他拖出去打，給我仔細盯著，不打死了別回來。」

「嗻！」狗兒領命，與周庸一道將嚇得魂飛魄散的小四拖了出去，很快外頭便傳來哀號聲，起先還甚是響亮，後面漸漸低了下去，直至毫無響動。

儘管這一切是小四咎由自取，但眼見一條活生生的性命在自己眼前化為烏有，凌若還是覺得心中頗為不舒服。

第六十六章　愛

不久之後負責照料葉秀的侍女前來回話，說葉秀喝過徐太醫的藥後感覺好了許多，胎動也沒原先那麼頻繁，想來應該能熬過這一關。

胤禛大喜過望，那拉氏亦合掌感謝上天保佑，總算是不幸中的大幸，唯一的遺憾便是沒能抓住那指使小四下藥的罪魁禍首。

「今次之事當真多謝徐太醫。」胤禛對這位年輕卻醫術高超的太醫甚有好感，命周庸取來五百兩銀票遞給他道：「這是我的一點小小心意，還望徐太醫收下。」

「救人乃微臣分內之事，何敢言謝，至於這銀子……」容遠睨了印有京城最大銀號「寶順銀號」字樣的銀票一眼道：「貝勒爺還是收回去吧，微臣在太醫院的俸祿足夠日常所用。」

胤禛又勸了幾回，見容遠堅持不肯收，只得作罷，心中對其好感又增加了幾分，能夠在金錢面前守住本心者，足見其品行與醫術相匹配，遠非那些見錢眼開的大夫所能相提並論。

「勞累一夜，眾位妹妹都回去歇息吧，我與貝勒爺在這裡就可。」那拉氏眼見無事，便出言讓眾人回去。

大半夜又累又睏，大夥兒早已不耐，只是礙於胤禛與那拉氏在場不敢抱怨，如今聽得可以回去哪還肯多待，紛紛散去。李氏倒是想留下，但她自己亦有孕在身，這半夜的乍驚乍憂早令她疲累不堪，有心無力，只得叫人一有什麼情況就通知她。

凌若跟在眾人後面，在轉身離去的瞬間，目光漫過隨周庸離去的容遠，恰好他也看過來，四目於半空中交錯而過，雖不曾交談隻言片語，卻有一絲明悟在其中。

在浮上心頭的漫漫酸澀中，背道而行的兩人越離越遠。

十餘年相伴，換來的只是擦肩而過的緣分，此生註定有緣無分……

容遠隨周庸走至門口，馬車早已候在那裡，容遠正待跨步上馬車，忽地動作一滯，收回了已經跨上車駕的腳，拍著額頭失笑道：「瞧我這記性，銀針用過之後竟然忘了拿回來，真是糊塗。」

周庸聞言忙接上話道：「不知徐太醫將銀針落在何處？奴才這就回去給您拿。」他是胤禛身邊的人，最會察言觀色，眼見胤禛待容遠客氣有加，又如何敢怠慢。

容遠想了一想，搖頭道：「這針我放得很隱蔽，只怕告訴你也未必找得到，還是我自己跑一趟吧，只是要勞煩你讓馬車等上一等了。」

能夠少跑一趟，周庸自然不會不樂意，說實話一夜沒闔眼他還真有些吃不消，趁這機會還能小小打個盹，答應之餘又有些不放心。「馬車自然沒問題，只是徐太醫您認識去清音閣的路嗎？」

「適才出來時走的路我還有印象，當不至於迷路。」在溫和的笑容中容遠轉過身，重新跨入那道及膝的門檻內，笑容在背對周庸時消失得無影無蹤，取而代之的是緊張與期待。

容遠剛穿過外院，便有一道人影從轉角黑暗處走出來，正是凌若的貼身小廝李衛，只見他恭謹地打了個千兒道：「徐太醫是嗎？我家主子請您過去一趟。」

容遠認得他，當下點點頭隨他而去，這一路上李衛刻意選人少的小徑走以免被人瞧見，繞了不少路後才到淨思居，凌若早已等在裡面，望見他來靜默無言，只有垂落眼眸的淚洩漏了她內心的激動。

悠長的嘆息在凌若耳邊響起，低頭時，寬厚的手已經放在她下巴處，恰好接住她蜿蜒而落的淚珠，一如從前……

「難得重逢，當歡喜才是，為何要哭？」他帶著濃重的鼻音，眼中明明也含了淚花，但卻強忍著不願落下一絲一毫。

「你還是來了。」不開口還好，一開口淚落得更凶，連綿不止，很快在容遠掌心聚起一個小小的水潭，安靜之餘有無言的苦澀在其中。猜到他要來，所以才派李衛在暗中守候，以為自己可以平靜面對，但真到這一刻，才發現無論是出於過往的情意還是對容遠的愧疚，她都無法泰然自若。

「妳在這裡，我自然要來。」他回答得無比自然，彷彿是理所當然一般，低頭睨一眼掌心溼潤的紋路，露出溫和如初的微笑。「能停下了嗎？妳的淚好重，我快托不住了。」

凌若被他說得一笑，一邊拭著淚一邊示意他坐下道：「什麼時候徐太醫也學會玩笑了。」

「徐太醫？」容遠一愣，旋即已明白過來。物是人非，兩人皆已不是從前身分，凌若又如何能再如從前那樣喚他？

他收回重若千鈞的手，澀然問出記掛了整整一年的話：「妳過得好嗎？」

「你不恨我嗎？」在拭盡臉上淚痕後凌若反問：「那日我這樣對你，你不恨嗎？」

墨玉端了新沏的六安瓜片上來，容遠揭開茶盞，撥了撥浮在茶水上的瓜片，輕輕道：「為何要恨？妳說那些並非出於本心，論痛苦，或許妳比我更甚。」他抬起眼，眼神清澈若水。「若兒，我從未懷疑過妳，即使妳為了家人狠心割斷妳我十餘年的情分，騙我說是為了榮華富貴時也從未懷疑，果然我沒有信錯，妳如此做必有理由，我又何須多問。而今我只想知道妳在這裡過得可好？」

「自然是好的。」凌若環視一眼四周精緻華麗的陳設，一笑道：「貝勒爺待我極好，否則也不會賜我如此精巧的居處。」

「他若真待妳好，適才就不會懷疑妳。」容遠的話如一根尖銳無匹的鋼針一般，狠狠刺入凌若心底，令她痛得呼吸為之一窒，但仍強自道：「那只是人之常情罷了，適才的情況下，即使換一個人也會起疑，何況貝勒爺並沒有聽信他人之話，直接將我送押宗人府。」

「若兒，妳喜歡他是不是？」容遠定定地望著她，眼底有深切的痛苦。「只有喜歡一個人時，才會千方百計為他開脫。」

凌若沒有即刻回答，徐徐撥弄著茶葉，看形如瓜片的茶葉在撥弄下載沉栽浮，彷彿變幻莫測的人生。「是與不是又有何關係，終我一生皆只屬於愛新覺羅‧胤禛，生死禍福皆與你無關了，徐太醫！」

她刻意加重了最後三個字，然換來的不是容遠的失落而是激動，相見至今即使再激動他都努力克制自己的情緒，不給凌若壓力，此刻卻失態地抓著凌若的肩膀大聲吼道：「與我無關？怎麼可能與我無關！妳是我徐容遠一生唯一愛過的女人，不論妳嫁予何人、變成怎樣，只要妳還是鈕祜祿凌若便不可能與我無關！永遠不可能！」

這是凌若第一次見他對自己如此大聲說話，甚至吼自己，一時竟不知該如何回答，只愣愣看著對方，彷彿不認識他一般。

容遠意識到自己的失態，收回手努力深吸幾口氣，待平復了心情後才一字一句道：「若兒，我知道今日的妳早已身不由已，所以從未想過妳能重新回到我的身邊，我今日來，只是想告訴妳一句話：只要我徐容遠有一口氣在，便會想盡所有辦法護妳一天，絕不讓妳受到一絲傷害。」

他的深情令凌若動容，努力咬著下唇不讓在喉間滾動的哽咽逸出口，許久她終於喚出了遏制許久的稱呼：「容遠哥哥……你這又是何必，我不值得，不值得你如此……」

「我認為值得便可以了。」容遠怡然一笑，不勝歡愉。伸手在凌若小巧的臉頰上撫過，輕柔如鴻羽微拂，靜水微瀾。「從今往後，妳繼續做妳的凌福晉，而我亦做我的徐太醫，再相遇時，我們便是福晉與太醫的關係。我答應妳，絕不越逾。」

第六十七章 幕後

墨玉不懂，深愛與決絕，明明是互相矛盾的東西，為何可以混在一起？而凌若懂了，所以她努力捂住嘴不讓自己哭泣出聲。

他愛她，所以寧願自己承受所有痛苦，不奪取、不強求，只願一生一世守她一人……

「不要哭了。」容遠握緊袖中的雙手，強忍住替她拭去淚水的衝動，溫言道：「堂堂四阿哥的福晉怎能這般愛哭哭啼啼，讓人看見了非要笑話妳不可。」

「哪有。」凌若心知他這般說是不願見自己落淚，當下趕緊抹去淚痕，赧然道：「明明是被沙子迷了眼。」

「如此最好。」容遠沒有拆穿她拙劣的謊言，反而露出溫暖的笑容，彷彿放下了什麼心頭大事。「哭笑不隨心，妳在貝勒府中，定要記住這句話。」

「我知道。」凌若撫著猶有溼意的臉頰道：「徐太醫，葉福晉當真沒事了嗎？」

容遠輕輕點了下頭道：「只能說暫時沒事，能保多久我也不敢確定，妳究竟得罪了何人，要設下如此狠毒的局害妳？」今夜之事，他現在想起來還心有餘悸，若非小四被他的謊言所欺，只怕凌若已被押送至宗人府。

凌若撥弄著小指上景泰藍綴珠護甲幽幽道：「妒我得寵之人固然不少，但恨至如此地步又有能力布下此局者，除卻年氏我想不到旁人。」面對容遠她自不需隱瞞。瓜爾佳氏身為庶福晉，能讓她聽命冤枉自己之人位分必然高於她，嫡福晉自不會害自己，而李氏現在一心拉攏自己，斷無突然翻臉的可能，算來算去便只有一個視自己為眼中釘的年氏。

「既知道是誰，那妳往後便多提防些，莫要再著了她的當。」說完這句，容遠起身道：「說了這麼久我也該走了，否則該叫人起疑了。葉福晉現在情況不穩，雖有藥安著，但早產是必然的事，妳最好不要靠近她。我現在住在城西槐樹胡同，妳若有事盡可派人來尋我。」

凌若深深看了他一眼，嚥下所有離別的傷懷難過，淡然對等候在一旁的小路子道：「替我送徐太醫出去。」

門開的那一剎那，濃重的夜色蔓延而來，昏黃的燭火在茫茫夜色間飄搖不定，像是隨時會熄滅。

李衛望著容遠略顯瘦的背影，搖搖頭將門重新掩好，感慨道：「徐太醫真是一個至情至性的人。可惜……」

可惜什麼他沒有說下去，然淩若心裡卻是明白的，是啊，除了一聲可惜還能說什麼？

問世間情為何物？直教生死相許。天南地北雙飛客，老翅幾回寒暑。歡樂趣，離別苦，就中更有痴兒女。君應有語，渺萬里層雲，千山暮雪，隻影向誰去？

容遠哥哥，我欠你的，這一世註定無法償還，只盼能有輪迴轉世，來世，我將今生所欠一道還你……

彎月如勾，漸有東沉之意，在多數人酣睡時，某處院落內，一個人閉目，似睡著般一動不動坐在紫檀木椅中，手邊放著一盞早已涼卻的茶，搖曳不定的燭火將她身影虛虛投在後面的牆壁上。直至屋內多了一個人影，她才豁然睜開雙眼，冷冷睇視著面前以風帽覆臉者道：「妳來了！」

「是。」來人脣角微勾，伸手除下帶有風帽的披風，露出一張如花似玉的臉龐，竟是瓜爾佳氏，只見她朝座中女子欠身，怡然道：「妾身給福晉請安，福晉萬福。」

「坐吧」女子頷首，繁金刺繡的衣袖下露出一雙十指尖尖的手，指尖蔻丹不是慣常所見的紅色，而是紫紅色，在這樣昏黃的燈光下透著一絲無言的詭異，她睇視著自己的指尖輕輕道：「今夜的事，咱們失算了……」

在瓜爾佳氏坐下後，侍女端了茶從後面轉出來，在將茶奉上後一言不發地站到了女子身後。瓜爾佳氏端起茶溫暖冰涼的手，嘆道：「是啊，本以為此局萬無一失，哪知臨頭卻殺出一個溫如言和徐太醫來，尤其是那個徐太醫，竟憑著一個莫須有的謊話騙小四露出馬腳，讓那鈕祜祿氏逃脫。」

「這就叫人算不如天算。溫如言明明已經與鈕祜祿氏翻臉互不往來，偏在這關鍵時刻出來替她解圍。」帶有鏤金護甲的手指輕輕敲在細瓷茶盞上，發出「叮」的一聲輕響，同時唇齒間迸出森冷的寒意：「罷了，老天爺既不願這麼快讓她死，那咱們就陪她多玩一陣子，左右我也覺得現在就讓她死太過痛快了些。」

瓜爾佳氏早已習慣了她在提到凌若時強烈的恨意，當下一笑道：「福晉能這般想自是最好，只是可惜了咱們好不容易布下的局，本當一石三鳥才是，誰想不只鈕祜祿氏沒事，連李氏都沒事，剩下一個葉秀也被徐太醫給吊住了胎，最後會不會滑胎還是未知之數。」

「放心，這孩子一定生不下來。」女子撫了撫鬢，冷笑道：「與此相比，我倒更在意李氏，我明明記得杏仁茶上來時她曾喝過一小口，為何最後會一點事都沒有，而且還要騙貝勒爺說沒喝過？」

瓜爾佳氏低頭不語，她們兩人都知道杏仁茶有問題，所以這茶一上來便有意無意地盯著李氏與葉秀，親眼見她們都曾喝過，可為何一個有事一個無事？

「難不成是因為她喝的較少？」瓜爾佳氏猜測道，與葉秀喝了半碗相比，李氏只嘗了一小口便沒再碰過。

「即便真是這樣，也說不通她為何要騙貝勒爺。」女子輕撫額頭，對這當中的疑點百思不得其解。

「又也許……」瓜爾佳氏腦海中突然浮現出一個看似匪夷所思，但卻能夠解釋所有疑點的想法，只是此事關係重大，令她遲遲不敢說出口。

女子見她欲言又止先是蹙眉，忽地一道靈光閃過，倏然猜到了瓜爾佳氏之後的話，她沒那麼多顧忌，冷聲道：「又也許李氏根本沒懷孕，是嗎？」

瓜爾佳氏連忙垂目道：「福晉明察秋毫，妾身不敢隱瞞，確有此猜想。」

是啊，若是如此，那之前所有的不解都可以解釋了，不肯讓太醫把脈怕是會被發現她根本沒有喜脈，而沒懷孕的人喝了紅花當然不會有事。至於原來給她請脈、安胎的大夫，必是受了她銀子串供作謊，待等到十月期滿臨盆時，便去府外隨便抱個孩子來充數，用以坐穩她側福晉，乃至世子額娘的位置。

想明白這一點後，女子心頭大怒，狠狠一掌拍在茶几上怒喝：「她好大的膽子，竟敢意圖混淆皇室血脈！」

「福晉仔細手疼。」瓜爾佳氏細聲勸道：「她固然膽大妄為，但此事於福晉來說卻是一樁喜事，李氏明明無孕卻要假裝有孕，這孩子自不可能從她肚中出生，只要福晉能證明她的孩子是從外面抱來的野種，便可令她永無翻身之日，即便活著也不過活受罪。」

女子漸漸冷靜下來後也想到了這一點，冷笑道：「既是她要自尋死路，我焉有不成全之理。混淆皇室血脈是大罪，此罪一旦坐實，死的便不是李月如一人，而是李氏九族，真是報應！報應！哈哈哈哈！」

說到最後，她發出淒厲似夜梟的尖笑聲，狀若瘋狂，帶著極致無解的怨恨，這樣的恨意令人聞之生寒，而瓜爾佳氏卻彷彿未聞，只徐徐飲著手中的香茗，待得女子止了厲笑聲後方才勸了一句：「逝者已矣，福晉還是不要太傷心了，以免傷了身子。」

「妳放心，在討還這筆血債前我絕不會讓自己有事。」女子冷冷回了一句後，又蹙起眉看瓜爾佳氏。「唯一教我覺得可惜的，便是在扳倒鈕祜祿氏之前妳就洩漏了身分，往後她必會對妳嚴加防範，想再引她入局便難了。」

瓜爾佳氏眼珠骨碌碌一轉，放下細瓷茶盞起身微笑道：「其實要對付鈕祜祿氏並不難，眼下就有一個好機會，不知福晉有沒有興趣聽？」

「哦？說來聽聽。」女子聞言坐直了身子，鳳目微眯，直視瓜爾佳氏。

見女子果然被自己勾起了興趣，瓜爾佳氏嘴角的笑意又加深了幾分，她輕撫鬢邊珠花，慢慢道：「鈕祜祿氏的妹妹與丫頭在回來時皆異口同聲說自己見了惡鬼，鬼神之說素來令人敬畏，我觀鈕祜祿氏雖口中說不信，但心中依然忐忑，既如此，咱們何不讓她也見見這個鬼呢？」

「妳是說……」女子眸光一亮，想起之前做的手腳。確實，若用得好，未必不是一步妙棋。

瓜爾佳氏含笑低首，似一朵含羞帶澀的水仙花，與她步步算計的心計截然相反。「這步棋雖不能為福晉除去眼中釘，卻可以成為她的夢魘，令她睡不能安寢、食不能下嚥，也算是替福晉出一口惡氣。」

「很好！」女子難得露出一絲笑意，自椅中起身徐徐走至瓜爾佳氏身邊，纖白的手輕輕搭在她肩上，感覺到手下突然緊繃起來的肌肉，她笑意不改地道：「既是妳想出來的法子，那就交由妳去辦吧。放心，我答應過妳的事一定會做到，只要鈕祜祿氏與李氏一死，妳便是府裡的側福晉。」

瓜爾佳氏面露喜色，連忙拜伏。「多謝福晉，妾身一定以福晉馬首是瞻！」

女子滿意的點點頭，和顏道：「趁著天還沒亮，妳先行回去吧。」

在瓜爾佳氏千恩萬謝後離去後，女子驟然沉下臉，頭也不回地問一直站在身後的侍女：「妳怎麼看？」

侍女無聲地走到瓜爾佳氏適才所坐的位置，揭開茶蓋看了一眼道：「裡面的茶水分毫未動，原先抿茶的動作不過是做給主子看，可見她對主子的戒心很重。此人，留不得！」

女子瞟了茶水一眼，露出忌憚之色。「妳說得沒錯，真正會咬人的狗是不會叫的，瓜爾佳氏就是那隻不會叫，但隨時可能衝上來咬一口的狗！」

「主子既然心中一清二楚，為何還要與她謀事？」侍女頗有不解。

女子摘下髮髻上的銀鳳鏤花長簪在手中把玩。「這種人好比是一把劍，雖然難以駕馭卻是最好的利器，可以為我除去不願見到的人。只要她一天不安於本分，便會一天受我控制。」

侍女帶了幾分憂心道：「奴婢只怕一個側福晉之位不足以滿足她的野心。」

「妳覺得她會有那天嗎？」女子朱脣微勾，在笑意迸現的剎那鬆開了握著簪子的手，只聞「叮」的一聲，長簪恰好落在揭開的茶盞中，就在入水的瞬間，那與水接觸的銀簪簪身驟然浮起一層青黑色。「她對我存有戒心，我又何嘗不是，她以為不喝這茶水就沒事，殊不知此毒雖不烈，卻無孔不入，只要碰到在唾液中碰到一絲便如附骨之疽，休想再有擺脫之日。」

侍女雖依吩咐在茶中下了毒，卻不知究竟是何種毒藥，而今得知這毒如此詭異，不由面色一變，想起自己適才用手拈起藥粉放在茶中，那豈非也中了毒？

女子怎會瞧不出她的擔心，安慰道：「放心，只是肌膚碰到不會中毒，不過往後在徹底將手洗乾淨前，萬不可拿東西食用。我雖有解藥，但還是盡量避免為好。」

「奴婢記下了。」侍女暗自吁了口氣，恭維道：「主子深謀遠慮，那瓜爾佳氏即使插上翅膀，也難以逃出主子的掌心。」

笑，在將要逸出脣畔時被猛然收回，女子凝視著自己細白如上等玉瓷的手掌低低問：「我是不是很可怕？」

侍女眼中掠過一絲深深的同情，她最清楚主子為何會變成這樣，當下屈膝道：「在奴婢心中，主子永遠是那個主子，從不曾變過！」

「是嗎？」女子低低一笑，卻是苦澀難明。「人生若只如初見時，何事秋風悲畫扇。可見這世間的人都是會變的。」

「即使主子真變了，那也是被她們逼的，是她們將主子害成這樣，不論主子怎麼做都是應該的。」侍女在說這些話時，眼底亦閃過深沉的恨意。

女子慢慢握緊雙手，攥得指節泛白了都不肯放鬆，可是不管她攥得怎麼緊，最珍視的東西都已經不在了，既如此，她還有何顧慮？呵……既不能化身佛陀，慈悲一世，那便化身修羅，令每一個對不起她的人生不如死，嘗盡她曾受過的苦楚，令這世間以她為尊，無人敢違！

這一夜，她剔去最後一絲慈悲，化身為惡，寧可我負天下人，不可天下人負我！

第六十八章 盡釋前嫌

容遠走後，一夜未睡的凌若躺在床上久久不能成眠，時而想起容遠，時而想起胤禛，時而又想起溫如言，翻來覆去，直至東方露出魚肚白方才有了一絲睡意，正自半夢半醒間，忽地看到床上坐了個人影，待看清何人時頓時唬得從床上坐了起來，那好不容易醞釀來的睡意一下子跑得無影無蹤。「四爺什麼時候來的？怎得不見人通傳，可是下人們偷懶？」

「是我不讓他們通傳。」胤禛撫了撫她略有些毛燥的鬢角，言語間有少見的歉意：「小衛子說妳才躺下不久，本想讓妳多睡一會兒，不曾想還是驚醒了妳。」

凌若扯過光滑如璧的錦被覆在因驟然起身而略有些涼意的身上。「妾身沒事，倒是貝勒爺您一夜未睡，合該好好去休息才是，瞧這眼底都有些泛青了。」

胤禛握住她的手指道：「過會兒還得去上朝呢，哪有時間休息，我怕妳心裡不好受，所以特意來看看妳，昨夜的事……委屈妳了！」他嘆一嘆又道：「但妳也應明白，昨夜那種情況下眾言所指，我也不知是否該相信妳。」

「我知道。」把玩著胤禛修長的手指輕輕道：「若換了妾身站在四爺的位置，也會同樣懷疑。」

儘管聲音平靜似水，但胤禛還是能從中聽出一絲幽怨，他將手指上的玉扳指套到凌若拇指上道：「上回送了一個碎的扳指給妳，雖然鑲好了但總歸不吉利，這次送妳一個完整無缺的龍鳳呈祥玉扳指，願妳往後遇事呈祥，無災無難。若兒，我不能保證以後任何事都不懷疑妳，但我保證會盡力去相信。」

凌若心中一暖，知以他的性子與身分能說出這句話實屬不易，她不能再要求更多了，當下身子前傾，攬住他溫熱的脖子動情道：「妾身絕不辜負四爺的信任。」

她能這般說，就表示心中已無芥蒂，胤禛心裡浮起莫名但卻真實的歡喜，連他自己也說不清為何這般在意凌若的諒解與否。

「對了，葉福晉怎麼樣了？」凌若突然記起此事來，忙問。

胤禛拍了拍她的背道：「情況尚好，徐太醫留了七天的藥，若到時候胎兒依然安穩的話再請他過來診治，這次當真是多虧了徐太醫，不只醫術好，心思亦細，將小四這個狼心狗肺的奴才給揪了出來。」

「只可惜沒有抓到主謀者，妾身只要一想到那個陰狠毒辣的人就在府裡、就在妾身身邊，便覺得毛骨悚然，坐立難安。」凌若一邊說一邊覷瞧胤禛，小四不過是一個卒子，真正可怕的是他背後那人，此獠不除，自己豈能心安？

胤禛拍拍她的背安慰道：「放心吧，此事一定會查個水落石出，絕不讓妳白受這一通委屈。」說到這裡，他話鋒一轉：「只是有一事我不明白，妳既不曾做見不得人的事，為何要將尋簪子說成是尋伊蘭呢？」

凌若咬唇，將臉埋在陰影處說出違心之語：「那簪子是四爺賞給妾身的，妾身未能保管好於心有愧，所以不敢明說，請四爺原諒妾身的謊言。」

「幸好這次有尋回。」胤禛搖頭，自袖中取出那支七寶玲瓏簪，親自插在凌若髮間。「往後可不許再弄丟了。」

待凌若答應後，他看一眼窗縫間的天色，起身一整朝服道：「時辰不早，我該去上朝了，妳若覺著睏便再睡一會兒。」

胤禛走後，凌若了無睡意，當下喚墨玉等人服侍自己起身，墨玉在將絞乾的面巾遞給她時問：「主子，當時為何不直接告訴貝勒爺說是瓜爾佳福晉故意冤枉妳，反而要替她圓這個謊？」

她與李衛幾個適才就站在門口等候，這門並未關嚴，是以裡面所說的話他們皆有聽到。只要一想到瓜爾佳氏險些害主子蒙冤，她就一肚子氣，恨不得將她千刀萬剮。

凌若淨過臉至椅中坐下，望著銅鏡中的墨玉笑了笑，沒有立即回答，而是看向神色安然的李衛。「你可是猜到了什麼，且說來聽聽。」

李衛含笑言道：「奴才也是自己瞎猜的，若有猜的不對的地方還請主子見諒。」

墨玉聽著他們在那裡打啞謎，急得不行，她不敢催凌若，但對李衛就沒那麼客氣了，跺腳道：「你倒是快說啊，磨磨蹭蹭的做什麼！」

李衛沒好氣的瞥了她一眼道：「妳呀，真該好好動一動腦，再這樣下去非要生鏽不可。妳想想，貝勒爺當初是怎麼問主子的？」

「我記得。」正在替凌若梳頭的水秀搶先道：「貝勒爺問主子：只是有一事我不明白，妳既不曾做見不得人的事，為何要將尋簪子說成是尋伊蘭呢？」她記性極好，聽過一遍的話可以一字不漏地轉述出來。

李衛擊掌道：「不錯，就是這句話。從此話中可以看出貝勒爺已經先入為主，認定主子當時是在說謊。若主子現在矢口否認，貝勒爺不僅不會相信，還會認為主子存心報復雲福晉，形勢反會對主子不利。」

「正是如此。」凌若對李衛敏銳的觀察力頗為欣賞，她發現自己越來越喜歡與李衛說話，很多時候甚至不用說一個字，他便能明白自己心中在想什麼。

「若說小四是卒子，那瓜爾佳氏就是爪牙，若非此次她自己暴露，我還真看不出瓜爾佳氏竟是年氏的人，想必之前膽小沉靜的模樣也是裝給他人看的。」

小路子低頭想了一陣道：「奴……奴才記得雲……雲福晉是……是最早入府的，至今已有七、八年，她……她雖一直不是很得貝勒爺寵愛，但……但卻從不曾失寵，貝勒爺……爺一月總有幾次召她侍寢。」小路子一直在努力改掉結巴的毛病，眼下說話已經好了許多。

府中女子如雲，每一個皆有如花美貌，瓜爾佳氏的容貌在諸人之中並不算出色，又無子嗣，這樣的她卻能維繫住胤禛那一點寵愛，可見她絕對是一個有手段之人，可笑自己以前粗心大意，竟從不曾注意過這一點，看來這貝勒府裡當真沒一個是簡單易與之輩。

「原來如此。」聽完他們的話，墨玉這才恍然大悟，後怕地道：「年福晉她們真是太陰險了，幸好這次主子有貴人相助，逃過一劫！」

貴人……凌若心中一動，手輕輕撫上插在髮髻間的七寶玲瓏簪，溫如言……儘管不知她為何會那麼湊巧撿到自己扔的簪子，但她選擇在那個時候站出來，無疑是想幫自己，她……難道不恨自己那樣對她嗎？難道真的想錯她了嗎？

李衛見她撫著簪子不說話，知她必是想到了溫如言，遂小心斟酌了言語道：「主子，奴才知道靜貴人的事令妳傷透了心，但並不是全天下的人都與她一樣，至少奴才們就絕不會背叛主子。您之前疏遠溫格格，是怕她與靜貴人一樣口蜜腹劍，但昨夜她能站出來，足見她心中真的有主子。錦上添花終是易，雪中送炭見人心。主子，也許您想錯溫格格了。」

「是啊是啊，主子，奴婢也覺得溫格格是個好人，她一定不會害主子的。」正在給凌若梳頭的墨玉難得的沒與李衛唱對臺，水秀等人亦在一旁附和。

她錯了嗎？凌若失神地望著鏡中的自己，腦海中浮現自入府至今與溫如言相處的點點滴滴，越想她的心就動搖，也許……這次真的是她錯了……

良久，她終於下定了決心，凝聲道：「待會兒你們陪我去一趟攬月居。」

凌若逕直來到溫如言的住處，只見房門緊閉，墨玉剛要上去敲門，門忽地自己打開了，素雲睡眼惺忪地裡面出來，待看到凌若幾人時先是一怔，旋即冷下了臉，不情不願地行了個禮。

「姊姊醒了嗎？」凌若和顏悅色地問道。

素雲瞧了她一眼，陰陽怪氣地道：「凌福晉莫不尋錯了地方吧？您的姊姊該是在含元居、玲瓏閣才是，怎會在這小小的攬月居中？」

「我來找溫姊姊。」凌若知她因之前的事對自己不滿，是以並未與她計較。

素雲冷笑一聲道：「怎麼，凌福晉現在又想起我家姑娘來了？只是這姊姊二字我家姑娘可擔待不起，凌福晉還是請回吧。」

她說著便要走，墨玉看不慣她這樣子，手臂一伸攔住她。「我家主子特意來尋溫格格，妳縱是心中有所不滿也當通稟一聲才是。」

素雲眼睛一瞪，毫不示弱地回道：「我說過，這裡沒有凌福晉的姊姊，何況我家姑娘也未起身。」

「讓她進來。」屋裡突然傳出溫如言的聲音，見自家姑娘發了話，素雲不敢再阻攔，狠狠瞪了凌若一眼，側身讓開了路。

凌若睨了跟在自己身後的墨玉與李衛一眼，吩咐：「見了溫格格，沒我的允許，你們誰都不許多嘴說一個字，記住了嗎？」
「是。」兩人甚少見凌若這般嚴厲的說話，不敢多嘴，皆點頭答應。
推開門，凌若第一眼便看到了溫如言，她依舊穿著昨日的衣衫，鬢髮未見一絲凌亂，可見回來後並未休息。
凌若尚未說話，溫如言已斂袖欠身，脣齒間迸出客氣而生疏的言語：「妾身見過凌福晉，凌福晉吉祥！」
凌若眼中閃過一抹痛心，曾經親如姊妹的兩人而今走到這步田地，她要負上所有責任。扶了溫如言的胳膊，她輕聲道：「姊姊請起。」
溫如言起身後不著痕跡地後退一步，掙脫開她的手。「不敢有勞……」話音尚未落下，她忽地看到凌若朝自己緩緩欠下身去，驚得她忙閃至旁邊。「妳這是做什麼？」
凌若緩緩站起身道：「我受了姊姊的位分之禮，自當還姊姊一個妹妹之禮。」
「妹妹？」溫如言喃喃重複著這兩個字，似有所眷戀，然而很快便化為自嘲的笑容。「妾身如今哪敢當福晉如此稱呼，還請福晉收回。」
凌若輕嘆一聲，至椅中坐下。「我知道姊姊是在怪我前些日子的疏遠，所以今日特意來向姊姊請罪。」
「不敢！」溫如言提起桌上的黑瓷茶壺倒了一杯茶，卻沒有遞給凌若，而是自顧自抿了一口淡淡道：「凌福晉若無旁的事，就請回吧。」

「這麼冷的天，姊姊怎麼還在喝冷茶？若傷了胃可如何是好？」凌若見其倒出來的茶無絲毫熱氣，心知這是隔夜冷茶，連忙奪下。正待要吩咐墨玉去重新沏壺熱茶，恰好素雲提了暖壺進來，聽到這話頓時氣不打一處來，將暖壺重重往桌上一放道：「我家姑娘淪落到要喝冷茶，還不是拜福晉您所賜！自妳不理會我家姑娘後，那些格格們便將對妳的嫉恨，全發洩到我家姑娘身上，合起夥來擠兌姑娘！冷嘲熱諷就不必說了，連熱飯、熱茶都難得吃喝上一口，就我手裡這壺，還是好不容易問廚房的人討來的，如今還只是九月，若是十一、二月天寒地凍的，奴婢是做粗使活出身沒什麼大不了，但姑娘自小沒受過苦，她可怎麼受得了，嗚……」素雲越說越難過，忍不住哭起來。

「誰許妳說這些的？還這般沒規沒矩！」溫如言蹙眉喝斥：「快向凌福晉賠不是。」

「不！」素雲也犯了倔，抹了把眼淚道：「奴婢沒說錯，就是她害了主子，現在又假惺惺來這裡裝好人，才不會向她賠不是。」

「啪！」她話音剛落，臉上便重重挨了一巴掌，卻是溫如言，她氣得渾身顫抖，指了以手撫臉、震驚不已的素雲厲聲道：「是否因我平日太過縱容妳，所以才讓妳這般放肆無禮？跪下！」

素雲跟隨溫如言這般久，尚是頭一回挨打，且還是因為一個曾經背叛姑娘的人，她又難過又痛心，哽咽道：「奴婢沒錯，不跪！」

「姊姊！」凌若忽地開口，在溫如言目光掃過來時緩緩跪下，仰臉道：「素雲沒錯，錯的是我，是我害姊姊受了這麼多苦，若姊姊要罰的話就請罰我吧。」

早在她跪下的時候，溫如言就已經退至一邊，有無言的痛惜在眼底，凌若當時的疏遠確實令她傷透了心，然表現在臉上的卻是一派淡漠。「妾身怎敢罰福晉，若福晉是為昨夜之事前來的話，就請起來吧，妾身只是適逢其間而已，不敢受福晉如此大禮。」

「可是姊姊也可以選擇不將簪子拿出來，這樣除非派人去尋，否則我的話將無證可依。」凌若執意跪在地上，誠聲道：「我對姊姊無情，姊姊卻依然肯維護我，我終於可以確信，姊姊是真將我當成妹妹來看待，反而是我，居然疑心姊姊為人，實在不該，請姊姊原諒！」

溫如言撫額，轉過頭不願再看她一眼。「該與不該早已不重要，凌福晉還是請回吧，此處不是您該來的地方！」

「姊姊妳果然還是不肯原諒我。」凌若心下一片黯然。

「無所謂原不原諒。」指甲用力掐在已有枯意的桂花葉上，葉子的汁水堪堪為指甲染上一層溼意，與她的眼眸一般。「我只是恨自己有眼無珠，錯看了妳。」

這句話對凌若來說無異於戳心之劍，痛極了。李衛不忍心，冒著被責罰的風險上前扶起凌若，小聲在她耳邊勸道：「主子，眼下除了將實情相告之外，再沒有別的法子可以解開溫格格的心結了。」

凌若沉吟不語，並非擔心溫如言會洩漏，若直到現在還信不過她為人，自己也不會專程走這一趟；她是怕此事會連累對方，萬一被石秋瓷知道她已經得悉當初選秀的內情，必會橫加報復，所有相干的人都逃脫不了。可若不說，她與溫如言，怕是永無和好之日。

許久，她抬起頭，眼中掠過異樣的神彩，近前道：「想來在姊姊心中，已認定妹妹是一個跟紅頂白的勢利小人，可妹妹確實有不得已的苦衷，若姊姊不怕被牽連的話，妹妹願如實以告。」

「妳覺得我現在還有什麼可被牽連的嗎？」溫如言指著自己身上半舊不新的衣裳自嘲，對凌若的話並不相信。

凌若理了理思緒，將當初入宮後從榮貴妃處聽聞的一切，原原本本說了出來。

溫如言起先不在意，待到後來漸有動容之色，素雲亦是詫異不已，萬萬料不到當中竟有此等緣由。

待得凌若話音結束時，溫如言已是嗟噓不已，她一直以為凌若晉了福晉後有心疏遠是因她勢利現實，眼下看來卻是錯了。

「是我錯怪妳了……」溫如言看向凌若的目光多了一絲歉疚，但更多的是欣慰，今日這席話足以證明她並沒有看錯人；更何況她今日說出此事，無疑等於是將性命託付予自己，甚至連素雲也沒有迴避，足證其誠意。

「姊姊怪我理所應當。」凌若嘆了口氣，握住溫如言的手道：「其實姊姊一直以真心待我，是我雙眼蒙了灰，竟然疑心姊姊，實在是一朝被蛇咬，十年怕井繩。若非昨夜之事，只怕我現在還在疑神疑鬼。」

這一次溫如言沒有推開她，反而緊緊反握了她的手，哽咽道：「不怪妳，要怪便怪那靜貴人，若非她歹毒心腸，妳又怎會受這麼多苦？若兒，妳放心，姊姊絕不會辜負妳的信任與情誼！」

「我知道。」兩人相視一笑，以往所有不快與隔閡皆在這一笑中煙消雲散，她們依然是好姊妹，經此一劫，情誼更比金堅，再難動搖。

第六十九章　假孕

「這就叫塞翁失馬焉知非福。」墨玉在一旁笑嘻嘻地道。

李衛睜大了眼佯裝吃驚地道：「唷，妳竟然會知道這句話，看來這段時間沒白學啊。」

墨玉揚一揚小拳頭得意地道：「那當然了，也不看看本姑娘是誰，一學就會，一點就通，比你可聰明多了。」

「別忘了妳會的都是跟誰學的。」李衛笑瞇了眼，不理會被他噎地說不出話來的墨玉。

「你們兩個一天不鬥嘴是不是就難受得緊啊！」凌若搖頭笑斥了一句，與溫如言和解令得她心情甚好，側過頭指了暖壺對尚愣在那裡的素雲笑道：「現在可以沏壺熱茶了嗎？」

素雲回過神來，忙為她與溫如言一人沏了一杯熱茶，更親自端予凌若，屈膝赧然道：「奴婢適才言出無狀，請凌福晉恕罪。」

「不知者不怪，妳也是為了維護姊姊，我若怪妳豈非連姊姊也怪了嗎？相反我還要謝妳才是，幸好姊姊身邊有妳這個忠心不二的奴才，這些日子才不至於太過清苦。」凌若接過茶示意素雲起來，笑意一直掛在脣角，她已經許久沒有這樣開懷過了。

「對了，姊姊，有件事我一直很好奇，妳當真是如此湊巧撿到我丟的金簪嗎？」與溫如言一道落坐後，凌若將憋在心裡許久的問題問了出來。

溫如言捧了略有些粗糙的茶盞笑一笑道：「妳會問就表示不認為這是湊巧。」她頓一頓道：「昨夜我確實是灑酒弄溼了衣裳，本打算提前回去，沒想到走到半路卻看到妳在前方匆匆而過，彷彿在追什麼人，我一時好奇便悄悄跟了過去，之後看到妳跟李忠說話，李忠走之後妳還將髮上的七寶玲瓏簪擲到樹叢後面。我記得這簪子是貝勒爺送妳的，妳素來珍視，斷不會毫無理由亂扔，必是當中另有緣由。為防萬一將那簪子撿了起來，隨後便回攬月居換衣裳，在我趕回清音閣時，發現那裡亂哄哄的，我知必是出了事，所以躲在一旁沒有立刻現身，直至年福晉說要將妳送至宗人府。不過說起來，妳最應該感謝的還是徐太醫，多虧他揪出下藥之人，才徹底洗脫妳的嫌疑。」

說到此處，溫如言秀眉微蹙，睨了凌若道：「妹妹，妳是否已經猜到是何人在設局害妳？」

「姊姊不是也猜到了嗎？」凌若徐徐撥著盞中的碎茶葉末，頭也不抬地道：「我一直知道她對我不滿，卻不想竟恨到如斯地步，不惜藉未出世的孩子來害我。雖然我亦不喜葉氏，但孩子終歸是無辜的，六個月的孩子都已經成形了。」

溫如言亦有不忍之色，嘆息道：「可惜一切都只是我們的推測，沒有真憑實據，根本奈何不得年氏半分；年氏之寵在於美貌更在於家世，若無十分把握，萬萬動她不得，否則只會為自己招來災禍。」

「我知道，此事不急，來日方長，我不相信她永遠都可以隻手遮天！」凌若眸中射出冰冷若秋霜的光芒，從今往後，她與年氏不死不休。

從溫如言處出來已是午時，秋陽灩灩高懸於空，灑下細碎的金色，雖仍能感覺到些許暖意，但更多的是徹骨的秋寒。

「快到冬天了呢！」凌若喃喃輕語。

李衛在一旁接了話道：「是呢，奴才早上起來的時候，看到外面都結霜了，一天比一天冷，等到十月差不多就可以生炭取暖了。」

「待會兒將姊姊這裡缺的東西都送一些過來，另外告訴攬月居的管事，讓他好生照料，若有什麼差池或怠慢，我唯他是問。」她這話不只是說給李衛聽，更是說給站在庭院中的那幾個格格聽，果不其然，她們臉上一陣紅一陣白，訕訕著不知如何是好。

回到淨思居的時候，恰好看到小路子領著幾個小廝提著數筐銀炭回來，見到凌若趕忙上前打了個千兒，說是高管家見天氣漸涼，怕今年冬天來得早，所以讓負責內務那些人先將各房各院的俸例銀炭給領了。

不知高管家是否真有遠見，就在數日後，京城迎來了入秋後最冷的一場雨，雨過之後溫度急轉直下，開始有了入冬的感覺，秋衣秋衫已擋不住那滲入肌膚的冷意，眾人紛紛換上棉衣，有甚者已經開始燒炭取暖。

這個時候，有人意欲謀害四阿哥子嗣的事如插了翅膀一樣，傳入紫禁城中，德妃與康熙先後得知，皆是震怒不已，特意宣胤禛進宮問話，待得知下藥者已被杖斃時方才暫息雷霆之怒，但為慎重起見，康熙決定自太醫院中擇一人負責照料兩人的胎，直至平安生產，而容遠自是最好的人選，畢竟葉秀的胎兒全靠他才能保住。

「什麼？徐太醫？」胤禛難得有空來陪自己用晚膳，李氏本是極高興，不想吃到一半，胤禛突然告訴她以後她與葉秀的胎由徐太醫負責照料，驚得她幾乎要從椅中站起來，虧得雙手緊緊抓住扶手，才強行遏止想要站起的衝動。

「不錯，皇阿瑪已經命李德全傳諭太醫院，從明日起，徐太醫每日都會來給妳和秀兒請脈，直至妳們安然產下皇孫。」胤禛夾了一片冬筍到她碗中。「來，多吃些，我看妳都已經四個月的身孕了，人卻一點也沒胖過，必是吃得不多，長此以往，孩子又怎會長得好呢？」

「多謝貝勒爺。」李氏的笑容有些勉強。「其實妾身和腹中胎兒都安好，也有大夫每日來請脈，實不必勞煩徐太醫，讓他來回奔波。」

「外頭那些所謂的名醫哪有徐太醫醫術來得高明。」胤禛不以為然地說著，用銀調羹舀了口湯後道：「至於他的辛勞我也知道，只要妳們安然生下孩兒，我必會重重謝他。」

見胤禛心意已決，李氏也不便再說什麼，默默吃著碗中的米飯，這是暹羅進貢來的香米，晶瑩剔透、香糯可口，平常最得她喜歡，而今吃來卻是索然無味，好不容易吃完晚膳胤禛離去，李氏立刻沉下臉，命晴容關起門窗。

晴容仔細將所有門窗一一關嚴後，走到她身邊小心地道：「主子，您是否在擔心徐太醫會發現您的脈象有問題？其實您大可以放心，奴婢這套針法乃祖傳之祕，絕不會有人發現。」

「我何嘗不知。」李氏的聲音是少有的焦急不安。「只是徐太醫非一般人，那夜的情況妳也看到了，葉秀流了那麼多血，所有人都以為孩子保不住，可硬生生被他從鬼門關給拉了回來，至今還好好待在葉秀的肚子裡，我真的很擔心，萬一……」李氏低下頭看著葡萄紫團繡錦衣下的微凸小腹，伸手自衣中取出一個小小的棉包，隨之她的腹部變得極為平坦，眸中帶了無盡的寒意與恐懼道：「萬一讓他發現我根本不曾懷孕……」她不敢再想下去，只要想到那個畫面，便渾身發涼。

數月前，她得知葉秀的真面目以及她身懷六甲的消息後，便存下了除掉葉秀的心思，只是葉秀為人極是小心，所用、所食，每一樣皆找大夫瞧過，令她一直不曾尋到機會下手。

後來李氏想到了更好的法子，既然不能墮了葉氏的胎，那便將胎據為已有！

晴容出身杏林世家，雖父母早亡不能將一身醫術盡傳給她，但將祖傳的醫書帶在了身邊，這當中就有以針炙改變脈象的祕法。

一旦葉秀腹中胎兒瓜熟蒂落，她便會設法買通穩婆，來一個偷龍轉鳳，就說葉秀生了個死胎或怪胎，自己隨便尋個緣由早產，便可將葉秀的孩子名正言順變成自己的孩子。為防萬無一失，她甚至還祕密命晴容在外面以重金尋一個月分相仿又有宜男之相的孕婦，萬一得不到葉秀的孩子，便用那孕婦所生的孩子來冒充。

誰曾想，眼下竟又出了這等事，徐太醫……徐太醫！

這三個字於李氏來說簡直就是催命符，她該如何是好？難不成要被迫假裝流產，以避過他的診脈？

「不會！絕對不會！」晴容跪在李氏面前緊緊握住她的手。「沒有人會發現這個祕密，就是徐太醫也不例外！主子，您相信奴婢，奴婢一定可以幫您像之前那樣瞞天過海。若現在放棄的話，您之前所做的一切就全都白費了。」

李氏盯著手裡的棉包，不安的神色漸漸冷靜下來，要放棄嗎？真的要放棄嗎？不，她不甘心！好不容易才走到今天這個地步，只要按計畫熬到那刻，她便是世子的親額娘，雖有風險，但只要成功便是尊榮無比，連年氏也不能再視自己為無物；否則，除非年氏死，不然自己永遠要過著仰她鼻息的日子。

眉眼漸漸冷了下來，若秋霜冬雪，但掌心卻漸漸有了溫度。她看著一臉懇切的晴容道：「妳說得沒錯，現在放棄太可惜了，但是徐太醫此人我們不可不防，切不可因他而前功盡棄。」

「主子可是已有妙計？」晴容是從小就陪伴在李氏身邊之人，論忠心以及對李氏的瞭解，無人可出其左右。

李氏起身在屋中走了幾步後道：「我記得上回聽妳提過，有個哥哥入宮當了太監，且在御藥房當差是嗎？」

「是，小時父母雙亡，哥哥被淨身送入宮中，奴婢就跟了主子。」晴容不知她何以會突然問起這個。

李氏微微點頭。「他在御藥房當差，對徐太醫應該有所瞭解，妳待會兒持我的權杖連夜入宮，找他問問徐太醫現住何處，問到之後，妳便找機會去試他一試，至於試什麼，不需要我告訴妳了吧。」

晴容會意的點頭。「奴婢這就去辦。」

正待要走，李氏又道：「若萬一瞞不過徐太醫，就將莫氏帶來。」莫氏就是她養在外面的孕婦。

「是。」晴容取了權杖急急離去，這一去便是整整一夜，待得第二天天亮時分才回來。

見她回來，一早上都心神不寧的李氏精神一振，迫不及待地問：「如何？」

晴容抿脣一笑，略帶了幾分得意道：「昨夜奴婢從哥哥口中得知徐太醫住處後便立刻趕過去了，等了一會兒見徐太醫回來，奴婢便以金針改了脈象，假意暈倒引他出手相救，在診脈時奴婢裝著剛甦醒的樣子，問他腹中孩子可還安好，他並沒有任何懷疑，只說一切安好，讓奴婢不用擔心。由此可見奴婢的金針改脈之法足以瞞過任何人，主子您可以放心了。」

「那就好！」李氏長長出了口氣，陰沉許久的臉終於露出一絲笑意。「對了，徐太醫可有看清妳的面貌？」

「主子放心，那時天色極暗，奴婢又在臉上塗了不少黑灰，徐太醫絕對認不出來。」晴容信心滿滿地回答。

「甚好。」李氏對此很是滿意，將特意留下的銀耳蓮子粥遞給掩嘴打哈欠的晴容，柔聲道：「這一夜辛苦妳了，把這碗粥喝了墊墊肚子，然後趕緊去睡一覺，晚些時候妳還得給我施針呢。」

晴容知這是主子特意留給自己的，舀了一匙在嘴裡，感覺特別好吃，笑道：「其實奴婢不睡也沒事，倒是主子您往後每天都要受針灸之苦。」

「只是些許痛楚罷了，若連這些都忍不了，又如何能成就大事。」李氏淡淡地說了一句，眼中有不容置疑的決絕，好不容易才走到這一步，她絕不允許任何人破壞，包括她自己！

之後，容遠到玲瓏居為李氏把脈的時候，果然沒發現異常，反而叮囑其要好生休養，按時服用安胎藥。

李氏放下湖綠鑲銀邊的袖子，蓄了一抹微不可見的笑容道：「有勞徐太醫了，不知葉妹妹那邊如何了？可是安然無恙？」

容遠將剛剛寫好的安胎方子吹乾，交給候在一旁的晴容，據實道：「微臣剛從葉福晉處過來，她的情況較前兩天有所好轉，但仍需臥床休養。」

「那就好，希望上蒼保佑葉妹妹吉人天相，母子平安。」李氏眸光一轉，真誠又無比鄭重地道：「還請徐太醫盡全力保住葉妹妹的胎兒。」

「此乃微臣分內之事，定當竭盡所能，保福晉與葉福晉平安生產。福晉若無旁的吩咐，微臣先行告退。」

笑在脣邊無聲綻放，葉氏的孩子若不能平安生下，她又何來子嗣可以繼承世子之位？一個女兒並不足以穩固她在府中的地位。

在晴容送徐太醫出去後，李氏忽地想起可以讓他幫忙診治靈汐的病，靈汐一直這樣痴痴呆呆、不言不笑，她實在憂心，雖然大夫說是心病，藥石無效，但徐太醫興許會有辦法，忙讓晴容再去請。

容遠出了玲瓏閣後，並未往大門走去，而是拐進了另一條路。

追出來的晴容一怔，這不是去淨思居的路嗎？徐太醫往那邊走做什麼？她略略一想，收回了已到嘴邊的喊聲，悄悄跟了上去。

第七十章　人心鬼魅

容遠並不知曉自己身後多了這麼條尾巴，他放心不下凌若，便想到淨思居看看，剛一踏進便看到水秀急匆匆地奔出來，原先正在掃地的小路子看到她，急忙扔下手裡的掃帚迎上去道：「怎麼樣了？好些了嗎？」

水秀為難地搖搖頭。「還是老樣子，我看咱們得請個法師來給主子驅邪才行，否則總這樣下去怎麼得了！」

「法師會有用嗎？再說這……該到哪裡去請？」小路子心急如焚，低頭想了想道：「要不我……我去道觀或者廟裡問問？」

「也好。」水秀點點頭，不無憂心地道：「那你趕緊去換件衣服，主子精神越來越差了，我怕再這樣下去主子會熬不住啊。」

小路子答應一聲，轉身便走，不曾想後面站了個人，一時沒煞住，結結實實撞了個正著。

「徐太醫您什麼時候來的？怎麼也不出聲，怎樣，您有沒有撞疼？」小路子捂著撞紅的鼻子甕聲問道。

「我沒事。」身上那點疼痛容遠根本沒在意，與之相比他更關心凌若的安危，當下急切地問：「我聽你們剛才說什麼法師驅邪的，可是凌福晉出了什麼事？」

水秀與小路子相互看了一眼，嘆氣道：「徐太醫有所不知，自數日前開始，主子便被不知從何處來的鬼魅所擾，夜夜糾纏，弄得夜不能寐，精神一天比一天差。之前白天還能睡一會兒，現在只要一閉眼，就說會看到一個白衣長髮、滿臉鮮血的女鬼來要她的命，精神一天比一天差，奴婢不知道主子是夢魘或者中邪，所以正打算請個法師來看看。」

「那你們有見過嗎？」容遠皺緊了雙眉。

水秀與小路子均搖頭。「咱們沒見過，但是有一回夜裡，墨玉在陪主子的時候見過，嚇得她魂都快沒了，說是好可怕的。」

剛一踏進屋內，他便覺一股熱氣迎面而來，當中還夾著安息香淡淡的香氣，炭盆裡的上好銀炭燒得通紅，偶爾發出「劈啪」輕響，爆出幾絲火星來。

「你怎麼會過來？」凌若半躺在貴妃榻上，看到容遠進來略有詫異。

儘管早有心理準備，但乍一見凌若，容遠還是被嚇了一大跳，不過半月沒見而已，她卻彷彿變了個人似的，形容消瘦，眼眸中看不到一絲神彩，唯有深深的驚懼，眼下更是怵目驚心的青黑，顯然已有許久不曾闔過眼，墨玉正小口小口餵她喝剛燉好的參湯。

「皇上命我負責照料二位福晉的胎兒，在她們生產前我每日都會來請脈。」他放下背在身上的藥箱，略帶了些責備道：「我若不來，還不知道妳變成這樣子，好端端的怎麼會有鬼魅作祟？」

「我也不知道。」凌若神色黯然，連耳下的瑪瑙墜子都似蒙了塵，無一絲光輝。「我一直不相信世間有鬼神，但此刻我真的有些懷疑是否真的有鬼，若沒有，為何我現在只要一閉上便能看到那張血淋淋的鬼臉，即便好不容易睡著了，也很快會被噩夢驚醒。」

「這府中最近可有死過人？又或者與妳有關？」容遠追問。

凌若搖搖頭，似乎連說話的力氣都沒有，墨玉放下還剩一小半的參湯，心有餘悸地道：「若說最近府中死過什麼人的話，那便只有弘暉世子，可奴婢看到的卻是個女人，眼睛流血、舌頭吐出好長的女人，與那天在清音閣聽戲時所看到的差不多。小衛子說是這府裡以前死的人。」

「哦？妳之前曾見過，且仔細說來與我聽聽。」待聽完墨玉的敘述後，容遠又仔細問了凌若所見鬼魅的樣子，發現當中有所出入，雖皆是女鬼，但一說滿臉鮮血，一說口吐長舌，並不一致。

他對凌若遇鬼之說心存疑慮，活了這麼多年都沒遇到鬼，怎麼現在說見便見著了？還有伊蘭，雖然她此刻不在貝勒府中無法細問，但根據墨玉的描述，伊蘭所見的只有一個白影。

他突然想起墨玉不經意間提起的一事，莫非……他忙問：「妳說妳在見到鬼魅前，曾聞到一股濃郁的香味？」

「嗯，不知從何處傳來，香氣好聞得緊。」墨玉的回答讓容遠神色更添幾分慎重，從隨身藥箱中取出幾個小瓷瓶，從中各自倒了一些粉末出來混在一起，然後倒在墨玉掌心。「妳仔細回想一下，所聞香味與眼下這個是否有幾分相似？」

墨玉努力在腦海中回想當日聞到的香氣，時隔多日，且那香氣又只是曇花一現，記憶實在有些模糊，她沉吟了許久方才不確定地道：「似乎有些相似，但奴婢不敢確定。」

容遠神色越來凝重，目光死死盯住墨玉捧在手心的那撮粉末，最後移到嫋嫋從香爐空隙間升起的輕煙，許久長出了一口氣，自言自語道：「相似就對了，想不到，想不到這世間竟真的有這種東西。」

容遠立刻道：「妳們趕緊將門窗都打開，然後把香爐中的香給熄了。」

「這……」墨玉兩人遲疑著沒動，眼下外面可是冷得很，主子身子本來就虛弱，再讓冷風給吹了如何是好？再說這香是用來安神辟穢的，熄它做什麼？

「按徐太醫說的話去做。」凌若揉著額頭，勉力提起一絲精神吩咐，她相信容遠這麼做一定有理由。

墨玉兩人答應一聲，將門窗一一打開，在打開東面的沉香長窗時，忽聞外面有響動，便奇怪地探頭朝外頭看了一眼。

正奇怪間，身後凌若問：「墨玉，妳在看什麼？」

「沒什麼。」墨玉一邊回話，一邊用桿子將窗支好，匆忙回身的她並沒有發現晴容正緊緊捂著嘴巴蹲在窗子底下，而她腳下有一根被踩斷了的枯枝。

芬芳寧神的安息香被水月用茶水澆滅，再加上門窗大開，繚繞在屋內的香氣很快四散而去，直至再聞不到一絲香氣後，容遠才示意墨玉她們重新將門窗關起，只是這一會兒工夫，剛才還溫暖如春的屋子已是一片冰寒，凍得幾人手腳冰涼。

「徐太醫，現在可以說了嗎？」凌若盯著容遠緩緩問道，神情一片凝重。

容遠沉沉點頭道：「適才聽墨玉姑娘所言，似乎每一個人所見的鬼影都各不相同，這顯然與常理不符，縱然真有鬼，在同一時間、同一地點所見的也應該相同，何以會截然相反？所以微臣懷疑這當中另有隱情。想起墨玉說在見鬼前曾聞到一陣香氣，令微臣想起從前在醫書中看到的一則記事，傳言古時有一種迷魂香，可使人產生幻覺，而這幻覺便是世人口中的鬼！」

「你是說我與墨玉所見的鬼，皆是迷魂香所造出來的幻覺？」被冷風一吹，凌若昏昏沉沉的頭腦恢復了幾絲清明。

「若微臣所料不錯，凌福晉在見鬼前應該已經開始焚香。」見凌若點頭，他又接著說下去：「微臣將丁香、霍香、沉水香混合在一起讓墨玉聞，這幾味是製造迷魂香必用的香料，果然與之相似，所以微臣斷定，必是有人將少量迷魂香偷偷混在安息香中，只要一燃香，迷魂香便會在不知不覺中令福晉產生幻覺，以為有冤鬼纏身，寢食難安。」他言語間有少見的痛恨，迷魂香雖然要不了人命，但長此以往，被害者縱然不死，也會只剩半條命。

水秀想來想去，還是覺得有些說不通。「既是混在安息香中，為何只有主子和墨玉產生幻覺，而我們幾個都沒事？」

「因為你們並沒有一直待在屋中。混在安息香中的迷魂香是少量的，短時間並不足以讓人產生幻覺，墨玉姑娘也是在陪夜的時候才聲稱見到鬼，但凌福晉卻長久待在屋中，故她吸入的迷魂香是最多的。」他看了凌若一眼道：「眼下屋中通風去了殘餘的香味，福晉可有感覺好些？」

凌若嘗試閉上雙眼，果然眼前並無鬼影出現，頓時心中一喜，正要說話，白衣鬼影再度出現，面目猙獰的伸出雙手向她抓，嚇得她一下子睜開眼睛，撫著心悸的胸口大口大口喘氣。「鬼……鬼……它還在……還在啊！」

本以為自己猜測八九不離十的容遠聽她這麼說，頓時為之一驚，道：「還是能看到？」

凌若用力點頭。「不錯，它沒有消失。徐太醫，會不會是你猜錯了？」

「不可能！」容遠斷然否決她這猜想，快步走到博山爐前，掀開爐蓋從中取出被水浸溼的香料，細細捻開，照醫書記載，迷魂香中有至關重要的一味香料：罌粟，可在這安息香中他並沒有發現罌粟的蹤跡……難道真是猜錯了，與迷魂香無關？可若不是迷魂香又會是什麼呢？

正自疑惑之際，李衛吃力地提了一大筐銀炭進來，墨玉見狀，忙過去搭手將炭筐放到角落。「你這麼久是去哪裡了……原來是去領銀炭，這銀炭不是還有很多嗎，怎麼這麼急著領？」

李衛拍拍手上的灰，帶了一絲得意道：「這妳就不懂了吧，別看現在銀炭多，再過一陣子各房各院都開始燒炭取火後就緊張了，趁現在寬裕多備點，主子身子不好可受不得涼。」

「咦，徐太醫也在啊，奴才給您請安了。」李衛連忙打了個千兒，隨後從懷裡小心翼翼取出一個三角黃符。「主子，這是奴才剛才趁空去萬壽寺中求來的平安符，這個一定會靈，您帶在身上，保準那些魑魅魍魎沒一個敢靠近您。」

萬壽寺乃是皇家寺院，離這裡來回足有二十里，半天跑一個來回，其中辛苦可想而知。其實為著鬧鬼的事，墨玉他們已經不知跑了多少廟求了多少個平安符，一個都沒用。儘管知道沒什麼用，但這是李衛一片心意，凌若還是含笑收下，剛要說話，李衛忽地用力嗅了幾下，將目光轉向已被熄滅的錯金縷銀香爐。「怪不得屋裡的香氣淡了這麼多，原來是香沒了，怎麼妳們不給主子添香啊？」

「你說什麼？」容遠陡然一驚，用力抓住李衛的手追問：「這屋中還有香氣？」

不只他，凌若等人皆是一臉詫異，適才門窗大開，明明所有香氣都已經被吹散，安息香也滅了，怎得屋中還有香？

李衛如實點頭，燃過香的屋子有餘香繚繞不是很正常的事嗎？為何徐太醫會如此激動。

容遠精神為之一振，也許他猜得並沒有錯，只是尋錯了地方。為查出這香氣從何而來，容遠將屋內所有東西仔仔細細檢查了一遍——奇了怪了，難道這香氣真是平空出現不成？

見容遠一籌莫展，凌若略一思忖，示意墨玉扶自己至窗前深深吸了幾口冷冽寒沏的空氣，原本淡不可聞的香氣在此刻變得清晰可聞；閉目將所有感知都集中在鼻尖，努力分辨香氣的濃淡，相信只要找到香氣最濃之處便等於找到了源頭。

在滿屋子的寂靜中，軟底繡鞋一步步落在光滑平整的金磚上，待走到正中間時，凌若豁然睜開雙眼，灼灼目光落在不遠處冒著絲絲熱氣的炭盆上，冷道：「就是這裡，這裡便是香氣最盛之處。」

容遠聞言，立刻以鐵鉗子從炭盆中夾起一塊燒得通紅的銀炭，另一隻手端起未曾動過的茶水倒在上面，只聽得「滋」的一聲響，白煙滾滾升起，仔細分辨，果然聞到了比屋中飄蕩的更為明顯的香氣。

有人在其中混了迷魂香的粉末，尋常時聞不出來，只要一燒炭，香氣便會被激發。

第七十一章　迷魂香

「這銀炭一直是你在負責領取？」容遠又檢查了李衛剛拿來的那筐銀炭，果然也發現有迷魂香。

李衛此時已經從水月嘴裡得知了事情的來龍去脈，見他盯了銀炭這麼久，知道問題必是出在這上面，連忙跪下道：「自天寒後銀炭一直是奴才去炭房領取，但奴才對天發誓，絕沒有動過任何手腳，更不曾意圖加害主子，請主子和徐太醫明鑑！」

「起來。」凌若不堪久站，攏手於袖在花梨木椅中坐下，聲音虛弱地道：「你是我身邊的人，我自不會懷疑你，你且仔細想想，每回去領炭的時候可有什麼怪異之處。」

怪異……李衛低頭想了很久，方才有些不確定地道：「奴才不知道這算不算怪異，炭房的小廝王保與奴才有點過節，其實也沒什麼大不了，就是數年前他和幾個小廝躲在一起賭牌的時候被奴才看到，說了他們幾句，後來這事不知怎麼被李福晉知道了，罰了王保一個月的例錢，王保以為是奴才告的密，自那之後對奴才少有言語，可是這些天在炭房裡碰到時，他竟主動跟奴才說話，態度甚是熱情，有說有笑的，還撿最好的銀炭給奴才裝好帶回來。奴才還以為他是想通了……」

凌若略略一想道：「幾句爭執他卻可以記上數年不忘，可見王保並非心胸寬闊之人，既如此，又怎可能突然釋懷與你重修舊好？要我說無事獻殷勤非奸即盜。」

「是奴才疏忽，幸好這次有徐太醫，否則奴才害了主子尚且不知，請主子責罰！」李衛連忙跪下請罪，神色懊惱不已。

「與其請罪，倒不如將功贖罪來得更好些。」凌若瞟了他一眼，轉向容遠道：「徐太醫以為呢？」

「迷魂香材料繁多，製作複雜，絕不是一個下人能做到的，況且福晉與王保並無過節，所以微臣猜測，王保只是一個服從命令者，他背後必然有一個主使者，唯有找出這個主使者，福晉才能真正安枕無憂。」

凌若舉袖掩口，微微一笑道：「徐太醫所想與我不謀而合，我已經迫不及待想見見這個王保還有……他身後的大魚。」

容完將剛寫完、墨跡尚未乾透的方子遞給水月。「福晉這些日子被迷魂香所擾，心神損耗巨大，這張方子有助於福晉調養身子。」

「今日這事多謝徐太醫了，凌若銘感於心，墨玉，替我送徐太醫出去。」她頷首，目光在掠過容遠沉靜溫和的臉龐時有一絲感動，他永遠是這世間最在乎自己的人，沒有之一。

待容遠走後，凌若立刻喚過李衛，命他設法打探王保的情況。

李衛動作很快，夜幕還未降臨時便已經打聽到了大致情況。王保是個賭徒，不曾娶妻，自幼父母雙亡，只有一個弟弟在家中種田，聽說與弟弟感情極好。他與前些天被杖斃的小四關係匪淺，小四死後他還偷偷摸摸去祭奠過。

「賭徒之間也會有情義嗎？」凌若對此嗤笑一聲，對李衛道：「去把王保叫來，就說我有事問他。」

李衛遲疑了一下道：「現在傳王保，您不怕打草驚蛇，驚跑了他身後那條大魚？」

凌若站在窗前，仰頭看著猶如巨網的夜幕，細碎的髮絲與流蘇一道在將落未落的夜幕中飛舞。「我就是要來個引蛇出洞，你只管去傳就是了。」

李衛答應一聲後快步離去，不多時，便領了一個三十出頭蓄著短鬚的人進來。「啟稟主子，王保來了。」李衛話音剛落，王保立刻打了個千兒，恭謹地道：「奴才給凌福晉請安，凌福晉吉祥。」

「起來吧。」凌若仔細打量了他一眼，忍著心中的厭惡徐徐道：「你在府中多少年了？」

王保眼珠子悄悄轉了一圈，發現這麼冷的天，屋中竟沒有燃炭，本就有些不安的心越發往下沉，他忐忑不安地道：「回凌福晉的話，奴才十九歲進府，至今已有十二年了。」

凌若不置可否地點點頭，扶著墨玉的手起身踱至他身前。「那就是說貝勒府剛開牙建府時你就已經在了，算是府中的老人了，如今又任著炭房管事一職。既如此，當更加明白身為奴才的本分。」說到此處，她聲音驟然一冷，厲聲道：「為何你竟敢如此膽大妄為，做出謀害主子之事？」

王保臉色一變，雙腿微微發抖，但仍強自鎮定道：「奴才不知道福晉此話是何意。」

「事到如今你還要跟我裝糊塗。」凌若看向李衛，後者立刻會意地從角落中搬出那筐未動過的銀炭，「嘩」的一聲悉數倒在王保面前。

王保的臉色驟然變得灰白，哆嗦不止，連最後一絲僥倖也化為烏有，事情必然已經敗露無疑。

李衛怒氣沖沖地將空筐往地上一砸，用力握著他的衣領惡狠狠地低吼：「王保，你好大的膽子，敢竟在銀炭中混入迷魂香陷害我家主子，害得主子以為冤鬼纏身，夜夜不能安枕，你可知這是死罪！」他只要想到因自己一時大意，害主子受了這麼多苦，氣就不打一處來，恨不能殺了他以洩心頭之恨。

「我……我不知道，我什麼都不知道！迷魂香什麼的更是連聽都沒聽過，你們不要胡亂冤枉我！」王保大聲否認，但慌亂的神色已經出賣了一切。

「冤枉你？很好。」凌若無聲的一笑，素手撫過垂落頰邊的珠絡道：「小衛子，去將此事稟報貝勒爺，就說我已經抓到令我噩夢纏身的那隻鬼，想來貝勒爺一定會很有興趣的，你說貝勒爺會怎麼處置他呢？」

李衛咧嘴露出雪白森寒的牙齒。「奴才聽說刑律中有一種刑罰名為凌遲，用漁網將人緊緊網起來，然後用小刀一片片割下露在漁網外的皮膚，據說有人足足被割了一千多刀，熬了十餘天才死……」

「不要！」王保膽子本就不大，如今被李衛這麼一嚇頓時肝膽俱裂，撲到凌若腳邊涕淚橫流地叩頭不止。「凌福晉饒命！奴才知錯了，奴才下次再也不敢了，饒命啊！」

「還有下次？」這一句話問得王保大氣都不敢喘，只一味叩頭求饒，待其額頭磕得一片紅腫後，凌若方彎下腰，狹長幽深的雙眸幽幽盯著王保。「你想活命嗎？」

王保連忙點頭，心裡後悔不已，早知如此就不該貪那點銀子，現在怕是連小命都要沒了。都怪上次那群人，若非他們贏得太狠，自己與小四又何須鋌而走險？只是現在說什麼都沒用了。

「想活命就告訴我究竟是讓你下藥害我。」凌若握著手中的暖爐沉聲問，外面不知何時下起了雨，打在屋簷上「叮叮」作響。

「我……我不知道。」王保縮了縮脖子，神色不安地回答。

凌若知道這種人是不見棺材不掉淚，當下命李衛去請胤禛來，見李衛真的要走，王保嚇得幾乎跳起來，連滾帶爬地拉住李衛的衣角，忙不迭地道：「我說！我說！」他真的怕了求生不得求死不能的凌遲之刑。

「是……是瓜爾佳福晉！」王保咬牙吐出這個名字。「小四死後第二天，我想起他說還有三十兩銀子藏在床底下，便起了貪念，想拿來應急還些賭債，哪知恰好被雲福晉看到了，她說只要我肯替她辦事，今日之事她就當沒看到，甚至可以再給我一百兩銀子，這樣一來我不只能還清賭債，還有餘錢娶一房媳婦……奴才當時也是走投無路，就答應了。之後她交給奴才一包香粉，讓奴才混在銀炭當中，只要淨思居來取炭，便給他們混了香粉的炭，至於這是什麼香，奴才是真不知道，求福晉大人有大量，饒過奴才一條狗命！」

對於王保吐出瓜爾佳這幾個字，凌若並不意外，自清音閣一事後，她就知道瓜爾佳氏絕非表面所見的那麼簡單，其實能在這府中生存的人又有哪一個是簡單易與之輩？唯一的意外就是沒料到她會這麼快又動手。

「王保，我可以保住你性命，但有一個條件，你必須得在貝勒爺面前重複一遍剛才說過的話，否則必讓你受盡千刀萬剮之苦。」她言，不容置疑。

王保忙不迭點頭，保住小命才是最要緊的，何況他本就是受銀錢所惑，對瓜爾佳氏並無半點忠心。

墨玉盛了一碗珍珠西米露小聲道：「主子今兒個一天都沒用過什麼東西，縱然再沒胃口，為了身子也得吃些東西，何況待會兒還得喝徐太醫開的藥呢，空腹可怎麼行。」

凌若放下手中已經有些涼的暖手爐接過白瓷小碗，徐徐舀了一杓在雪白椰奶中若隱若現、晶瑩若珍珠的西米。明明是甜的，但吃起來卻索然無味，她垂眸輕輕道：「虎無傷人意，人卻有害虎意。想要平平靜靜在此度過一生，在這府中比登天還難。」

「這本就是一個人吃人的世道。」外面的雨越下越大，李衛將窗子關起以免風雨吹進。「只要受寵就一定會受人嫉妒，心慈手軟只會害了自己，主子該早些習慣才是。」

凌若嘆了口氣不再說話，勉強將一碗椰香西米露吃完後，她拭淨手起身道：「走，咱們去見一見雲福晉。」

悅錦閣是瓜爾佳氏的居處，此刻她剛用過晚膳，正在喝茶，聽到下人稟報說凌若求見時愣了一下，眉頭微皺。她與凌若在清音閣之後可說是撕破了臉，她怎會突然到自己這裡來，還是夜間下雨時分……她喚過貼身侍女從意：「妳去看看王保可在炭房，若不在的話，妳知道該怎麼做。」

從意退下後不久，瓜爾佳氏便迎上了正緩步走進來的凌若，親熱地挽了她手臂含笑道：「外面風大雨大的，妹妹怎麼說來就來？真是稀客，快請坐，從祥看茶。」

凌若不著痕跡地抽出手笑道：「入府多日一直不曾來拜訪過姊姊，實在慚愧，還望姊姊見諒。」

瓜爾佳氏彷彿未覺，打量了凌若一眼道：「聽聞妹妹近日被鬼神所擾，終日寢食難安，精神不佳，眼下看來卻是一切尚好，看來只是謠傳而已。」

凌若解下略有些溼意的披風，遞給隨侍在側的李衛，揚眉道：「姊姊不是素來相信鬼神嗎？怎麼現在也覺得是謠傳了嗎？」

「我只是覺得妹妹福澤深厚，縱是鬼神見了也當避退才是，怎敢驚擾。」瓜爾佳氏是南方女子，有著京中女子少有的婉約，在珠玉玲瓏下容色更添清麗，似一朵臨水之花，嫻靜優雅，偏偏這是一朵見血封喉的毒花。

「姊姊若是真相信鬼神的話，便當謹記一句話：善惡到頭終有報，不是不報，只是時辰未到。」凌若意味深長地說道。

「那就等報應來了再說。」瓜爾佳氏不以為然地道。

從祥很快便沏了茶來，雙手奉予剛剛扶椅坐下的凌若，恭謹地道：「凌福晉請用茶。」

「好香。」凌若揭開茶蓋微微一嗅，輕笑道：「姊姊的茶好香啊，不知裡面加了什麼？」

「妹妹這話問的可真奇怪，茶水裡自然是加茶葉了，還能有什麼？」瓜爾佳氏臉上一派笑意，若是不知情的人見了，定會以為她們是極要好的姊妹。

凌若目光一轉，似漫不經心地道：「譬如……迷魂香。」

瓜爾佳氏心裡一凜，暗道她果然是為此而來，可惜了……若能再多些日子，以迷魂香的功效，鈕祜祿氏縱然不死也要落個半瘋的下場。

「妹妹今日的話，姊姊當真是一句都聽不懂，迷魂香又是什麼東西？」她故作不解地道。

凌若將一口未動的茶盞往桌上一放，目光幽幽若古井，沉聲道：「明人面前不說暗話，姊姊指使王保將迷魂香混在銀炭當中的事，我已一清二楚，我今日來是想問姊姊一句，我自問入府以來並不曾得罪過姊姊，為何姊姊要一而再再而三的害我？」

瓜爾佳氏吃吃一笑，自瓶中取一枝蝴蝶蘭在鼻尖閉目輕嗅。「妹妹，我這做姊姊的奉勸妳一句，飯可以亂吃，話可不能亂講，我何曾害過妳。」

「王保已經將一切都招了，只要將他，與那些摻了迷魂香的銀炭往貝勒爺面前一送，姊姊妳縱是說得舌粲蓮花也無用。」

「既如此妳又何必來這一趟？」花香徐徐安撫著瓜爾佳氏沉靜表情下略微急躁的心情，眼睛不自覺地瞟向門口，從意什麼時候能回來……

第七十二章 鹿死誰手

「我來，是想給姊姊留一條活路。」她話音剛落，便見瓜爾佳氏吃吃笑道：「這麼說來，我還應該謝謝妹妹妳了？」

凌若不理會她的譏笑，淡淡道：「姊姊是聰明人，當知這世間，性命才是最寶貴的，沒了性命，一切榮華皆是虛妄。姊姊前後害我兩次，照理說我應該恨煞姊姊才是，但我心知憑姊姊一人之力絕對做不到這些，背後必然還有人，所以只要姊姊肯說出主使者是誰，我保證會在貝勒爺面前替姊姊求情！」

瓜爾佳氏聞言笑意更盛，掩脣道：「想來妹妹就是這樣唬王保供出我來的吧？只可惜我不是王保，不會上妳的當，勸妳還是別費這心思。再說，好戲才剛剛開始，鹿死誰手還是未知之數。」

「姊姊當真如此冥頑不靈？」凌若沒想到瓜爾佳氏如此嘴硬難纏，明知王保已經將她供出來還不肯鬆口，不知是故作鎮定還是有什麼自己不知道的後手。

瓜爾佳氏轉著指間的翡翠戒指，想了一陣道：「左右貝勒爺還沒回府，不若咱們下局棋吧，若妳贏了我便告訴妳主使者是誰，縱然在貝勒爺面前也如照說不誤；相反，妳輸了的話，便要替我做件事，如何？」

「若是妳要我替妳殺人放火，我是不是也要答應？這賭注未免有失公允。」凌若一言指出其話語中暗藏的陷阱。

「自然不會。」瓜爾佳氏脣角輕揚，悠然道：「怎樣，有沒有興趣賭這一局，這可是妳唯一的機會了。」

想要扳倒年氏，這是唯一的機會了，儘管猜不透瓜爾佳氏在打什麼主意，但凌若仍是決定賭，接過從祥遞來的棋子冷冷道：「希望姊姊輸了的話能夠如實坦承。」

「妳盡可放心。」瓜爾佳氏安坐椅中，左手輕抬，一顆黑色的棋子被她夾在指間，凌若卻是第一次知道原來瓜爾佳氏習慣用左手。

棋子應手而落，幾乎是在她落棋的下一刻，白棋便緊跟而至，瓜爾佳氏沒料到凌若動作如此之快，略有些詫異地睨了她一眼，很快又將注意力放在棋盤上。

先後於棋盤之上布下自己的局，黑與白的交接，是生與死的交融，兩人在盡全力進行這場不見硝煙的廝殺。

既然瓜爾佳氏敢提議以棋局定勝負，可想而知她的棋藝必然不差，而凌若則恰恰相反，琴棋書畫四藝中，棋藝並非她最拿手的，所幸入府後常與精通棋藝的溫如言對弈，令她獲益良多，如今十局中差不多能夠勝負各半。

溫如言曾說過，下棋者最忌遇到下快棋者，因為容易被擾亂心境，但若下快棋者不能保持住冷靜的話，那先亂的就會是自己。

凌若不敢保證自己能贏過瓜爾佳氏，所以決定兵行險招，以快棋亂瓜爾佳氏心境，逼其露出破綻。而這一招似乎真有效，瓜爾佳氏被凌若幾乎不假思索的快棋弄得心浮氣躁，不知不覺跟著她快起來，已有數次落錯子，不過凌若自己也不輕鬆，下快棋對她來說同樣是個不輕的負擔，不只要思考自己的棋路，還要思考對手的棋路以便應對。

正當兩人殺得如火如荼時，從意快步走了進來，她將傘隨手交給下人，自己則走到瓜爾佳氏身邊，小聲地在她耳邊說了句什麼。

儘管凌若聽不到，但她沒有忽略掉瓜爾佳氏眼中一閃而過的喜色。

揮手示意從意下去後，瓜爾佳氏一掃之前的煩躁，看著棋盤上略有些凌亂的黑子輕笑道：「好險，想不到妹妹竟懂得下快棋，險些被妳亂了陣腳，不過想要贏我，這些還遠遠不夠！」

「啪」的一聲，棋子落在棋盤當中，只是一子而已，卻令本來已傾向白棋的棋局產生了微妙變化。如此一來，正如瓜爾佳氏之前所說，鹿死誰手尚是未知之數。

凌若落子的速度雖依然極快，但臉色卻愈加凝重，她發現瓜爾佳氏重新掌握了下棋的節奏，自己的快棋已經影響不了她。

這場對局殺得難解難分，黑白子交替著占據上風，直至棋盤被占滿，終是以平局落下了帷幕。
凌若將棋盤一推，起身扶了扶鬢角珠花，淡淡道：「看來我們之前的賭約要做廢了，既然姊姊執意不肯將主使者說出來，那妹妹就只有將此事交給貝勒爺去裁定，希望姊姊到時候不會後悔。」
「慢著。」瓜爾佳氏接過下人遞來的茶，笑咪咪地叫住她：「難道妹妹不好奇剛才從意說了什麼嗎？」見凌若回過頭來，她笑意更盛，啟脣一字一句地道：「她說……王保死了。」
「妳說什麼？」凌若身子一震，難掩驚意。
「我說王保死了，妳手中最重要的棋子，已經成了一枚死棋。」她越吃驚，瓜爾佳氏就越高興。
凌若似像被人重重打了一拳，耳朵嗡嗡作響，王保死了？這怎麼可能，自己出來時他明明還好好的，怎可能說死就死了？
「是妳殺了他？」凌若冷冷看向正在抿茶的瓜爾佳氏，難掩怒氣。
「我沒有殺他。」瓜爾佳氏拭了拭脣角的水跡，起身走至凌若耳邊含了一縷殘忍的笑意，以只有兩人能聽到的聲音說道：「我只是告訴他，他弟弟在我手中，如果他不死，死的就是他弟弟，王保就這麼一個親人，自然捨不得弟弟死。從我利用王保在銀炭中下迷魂香那一天起，就已經猜到會有這麼一天；若不是有逼他自盡的把握，又怎可能讓他做我的棋子？鈕祜祿凌若，想對付我，妳還遠遠未夠資格！」

「妳好狠的心！」凌若咬牙吐出這句話，藏在袖中的雙手用力握緊。不用問，方才瓜爾佳氏定是派從意去尋王保，可惜自己只是將王保關起來，並沒有派人看守，讓他們鑽了空子。

瓜爾佳氏仰頭一笑，嫣然道：「人不為己，天誅地滅。妹妹好走，不送。」說到這裡她似又想起什麼，附在她耳畔悄聲道：「看在妹妹陪我玩了這麼久的分上，我就好心告訴妹妹一件事，有人很想要妳的命，很想很想。」輕柔猶如情人間的吳儂軟語，然所言所說卻惡毒無比。

「姊姊放心，我命硬得很，不是隨便什麼人都可以取走的。」她言，目光落在瓜爾佳氏頸間封了一隻破蛹而出的蝴蝶的琥珀鍊墜，那是破蛹成蝶還是歸於虛妄，被永遠封在那一刻，無從得知。

脣角微揚，含了一絲不可見的笑意在其中，凌若徐徐往外走去，墨玉早已撐開傘，在她的身影即將沒入風雨時，淡漠的聲音傳入瓜爾佳氏耳中——

「她既容不下我，又豈能容得下姊姊？與虎謀皮，小心終有一日為虎所傷。」

棋可以和，人卻不行，最終的贏家只有一個，不是妳死就是我亡，今日的盟友隨時可以變成明日的敵人，利益恩寵才是決定一切的東西。

瓜爾佳氏雖依然在笑，但明顯多了一絲不自然。這句話就像一根刺一樣，狠狠扎進了她心裡。

第七十三章　黃河

是夜，雖風雨交加，但胤禛依然來了淨思居，自凌若為噩夢所擾後，胤禛不管多忙，只要回府就一定會來看一眼凌若，眼見她一日日因驚惶而憔悴不安，他亦是萬分著急，猶豫著是否該如那拉氏所言，請法師來驅驅邪。

胤禛剛一踏入正堂，便看到凌若坐在椅中，低頭專心刺繡，他對正要朝自己請安的墨玉比了個禁聲的手勢，悄悄走到凌若身邊想看看她在繡什麼，哪知他還沒來得及看清，凌若便將繡繃藏到了身後，仰臉嬌聲道：「四爺不許偷看。」

「什麼東西這麼要緊，連我也不能看。」胤禛笑著在她身邊坐下。「妳怎麼知曉是我來了？」

「四爺的腳步聲我又怎會聽不出來？只是故作不知罷了。」凌若抿脣一笑，命墨玉將繡繃拿走，自己則取過手絹細心地替他拭去沾在身上的雨珠。「待繡好了，第一個便給四爺看，現在不行。妾身沒想到今夜風大雨大的，四爺也過來了。」

「放心不下，來看看妳怎麼樣了。」胤禛如是道，手緩緩撫過凌若美若杏花的眉眼，帶著幾分歡喜道：「又看到妳笑了，真好。」自淨思居鬧出鬼魅一事後，他見到的凌若總是帶著驚惶與害怕。

一句「真好」令凌若心中感動，有無盡的暖意流淌而過。儘管府中有那麼多女子，儘管他心中深藏了一個不可觸碰的人，但他終歸是在意自己的，在意自己的哭與笑，如此，便夠了吧，她不能再貪心要求更多了……

脣帶著體溫印在貼有金色花鈿的額頭，帶來微微的酥癢與溫情，他握著她冰涼的手問：「為何今日精神好了許多？還有這樣潮冷的天，怎麼不燒炭？」

「因為妾身已經抓到了那隻鬼！」在胤禛來之前，凌若已經想好了說詞。

「當真？」胤禛聞言立時坐直了身子，抓著她的手急切地問。

凌若垂下纖長捲翹的睫毛，在無聲的嘆息中緩緩說道：「妾身今兒個偶爾聽下人說起徐太醫來為兩位姊姊請脈，便想著妾身是不是身子有病，所以才終日見鬼，便叫墨玉去請了徐太醫來替妾身看看。」

「那徐太醫怎麼說？是病還是鬼？」胤禛關切地詢問，手始終不曾鬆開。

凌若淒然一笑，抬眼道：「幸好徐太醫來了，否則妾身只怕永遠都不會知道，原來真正的鬼，就藏在平日燒的銀炭中。」

「此話怎講？」胤禛挑了挑眉，聲音透出幾分冷意。

凌若睨了李衛一眼，後者立刻從角落的炭筐中取出兩塊未用過的銀炭遞給胤禛，恭聲道：「這是今日剛從炭房領來的炭，貝勒爺請聞聞是否隱約有香。」

胤禛狐疑地將銀炭湊到鼻下聞了聞，果然有暗香隱藏其中，卻分不出是什麼，他以目光詢問凌若。

「依徐太醫所言，此香名為迷魂香，燃燒時可令人產生幻覺，其實這世間根本沒有鬼，令妾身睡臥不安的鬼影，乃是這迷魂香製造出來的幻覺，是有人加要害妾身！」說到最後，凌若聲帶哽咽，淚落難抑，她順勢跪在地上泣聲道：「妾身自問入府之後安分守已，從未與人為難，不知為何有人要如此對付妾身。」

「妳先起來。」胤禛扶起凌若，眸中含了一絲孤寒之意，略一沉吟問：「問過炭房的人了嗎？」

見胤禛眼睛望過來，李衛趕緊答：「問過了，奴才每回去領銀炭都是炭房管事王保親自給的，所以出事後奴才第一時間去問了他，他承認是他下的藥。」

「一個奴才而已，怎有膽子謀害主子！問了是誰主使的嗎？」胤禛心思通透，焉會不明白其中之理。

李衛悄悄看了凌若一眼，見她衝自己微微搖頭，心領神會之下沉聲道：「回貝勒爺的話，王保抵死不肯說，最後更在庫房中自盡，現屍體尚在，如何處置還請貝勒爺示下。」

胤禛冷哼一聲，深怒地一掌重重拍在桌几上道：「這樣死算是便宜他了，把屍體拖去亂葬崗去餵狗！先是秀兒，再是妳，到底是何人在對妳們不利？當真可恨至極。」

「可惜線索已斷，無從追查。」凌若低聲說道，事情的來龍去脈她自是清楚，但王保已死，死無對證，胤禛豈會聽憑片面之詞就定瓜爾佳氏的罪？更何況，瓜爾佳氏只是爪牙，不抓到真正的主使者根本於事無補。

「我只要一想到身邊有個心思如此惡毒之人，處心積慮要對妳不利，便覺如芒在背，難以心安。」胤禛握著凌若的手擰眉輕言，想了想又道：「妳這次能安然無事，多虧了徐太醫，左右這段日子徐太醫每日都要來府裡，就讓他多來給妳請請脈，若有什麼事也好及早發現。」說到這裡，他忽地露出幾許笑意。「說起來徐太醫可真是妳的貴人，這短短不足一個月，已經幫了妳兩次了。」

「也許吧，一切聽憑四爺吩咐。」凌若笑了笑，若無其事地回了一句。

狗兒忽地急匆匆跑了進來，在胤禛耳邊說了句話，胤禛臉色大變，豁然起身道：「當真嗎？」

「宮中得到消息時聽說皇上原本已經歇下，為著這事又起來了，命李公公宣太子、阿哥與幾位大臣入養心殿覲見。李公公跟奴才說完後忙不迭就走了，說還得去好幾個地方傳諭。」狗兒說完，臨了又道：「馬車已經備在府門口，朝服奴才也派人去嫡福晉處取了。」

胤禛略略一想道：「馬車太慢，直接備馬。老十三那邊去傳了沒？」他一邊往外走一邊問。

「李公公說已經派人去了。」狗兒緊緊跟在胤禛身後，李衛早已跑去開門。門剛一打開，立時有冷風攜夜雨迎面急捲而入，打溼了胤禛本就未乾的衣裳，袍角的祥雲紋在雨水中若隱若現。

「貝勒爺，出什麼事了？」凌若連忙發問，若無急事，康熙絕不會連夜傳召，還是在這樣的天氣。

靜夜無聲，唯聞雨落風疾，胤禛回頭，眼中有令凌若心悸的沉重，他只說了一句話，但已經足夠——

黃河決堤了。

第七十四章 國庫

直到胤禛離開很久後，凌若腦海中依然盤旋著這五個字，黃河決堤意味著什麼，她從李衛口中已經聽得太多。

成千上萬的人流離失所，家破人亡，淹死、餓死的人到處都是。這是真正的人間慘劇，怪不得康熙會連夜急召眾人入宮商議一事。

時間拖得越久，爆發瘟疫的可能性就越大，一旦如此，死的人就難以計數了。

雨整整下了一夜，胤禛也整夜未歸，凌若亦不曾闔過眼，好不容易熬到天亮，立刻命小路子去前院看胤禛回來沒有，自己則親自下廚做了幾樣點心。

昨夜胤禛剛回府，話還沒說幾句就被叫去了宮裡，連用膳的時間都沒有，這一夜下來必然餓得不得了。

凌若動作極快，不消多時翠玉豆糕、栗子糕、千層蒸糕還有花盞龍眼便做好了，只等蒸熟便可以，除此之外還有蓮子膳粥，皆是胤禛平常愛吃的。

「主子，貝……貝勒爺回來了，此刻正在書房，十三爺也來了。」小路子喘著氣道，他一得到消息就立刻跑回來了。

「知道了，我馬上過去。」凌若一邊答應一邊掀開蒸鍋，見裡面幾樣糕點皆已蒸熟，便命墨玉取來小碟仔細擺好，又把那蓮子膳粥一道放入食盒中，命墨玉小心提好後往書房行去，不曾想卻在書房門口與年氏碰了個正著。

她今日穿了一身鏤金百蝶穿花大紅旗裝，高高的髮髻上插了一對九鳳繞珠赤金纏絲珍珠步搖，珠絡直垂至肩，極盡華貴。

「貝勒爺剛一回府，妹妹便已做好東西送來，真是有心。」年氏笑容滿面，彷彿不勝歡喜，在她身後，綠意提了一個三層高的食盒，看來兩人都是為同一個目的而來。自凌若被允許出入書房後，年氏便因心中氣不過，在胤禛面前痴纏撒嬌許久，終得胤禛點頭允她也出入書房。

凌若眼皮一跳，不動聲色的屈膝行禮道：「福晉不也如此嗎？」

年氏笑一笑不答話，走到墨玉面前，伸出精心修飾過的手指，從面有不願的墨玉手上接過食盒道：「我瞧瞧妹妹都做了些什麼。」她剛要揭開蓋子，忽地握著食盒手一鬆，裡面的點心隨著蓋子散了一地。

「哎呀，瞧我這人，真是不小心，竟將妹妹辛苦做的點心掉在地上，真是可惜了妹妹一片心意。」口中說可惜，臉上卻盡是快意的笑容，任誰都看得出她是故意的。

「福晉定要這般苦苦相逼，不留一點餘地嗎？」凌若努力壓抑著胸中澎湃的怒氣。

年氏撕下臉上假意的笑容，冷冷掃了她一眼。「苦苦相逼？憑妳也配！鈕祜祿氏，別以為封了個庶福晉就真當自己是主子了，在我眼中，妳依舊什麼都不是。」任何敢於搶走胤禛寵愛的女人她都恨，花盆底鞋狠狠踩過那堆散落在地的糕點，囂張無忌地離去。

凌若恨極卻無奈，如今的她尚未有與年氏分庭抗禮的能力，不論多不甘都要忍下來，直至有能力反擊的那一天。

「這個年福晉真是太可惡了，主子您做了這麼久，卻全被她給糟蹋了。」墨玉氣呼呼地跪在地上，將沒有被踩爛的糕點吹乾淨撿起來。

「都髒了還撿它做什麼？」凌若不解地問。

「這些糕點只是掉地上而已，雖然不能給貝勒爺吃，但奴婢們沒關係啊，主子做得這麼辛苦，就此扔了多可惜，就當賞奴婢們了吧，剛才奴婢可是饞了很久呢。」墨玉知道主子心裡不好受，故意撿著輕鬆的說，好讓她不那麼鬱悶。

凌若刮刮她的鼻子輕笑道：「妳啊，什麼時候跟李衛一樣學得油嘴滑舌，小心將來找不到人家嫁，到時候妳就等著哭哭啼啼吧。」

「那正好，奴婢就在府裡伺候主子一輩子，讓主子怎麼甩都甩不掉。」墨玉笑嘻嘻地回答，絲毫不在意。正要說話，看到書房門檻處還有一塊沒撿，趕緊跑過去，忽地發現眼前多了一雙黑色的靴子，順著靴子往上看，發現胤祥正盯著自己看，唬了她一大跳，趕緊站起來行禮。

胤祥撫了撫剃得光滑的腦門道：「我說外面怎麼有說話聲，原來是妳這個丫頭，妳好大的膽子，居然躲在門口偷聽我與四哥說話，該當何罪！」

「我……不是，奴婢沒有！」墨玉一緊張連稱呼都錯了，為證明自己沒有偷聽，她舉起手裡的糕點慌慌張張地道：「是糕點掉了奴婢來撿，絕沒有偷聽貝勒爺和十三阿哥說話。」

她只顧著辯白，全然沒注意到胤祥嘴角那抹促狹的笑容，凌若卻是瞧得一清二楚，走過來抿唇笑道：「墨玉膽子小，十三阿哥就別嚇她了，萬一嚇出病來可怎生是好。」

被她揭穿，胤祥無趣地擺擺手。「小嫂子可真護著下人，開開玩笑也不行嗎？」

聽聞胤祥原來是在逗自己玩，墨玉氣得腮幫子鼓鼓，將頭扭到一邊不理會他，誰想胤祥看到她這個樣子反而來了興趣，拿手指戳了戳她鼓鼓的腮幫子笑道：「妳這樣子倒有些像金魚，傻乎乎的，吐個泡泡來看看？」

墨玉快被氣死了，一會兒嚇她，一會兒又說她像金魚。

胤禛此刻也走到了門口，聽到胤祥的話，皺了眉略有些不悅地道：「都火燒眉毛了，老十三你竟還有心思跟下人開玩笑。」

胤祥聳聳肩膀，一臉無奈地道：「就是因為火燒眉毛才要開玩笑放鬆一下，四哥你是不知道，從昨天晚上到現在，我腦子就沒休息過，都快轉不動了。」

「一堆歪理。」胤禛斥了他一句對凌若道：「妳怎麼過來了？」

凌若忙回道：「妾身見昨夜貝勒爺匆匆入宮，想是沒吃什麼，所以特意做了些點心拿來，沒想到不小心給弄撒了。」

「無妨，適才年氏已經送過了。」胤禛不在意地揮手，正要讓她回去，胤祥忽地拿過墨玉提在手裡的食盒，從中取出一塊，也不管有沒有灰塵就往嘴裡送，一邊吃一邊點頭道：「好吃，真好吃，甜而不膩，比剛才那些點心好吃多了，四哥你也嘗嘗。」

「我沒心情。」胤禛搖頭，剛才年氏送來的那些點心，他也只是胡亂用了幾口而已，此刻事態緊急，一日想不出對策就一日不能賑災，想到黃河沿岸無數受災的百姓，他哪還有心情吃東西。

胤祥朝凌若眨眨眼，示意她進來後，強行將一塊糕點塞到胤禛手裡。「四哥，再沒心情也得吃，否則身子垮了可怎麼辦，再說這可是小嫂子一片心意。」

「就你理由多。」胤禛被他說的無法，只得接過來吃了一口，但眼睛始終放在攤在桌案前的帳冊上。

凌若不敢打擾，小聲問胤祥：「十三阿哥，你們昨晚整夜都在宮裡商議賑災的事嗎？受災的情況是否很嚴重？」

胤祥睨了一旁的胤禛一眼，嘆了口氣道：「河南決堤，缺口長達數十里，死傷多少人尚且不知，但現在最主要的問題不是這個，而是朝廷拿不出銀子。」胤祥經常入四貝勒府，知道胤禛議事並不避諱凌若，何況他素來喜歡這個小嫂子，見她問起，自是如實相告。

「這怎麼可能，朝廷每年都有收稅賦，且這幾年都是太平盛世，怎可能撥不出賑災的銀兩？」凌若以為他們是在商討賑災方案，萬萬沒料到竟是卡在銀錢，賑災雖花費巨大，但一般不會超過數百萬之數，偌大的朝廷怎可能連百萬紋銀都拿不出來呢？

第七十五章　籌銀

胤祥還沒來得及說話，一直強迫自己冷靜的胤禛忽地用力將一本帳冊扔在地上，許多夾在其中的紙片如雪片一般飛散四落，恨聲道：「因為那些銀子全被人借走了！」

他突如其來的怒氣將凌若嚇了一跳，墨玉更是如受驚的小兔一樣，小心地往胤祥後面挪了幾步，深怕被牽連，對這位貝勒爺她又敬又怕，不像在胤祥面前還自在些許。

印象中胤禛素來是一個極冷靜自持之人，少有發火時，即便清音閣那一次也不曾見他生過這麼大的氣。

凌若蹲下身小心地撿散落一地的紙片，越撿她越心驚，這一張張竟全是借條，五百兩、一千兩、五千兩等，落款者各不一樣，但無一例外都是朝中官員，許多名字凌若都從凌柱口中聽過，隨意算算，只是這些借條加在一起就已超過八十萬兩，而這僅僅是夾在一本帳冊中的借條，書案上還有許多相同的帳冊，這借款必然數以百萬計，怪不得胤禛發如此大火。

「這錢，不能追討回來嗎？」凌若將整好的借條小心放在書案上。

胤禛冷然道：「怎麼追？滿朝文武都借了，去追哪一個好？何況這一時半會兒又哪來得及，受災的百姓如何等得了這麼久？」

凌若記得胤禛以前說過，今年的兵餉也只發了一部分，其餘的戶部一直拖著，當時戶部說是國庫無銀，只以為是推脫之詞，沒想到竟然是真的。「這些事難道以前沒發現嗎？」

胤祥苦笑一聲代為答：「管戶部的是太子，他自己都從國庫借了銀子，又怎麼去追討別人？何況追討銀子吃力不討好，太子豈肯冒著得罪臣工的危險去討這銀子。昨夜四哥與戶部的大人整整算了一夜，如今國庫中可用的銀子不足一百萬兩，靠這些銀子去賑災無疑是杯水車薪，再說全拿出去了，萬一再出什麼事，朝廷又拿不出銀子來，這讓朝廷顏面何存？國體何存？」

「準確來說應該是只剩八十九萬兩。」胤禛瞪著因熬了一夜而通紅的眼，一臉疲憊地道。

不足一百萬兩？凌若倒吸一口涼氣，堂堂大清國國庫中竟然只有這麼些銀子，這說出去怕是沒人會相信，吏治竟已敗壞到這個地步了嗎？

胤祥一時也沒了食慾，將手裡的千層蒸糕往碟子裡一放道：「銀子可以慢慢追，只要這些人在總是能追回來的，頂多就是得罪人而已，眼下最關鍵的是如何過這一關，皇阿瑪還等著咱們回話呢，四哥，你想到辦法了沒？」

康熙一直到昨晚才知道國庫被借空的事，龍顏大怒，偏太子又遲到，氣得他將太子還有所有入宮商議的臣工都罵了個狗血淋頭，責令他們今天一定要想出辦法來，否則絕不輕饒。

胤禛無奈的搖頭，他已經很努力在想辦法了，可是巧婦難為無米之炊，沒有銀子一切都是空談，只要一想到河南一帶還有無數災民等著銀子賑災放糧，每多等一刻就會死更多的人，他就坐臥不寧。

「到底該怎麼辦？可惡！一定會有辦法，可是辦法在何處！在何處？難道老天真的要眼睜睜看著那麼多人死！」胤禛恨恨地一掌拍在桌案上，既氣那些借走了國庫銀子的大臣，也氣自己的無能為力，從昨夜到現在，他絞盡腦汁，苦思冥想，可就是想不到一個可行的辦法。

「四爺別急，天無絕人之路，也許很快就有辦法了。」凌若盯著那些借條，心裡驟地浮現一個大膽的想法。「妾身有個建議，不知當講不當講？」

「妳且說來聽聽。」儘管胤禛不認為凌若能想到什麼好辦法，但此刻大家都一籌莫展，聽聽也好。

胤祥亦在一旁附和：「是啊，小嫂子，這屋裡就咱們幾個人，有什麼當講不當講的。」

凌若展一展袖子，仔細斟酌了話語道：「國庫無錢，是因為錢都流入到個人錢袋中，既如此，咱們何不以朝廷的名義向那些富戶借錢？只要過了眼前的難關，朝廷自然會將錢還給他們。」

這是一個極大膽的想法，以至胤禛兩人聽到時都愣了一下，但很快便省悟過來，對啊，既然大臣可以向國庫借錢，那朝廷又為何不可以向富戶借錢？

其實這個辦法不見得多巧妙，但胤禛他們都習慣了國庫撥銀，被原有思維所限制，而凌若不在朝中，自不受其所限，故能夠反其道而思。

「不錯，這是個辦法！」胤禛眼睛一亮，深鎖一夜的眉有所舒展。儘管此法很可能遭人詬病評擊，但這個節骨眼上，他已經顧不得許多了。

「可是那些富戶會肯嗎？」胤祥也認同這個辦法，但想要實施起來怕沒那麼容易，越富的人越將錢財看得緊，想要他們主動借錢、捐銀，那簡直就是痴人說夢，且這幫子人大多都跟皇親貴戚有千絲萬縷的關係，牽一髮而動全身。

「國家有難，匹夫有責。由不得他們不同意！」胤禛何嘗不知其中厲害，冷哼一聲決然道：「既然要做，那咱們就做一場大的。」他看了一眼不解的胤祥道：「我問你，現在這世道什麼生意最能賺錢？」

「綢緞？酒？糧？」胤祥摸著冒出青色鬍碴的下巴接連說了好幾個答案，但胤禛都搖頭。他實在想不出，懶得再想，便問站在一旁含笑不語的凌若：「小嫂子，莫非妳已經猜到了？」

凌若眼眸一轉，替兩人各自斟了一杯茶後道：「都不是，十三爺忘了，論賺錢，當然是朝廷壟斷的行業，譬如說鹽！」

真是一語驚醒夢中人，胤祥恍然大悟一拍腦門道：「對啊，我怎麼把他們給忘了，四哥是要拿鹽商們開刀？」

胤禛眼中一片陰鷙之色，獰笑道：「不錯，這些人明裡暗裡不知刮了多少民脂民膏，現在是時候讓他們吐出來了，我不要問他們借，我要他們自己認捐！」最後一句話他幾乎是咬牙而出。

「事不宜遲，我們即刻入宮面見皇阿瑪，只要皇阿瑪同意，我立刻就動身趕往江西找那些鹽商捐錢，至於賑災……」他想一想道：「國庫裡還有八十多萬兩銀子，只要我能籌到銀子，應該能接得上。」

「不是你，而是我們一起去江西！」胤祥的眼睛一片清亮之色。「上陣不離親兄弟，四哥去那裡怎麼能不把我給帶上呢？再說那些鹽商都不是好鳥，指不定到時候聯合起來給四哥使陰招，我帶過兵身上殺氣重，好歹能鎮他們一鎮。」

二十年兄弟，胤禛哪會不知他是放心不下自己，當下重重點頭道：「好！咱們兄弟一起，縱是龍潭虎穴也要闖上一闖！」好不容易想到解決的辦法，胤禛一刻都不願再耽擱，叫狗兒和周庸進來收好桌案上的帳冊準備入宮。

「此次入宮，若皇阿瑪同意的話，我可能要離開很長一段時間，在這段時間裡妳自己小心著些，若有任何不對之處盡可找蓮意，我瞧著她與妳頗為投緣，還有徐太醫那邊。至於素言……她自小沒受過什麼委屈，難免有些心高氣傲，妳莫與她一般計較。」胤禛扶著凌若的肩不放心地叮嚀。

凌若替他整好衣衫，柔聲道：「妾身知道，妾身會好好照顧自己，四爺儘管放心去就是，妾身等著四爺功成歸來！」

「一定！」胤禛在吐出這兩個字後與胤祥大步離去，此刻關係千百萬人生死，容不得兒女私情。

他沒看到凌若追隨在後情意纏綿的目光，這一刻，胤禛真正走進她的心裡，烙下了難以磨滅的影子。

胤禛，你會想我會嗎？我會想你，每天……每天……

見胤禛已經走得不見了，凌若還站在那裡一言不發，墨玉奇怪地道：「主子，在看什麼呢？」

「沒什麼。」凌若回過神來，撫了撫衣襟上的團蝠紋，眼中有異樣的光芒在閃爍。「只是……我終於可以確定貝勒爺才是真正心繫天下之人，若他能在萬歲爺百年之後繼位為帝，於天下百姓來說應該是一件幸事。」

墨玉低頭想了想，抬起頭一臉肯定地道：「雖然奴婢覺得貝勒爺整天板著張臉很嚴肅、讓人害怕，但他待主子很好，此次水患也很關心受災的人，所以奴婢覺得貝勒爺是一個好人。」

「可惜，不是每個人都知道。」凌若微微嘆息，賢名傳遍天下的是八阿哥胤禩，胤禛只得到「冷面阿哥」四字，唉……

她心中對那位八阿哥亦有幾分好奇，能讓所有人皆讚其賢名，絕不是一個簡單的人，何況他還有一位胤禛心心念念的福晉，這個男人……彷彿占盡了世間的好，她真想親眼見一見這位八阿哥，想見一見愛新覺羅．胤禩，是否當真勝過愛新覺羅．胤禛。

但是啊……不論八阿哥有多出色，在她眼中，始終不及胤禛一分一毫，於她而言胤禛才是最好的那個，永遠不會變！

第七十六章 畫像

午後，宮中傳來消息，派四阿哥胤禛、十三阿哥胤祥為欽差大臣，去籌集賑災款項。同一時間派八阿哥胤禩、九阿哥胤禟去河南一地與當地官員共同負責賑災事宜，務必要求妥善安置難民，控制災情蔓延，尤其是瘟疫的爆發。

這一次不論是籌款還是賑災都沒有出現太子胤礽的名字，顯然康熙對他這段時間在戶部的表現甚是失望，尤其是連他自己也在管國庫借款，接下來如果要催討欠款，矛頭第一個要指向的恐怕就是胤礽。

誰都沒想到，胤禛他們這一走就是整整兩個多月，到過年都未能趕回來。胤禛不在，諸女皆沒什麼心思過年，意興闌珊，只在除夕夜去含元居同吃了一頓年夜飯便罷了。凌若除了每日去向那拉氏請安順道說說話之外，每日必做的一件事便是觀看送至府裡的邸報，以期能從上面看到胤禛的消息，哪怕是隻言片語也好。其中年氏曾來尋過凌若幾次麻煩，但凌若處處小心又有那拉氏幫襯，是以並未讓她抓到什麼把柄，有驚無險。伊蘭倒是經常過來，一住就是好幾天，每回來都要去玲瓏閣陪靈汐說說話。說來也怪，興許她真的與靈汐有緣吧，平常對人不理不睬的靈汐在與她相對時常會開口說話，雖暫時還沒有什麼起色，但總是一個好的開始。

容遠依舊每日來一次府裡，葉氏腹中的胎兒在他的精心調養下漸趨安穩，儘管仍不能下床，但已能倚著彈花軟枕靠在床頭坐一會兒。她如今已熬過了八個月，孩子即便現在出生，也有很大機率活下來。

至於李氏那頭，一次容遠在替凌若請脈的時候曾無意中說起過，李氏的脈象有些奇怪，明明是六個多月的身孕，可這脈象卻時像六月、時像五月，令他不能理解。

唯一令人意外就是正月初六那天，李德全奉康熙之命召凌若入南書房覲見。這是選秀之後，康熙第一次召見凌若，也是第一次有皇帝專門召見一位連名字都不曾記入過皇室宗冊的庶福晉，一時間猜測紛紜，只有少數幾個人隱約猜到些許。

凌若忐忑地隨李德全來到南書房，南書房位於乾清宮西南角，是康熙讀書、批摺、議事的機要之地。自康熙十六年設立以來，每日皆有康熙親點的翰林院士當值，譬如熊賜履、張廷玉等。

李德全在命小太監奉上新沏好的雨前龍井後垂手打了個千兒道：「皇上晚些時候會過來，請凌福晉在此稍候，奴才還有事就先行告退了。」

「有勞李公公了。」李德全是康熙身邊的紅人，凌若不敢怠慢，連忙還禮。待李德全走後，她小心地打量著這個即便在紫禁城中也屬機要之地的南書房。朝中有言：此地非崇班貴槺、上所親信者不得入。不知康熙為何會選在此地召見她。

此處比胤禛那個書房寬敞許多，牆上掛了許多字畫，多是前朝真跡，隨便一幅便是價值千金之數。凌若在看到其中一幅畫時輕「咦」了一聲，畫中唯有一容色絕麗的女子，沒有珠翠環繞、華衣錦服，卻擁有出塵之姿。驚奇的是，這女子與她竟有五、六分相似，令她一下子想起榮貴妃說過的話，難道此人便是孝誠仁皇后？

畫中女子明明在笑，凌若卻生出一種悲傷的感覺，且看得越久，那種感覺就越明顯。在笑意背後是難以言喻的悲慟，彷彿是被遺棄在人間的謫仙，無人問津。

這令她很不明白，孝誠仁皇后是順治年間四大輔臣之首索尼的孫女，十三歲那年嫁給了已登基為帝的康熙。大婚之後，夫妻琴瑟和諧、伉儷情深，儘管有三宮六院，但無一人能及孝誠仁皇后在皇帝心中的地位。她死後，皇帝更是悲痛欲絕，寫下無數情真意切的悼辭，不知令天下多少女子羡煞，何以還會有這樣的悲傷？實在令人費解。

「妳來了。」

凌若看得入了神，連康熙什麼時候來的都不知道，直至耳邊傳來蒼勁的聲音方回過神來。回過頭看去，只見穿了一身明黃織錦團福繡五爪金龍緞袍的康熙正目光炯炯地看著自己。

「鈕祜祿凌若參見皇上，皇上萬歲萬歲萬萬歲。」凌若連忙執帕行大禮參見，儘管已不是第一次見，但面對這位九五至尊依然有所不安。

「起來吧。」康熙擺擺手微笑道：「上次見妳還是在康熙四十三年，一轉眼都過去兩年了，如何，在老四府裡好嗎？」

「多謝皇上關心，奴婢很好。」凌若緊張地盯著自己的腳尖不敢抬頭。「不知皇上召奴婢來有何吩咐？」她是庶福晉，按規矩只能自稱奴婢。

「無事。」康熙看出她的緊張，在桌案後坐下，隨手翻開一本《論語》道：「朕只是突然心血來潮，想起那夜妳的簫聲，朕很想再聽聽，妳能否再為朕吹奏一曲？」

凌若心頭一鬆，抿脣輕笑著從袖中取出昔日康熙賞的玉簫，手指從溫潤的簫身撫過。「李公公來傳旨的時候，奴婢就想著有機會再為皇上吹奏一曲以謝皇上賜簫之恩，所以將玉簫帶在身邊，不曾想竟是帶對了。」

康熙微微點頭，撫著頷下花白的鬍鬚道：「還是吹那首《平沙落雁》吧。」明明是在與凌若說話，目光卻久久落在畫中女子身上，露出緬懷之色。

又是一年正月初六，一轉眼距那件事發生已經整整過了四十五年了，而自己也從八歲孩童變成了五十三歲的老人……

凌若並不知道這些，她深吸一口氣取簫而奏，平原之上盤旋顧盼、雁落迴旋的情景再一次隨聲而來，直至一曲落下時，眼前依稀能見雁影。人有情，方能吹奏出曲中真意，這是再高明的樂師也模仿不來的技巧，也是康熙喜歡聽她吹曲的原因所在。

凌若見康熙始終盯著畫中人看，一言不發，便藉機問：「她是皇上的妻子嗎？」

「不是，是一位故人。」康熙的回答令凌若詫異。那人竟不是孝誠仁皇后？可榮貴妃明明說自己像極了孝誠仁皇后，她沒理由臨死還要騙自己，此人若非孝誠仁皇后又是誰，竟能讓康熙將她的畫像放在書房中。

「是不是覺得自己有些像她？」見凌若點頭，康熙起身走至畫前，手指輕輕撫過畫中女子的衣角，有無盡的眷戀在眼底。「除卻芳兒，妳是我見過最像她的人。」還有一句話康熙沒有說，凌若在吹簫的時候，那神態簡直與她一模一樣。連他都有一瞬間的錯覺，以為一切還在四十五年前，他在延禧宮中一邊看外面花開花落，一邊聽姨娘彈琴吹簫，歡樂無忌。

芳兒？那不是赫舍里皇后的閨名嗎？連赫舍里皇后都像她，她究竟是誰？按康熙的話來算，此人似乎是順治年間的妃嬪。凌若心裡充滿了好奇，旁敲側擊地問：「皇上很想她嗎？」

康熙清癯的面容露出苦澀的笑意。「想又能如何，終是一世不得見了。罷了，不說這個了。妳會吹簫，那琴呢，會彈嗎？」

見康熙不欲多說，凌若很聰明地沒問下去，垂目道：「會彈一點兒，只是不好。」

「會彈就行。」康熙拍一拍掌，立刻有小太監抱了瑤琴進來。待其退下後，他示意凌若隨意撫上一曲。

手，撫上琴弦，幾乎沒有多想，一首《若相惜》應手而出。那是她最喜歡的曲子，為晉朝竹林七賢之首的嵇康所作，與《廣陵散》齊名，歷經千年，其曲其意為眾多文人雅士所喜愛。

康熙初時還不在意，待聽到後面已是勃然變色，背在身後的雙手微微發抖。怎麼會？怎麼會這麼巧？他不會忘記，這曲子是姨娘生前最喜歡的曲子，他曾不只一次聽她彈起過，想不到凌若第一次彈就選了這首曲子，當年伺候姨娘的人都已經故去，除卻自己不可能還會有人知道，難道真是姨娘顯靈了嗎？

專心撫琴的凌若並不曾注意到康熙的激動，她沉浸於琴曲之中。

為妳，染盡紅塵，散盡哀思。只願，妳我緣起之後能夠相惜至老……

「妳也喜歡這首《若相惜》嗎？」待最後一個琴音也落下，康熙強抑了胸口的激動問道。

「是。」凌若並不知曉康熙心中之事，起身後淺淺笑道：「奴婢第一次聽到這首曲子的時候就喜歡上了，皇上可是也喜歡嗎？」

康熙笑而不語，看向凌若的目光越發溫和。輪迴之說，虛無飄渺，但在這一刻，他寧願相信真有其事。

第七十七章　納蘭湄兒

之後又說了一陣話，凌若問起胤禛他們在江南的情況。她已經許久沒在邸報上看到胤禛的消息了，難免有些憂心，眼下有這機會，自是想從康熙口中得到確切的消息。

「妳放心，他們很好，已經在江南籌到了兩百餘萬兩銀子，足夠賑災所用。不日之內便能返京。」說到此事，康熙臉上有幾許安慰。國庫空虛、賑災無銀一直是壓在他心中的一塊大石，直到胤禛快馬加鞭派人回來稟報說已經籌到銀兩並即刻送往河南賑災時，他的心才算鬆了下來。此次胤禛和胤祥回來，當要記上首功才是。

「如此就好。」凌若長長地吁了一口氣。此次籌銀必不輕鬆，兩百萬兩，縱是巨富商賈要拿出這幾十上百萬兩的銀子也是傷筋動骨，不知胤禛他們用了何種手段才使那些視錢如命的鹽商掏腰包。

凌若一直陪康熙用完午膳才從南書房出來。此時已過午時，剛停了半天的雪又開始紛紛揚揚落下，將紅牆黃瓦的紫禁城覆蓋在一片銀裝素裹中。凌若執傘徐徐走在出宮的路上，偶爾能看到堆在路邊的小雪人，想是那些宮女、太監掃雪無聊時堆出來的。深宮寂寞，於最底層的奴才來說更是寂上加寂，堆雪人便成了他們天寒地凍時僅有的消遣。

在路過一處梅林時，凌若不自覺停下腳步，此處不正是她上次遇到胤禛的地方嗎？臨淵羨魚，不如退而結網。說來容易，做起來卻太難太難，譬如胤禛，他始終放不下湄兒……

「福晉也喜歡這片梅林嗎？奴才聽師父說，皇上很喜歡這裡，隔一陣子就會來這裡走走。還有以前住在德妃宮裡的納蘭格格，冬天經常拉了四阿哥往這裡跑。」跟在凌若身邊的小太監四喜說道。他是李德全的徒弟，為人甚是機靈。

「納蘭格格？」這個名字凌若甚是陌生，並不曾聽說過。

四喜解釋：「是莫巴仁將軍的女兒，將軍夫婦死後，皇上憐其無人照顧，便接至宮中交由德妃撫養。康熙四十三年的時候，嫁給了八阿哥為嫡福晉。」

原來她姓納蘭——納蘭湄兒……很好聽的名字呢。雖然她自幼失怙，但能得兩名同樣出色的男子傾心相待，上天是公平的，收走了什麼便會用另一種東西來補償。

凌若笑一笑，收回撫摸著梅樹粗糙枝幹的手轉身欲走，卻意外看到一個剛剛才提起過的人。

納蘭湄兒！儘管當初只遠遠見過一面，但凌若絕對不會認錯，不遠處那個身著緋紅衣衫、嬌俏靈動的女子，正是胤禛心心念念不忘的納蘭湄兒，也即如今的八福晉。聽說八阿哥待其極好，視若珍寶，雖府中還有其他妻妾，但形同擺設，根本不能對她造成任何威脅。

「奴才給八福晉請安，八福晉吉祥。」四喜亦看到了納蘭湄兒，連忙上前請安。八阿哥如今可是朝中炙手可熱的人物，他哪敢怠慢。

「公公請起。」納蘭湄兒的聲音很好聽，婉轉若百靈。目光一轉，落在凌若身上，驚訝於她出色容顏的同時，也奇怪自己怎麼從來不曾見過，輕戚了柳眉道：「這位是……」

四喜忙道：「啟稟八福晉，這位是四阿哥府裡的庶福晉。」

隨著他的話，凌若欠一欠身道：「鈕祜祿氏見過八福晉。」

「原來是四哥的福晉，請起。」納蘭湄兒恍然大悟，扶起凌若後道：「許久不見四哥，聽聞他去了江南籌銀，不知回來否？」

凌若淡淡地笑一笑道：「有勞八福晉掛心，一切順利，兩百萬兩銀子已經送往負責賑災的八爺和九爺手裡。聽皇上所言，不日之內便可回京。」對她，凌若不討厭卻也不曾有好感。若非她，胤禛不會如此痛苦。凌若不會忘記八阿哥大婚那日，胤禛借酒消愁，醉倒在蒹葭池邊的樣子。

「兩百萬兩，四哥真是好本事。」納蘭湄兒低頭輕輕地嘆息道：「只是四哥為辦好這趟差事，卻有些不擇手段了。」

本欲走的凌若聽得這句話頓時一愣，下意識問：「八福晉此話怎講？」

「我聽聞，四哥在江南為了逼那些鹽官、鹽商們捐錢，煽動他人鬧事，在城隍廟鬼神面前擺宴，又跟十三阿哥一道將何知府扒了官服、官帽，推在城隍廟前，不問緣由就狠狠打了一頓，弄得怨聲載道。」納蘭湄兒娓娓說來，露出幾許不忍之色。

「那依八福晉的意思，四爺該當怎麼做才是？」凌若如是問道，言詞間有一絲不易察覺的嗤笑。父母去世時，納蘭湄兒尚不知世事，之後又接入宮中撫養，隨後嫁給胤禩，集萬千寵愛於一身，這樣的她根本不曾受過苦，根本不曾體會過世事的艱難，只會紙上談兵罷了。

「當曉之以情，動之以理才是。」

納蘭湄兒話音剛落，凌若已緊跟上來道：「八福晉可曾聽聞過一句話，一樣米養百樣人。有心繫家國大公無私的，也有只顧自己利益、視他人性命為無物的，您又怎知那些人一定會被情理打動？若他們不肯呢，是否與他們耗上一年、兩年？」

納蘭湄兒哪曾想得那麼深遠，一下子被她問得啞口無言，許久才憋出一句來：「這只是妳的猜測。人性本善，怎會如妳所言那般，休要以小人之心度君子之腹。」

「妾身自是小人不錯，但他們又何嘗是君子？此次若無四爺和十三爺在江南不擇手段籌銀，八爺、九爺又哪裡有錢在河南開倉賑糧安置災民？」

花盆底鞋在積了尺許厚的雪地上踩出深深的鞋印，雪落無聲，這漫漫梅林只聞凌若鋒銳如刀的言詞，狠狠刮過納蘭湄兒漲得通紅的臉頰。

「八福晉錦衣玉食自是無礙，但那些難民呢？他們食不果腹、衣不遮體，這大冬天的隨時都有可能死去，四爺這麼做無非是想讓他們盡快有口飽飯吃罷了，難道這也錯了？四爺、十三爺費盡心機籌銀，臨到頭卻換來『不擇手段』這四個字，八福晉不覺得這對四爺、十三爺有失公平嗎？」

「再說那些鹽官、鹽商手裡的錢全是刮來的民脂民膏，而今還之於民有何錯？所謂的怨聲載道不過是那些鹽商罷了，百姓可有怨過恨過？聽聞八福晉與四爺一道長大，相識十餘年，本以為八福晉應該很了解四爺才是，而今看來卻是不盡然。」

這些話凌若本不該說，但她實在氣不過納蘭湄兒這樣看待胤禛，真枉費了胤禛待她一片真心。

納蘭湄兒自小到大何曾被人這樣指責過，氣得她說不出話來，指了凌若好半天才冷笑道：「妳不用將四哥說得這麼偉大，相識十餘年，我比妳了解他多了，四哥為人冷漠刻薄，除了身邊的人，從不在意他人生死，根本不是妳所說的那樣關心百姓疾苦。他做這麼多，無非是在意皇阿瑪交給他的差事，想討皇阿瑪歡心罷了。」說到後面她也是有些口不擇言了，一心只想證明自己沒有錯，全然沒想過這樣說是否恰當。

凌若秀美無瑕的臉龐罩上一層薄薄的寒意，如傘緣外飄飛如絮的冬雪。她終於明白為何當初納蘭湄兒會選擇八阿哥為夫婿，原來從小對納蘭湄兒呵護備至的胤禛在對方心裡只得了「刻薄冷漠」這四個字，怎及得上八阿哥賢名遠播，為百官稱讚。

「八福晉要這樣想，妾身也無法。妾身還有事，先行告退。」話不投機半句多，納蘭湄兒只是一朵長在溫室的小花，不知世間疾苦，說得好聽些是天真無邪，說得難聽些便是無知。這樣的女子，與她說再多，她也不會明白胤禛寧可得罪權貴也要逼鹽商們捐銀的苦心。

胤禛的苦心，有她有皇上有天下百姓明白就足夠了……

納蘭湄兒，是善良，也是愚蠢！

第七十八章 回京

正月初九，離京兩個多月的胤禛與胤祥終於踏上了京城的土地。按理，欽差回京當有百官相迎，但他們踏上碼頭時，卻發現只有幾個低品的官員候在那裡，更不見欽差應有的儀仗。一問之下方知，許多官員都不約而同推稱身子有恙，無法前來迎接二位欽差大臣。

胤祥冷笑一聲與胤禛道：「我看他們一個個不是身子有病，而是心裡不痛快。」他這人向來是有什麼說什麼，從不會藏著掖著；再說這趟差事辦得極不容易，官商聯手使絆下套子，雖說最後是辦成了，但他們兄弟也受了不少氣。

「隨他們去吧。」胤禛跨上馬，淡淡道：「那些鹽商一個個跟他們都有千絲萬縷的關係，此番咱們在江南逼鹽商捐款無疑是動了他們的利益，心裡難免不舒服。走，咱們入宮向皇阿瑪覆命去。」

「這些王八羔子眼裡就只有銀子，總有一天要讓他們把吃下去的連本帶利給吐出來！」胤祥暗罵一聲策馬追上胤禛，一同往紫禁城飛奔而去。在他們身後還跟著一個三旬左右的中年人。

康熙對他們能在短短月餘內籌到兩百萬銀子大為讚賞，留宮賜宴之餘又說了許久，直至天色漸暗，方才命他們跪安。

淨思居內，凌若用過晚膳又看了一會兒書，感覺有些倦意便喚墨玉進來替她更衣卸妝。

墨玉聞言笑嘻嘻地道：「主子，您往日裡天天唸叨著貝勒爺，怎麼忘了今兒個是貝勒爺回京的大日子。奴婢聽說貝勒爺此刻已從宮裡出來了，指不定待會兒就要過來呢，若是卸妝換了寢衣，您待會兒可怎麼迎接啊？」

凌若微微一笑，自顧自坐在銅鏡前，將耳垂上那對雕成蘭花形狀的和闐玉墜子摘下來道：「妳放心，今兒個貝勒爺肯定不會過來。」

「為什麼？」墨玉奇怪地問。貝勒爺素來疼愛主子，而今好不容易回來，怎麼會不第一時間過來看主子呢？

此時李衛恰好端了燉好的燕窩進來，燕窩有養顏滋補的功效，凌若每日睡覺前都會喝上一盅。李衛聽到她們的對話放下燕窩，在墨玉額頭上彈了一下道：「妳啊，跟在主子身邊這麼久，真是一點兒長進都沒有。」

墨玉捂著微紅的額頭瞪了他一眼道：「我不知道難道你知道啊？」

「我當然知道。」李衛得意地掃了她一眼，嘴裡說道：「奴才聽說此次能夠籌到銀兩，年羹堯鞍前馬後出了不少力，他原來是四爺手下的人，後面調任杭州為參將。此次四爺去江南，那些鹽商看準四爺他們只是頂一個欽差名頭，在江南無根無基，所以官商勾結連成一線，不肯捐銀，多虧年參將調兵相助才令他們就範，不過如此一來也就得罪了杭州將軍。人還沒回來呢，杭州將軍參他私自調兵的摺子就先到了，不過被皇上壓了下來，這次四爺回京他也跟著來了。」

隨著胤禛的回京，他們在江南所做的事也傳到了京城，既有人拍手稱快也有人恨得咬牙切齒。

「年羹堯？」墨玉初時只覺得這個名字很耳熟，似在哪裡聽過，再仔細一想頓時記了起來，脫口道：「那不是年福晉的哥哥嗎？」

凌若把玩著垂在胸前的一綹青絲道：「年福晉的哥哥立下這麼大的功勞，妳說四爺今晚會去哪裡？」

「年福晉那裡。」墨玉嘟著嘴不情不願地說出這個答案。

「既然知道了，還不快替我卸妝？何況四爺都回來了，難道還怕沒時間見嗎？」凌若搖搖頭，將象牙梳子塞到墨玉手裡，感覺到頭皮傳來微微的酥麻，目光卻落在雨過天青窗紗上。她其實……真的很想見胤禛啊！

一夜無眠。翌日一早，溫如言過來準備與凌若一道去那拉氏處請安的時候，直笑她掛了兩個黑圈在眼下，親自取來敷面的玉露粉細細替她遮去眼下的青黑。

「姊姊，妳還是打算這樣寂寂一生，將大好青春韶華虛擲？」凌若見溫如言還是往常那身素淨的打扮，不由得嘆了口氣。論容貌、氣質，溫如言絕不輸給葉氏等人，只因她自己於恩寵上面並不在意，所以至今還只是一個格格，胤禛對她亦無多大印象。

攬月居那麼多格格心思各異、相互傾軋，儘管有凌若時不時送些東西過去，但溫如言的日子依然過得並不好。為此事，凌若曾不只勸過她一次，但每回溫如言都只是笑而不答，令人捉摸不透她心中究竟在想些什麼。

「我知道姊姊有自己的傲骨，不願淪為家人謀得榮華富貴的工具，但即便不為他們，姊姊也當為自己考慮一下。」凌若苦口婆心地勸著，希望溫如言能改變初衷。

「恩寵並不可靠，何況貝勒爺心中早已有人。」溫如言抿一抿鬢邊的碎髮輕聲道。

「貝勒爺心中那人早已成為他人妻，縱然現在難捨，終也有放下的那一天。姊姊說恩寵不可靠，那子嗣呢？姊姊難道不想有一個屬於自己的孩子，看著他長大成人，娶妻生子？」雖然那拉氏待她很好，但在凌若心中真正可以毫無保留去信任的，始終只有溫如言一人，她實不願看溫如言就這樣終老一生。

溫如言一言不發地盯著她許久，忽地「噗哧」一聲笑了出來，一邊笑一邊道：「瞧把妳給急的，好了好了，不逗妳了。」

凌若被她弄得越發奇怪，正自不解時，素雲捧了一襲衣裳進來道：「姑娘，製衣房將您要的衣裳送來了。」

「放下吧。」溫如言止了笑對凌若道：「妳說得這樣在理，我又怎會聽不進去呢？早在半月前便將妳送我的那塊玫瑰紫織錦料子送去了製衣房，本來昨日就該做好送來的，可他們趕著做年福晉要的衣裳，所以推到了現在。今兒個一早我讓素雲去問的時候，他們說還有幾針就好了，便讓素雲等在那裡，一旦做好就立刻拿到妳這裡來，總算趕得及。」

「好啊，敢情姊姊剛才是在故意逗我？哼！」凌若這才反應過來，佯裝生氣地別過臉不理會溫如言，其實她心裡比任何人都歡喜。

胤禛從來不會屬於她一人，既然註定要與他人分享丈夫，她寧願那人是溫如言。

溫如言笑著扳過她的肩膀道：「好了好了，好妹妹，是我錯，是我不好，妳大人有大量不要再生我氣了好嗎？這去給貝勒爺和嫡福晉請安時辰可就快到了，我衣裳都還沒換呢！」

「好吧，就饒過妳這一回，下不為例啊！」儘管她還努力板著臉，但眼底已盡是笑意。

第七十九章　刁難

當一襲玫瑰紫織錦串珠彈花暗紋的旗裝穿在溫如言身上時，乍一見之下凌若亦有幾分驚豔。溫如言本就是一個婉約之中又帶有幾分典雅莊重的女子，只是往常心性淡泊又不願與人爭寵奪愛，所以從不在這方面費心思罷了；而今精心裝扮之下自是光彩奪目，明豔照人。

凌若又取了一套明珠項鍊與耳璫並一支三翅鶯羽珠釵，換下溫如言身上略嫌素淨的首飾，左右打量了幾眼後方笑道：「好了，如此便相襯了，必然讓貝勒爺一見傾心，再難忘懷。」

許是心思變了，所以整個人看起來都與以前不太一樣。溫如言撫一撫髻後的薔薇花，輕聲道：「以容色相侍能得幾時好，終要有心才好。」她抬頭認真看了凌若一眼，有錦繡霞光在眼中流轉。「其實妹妹說得沒錯，一人終究難熬一生，只是五年而已，我已開始覺得度日如年，往後的十年、二十年又該如何去度過，終是要有些盼頭才是，而孩子……」
說到此處，她的聲音溫柔如天邊雲彩，雙頰透著淡淡的紅暈。「便是咱們這些女子唯一可以握在手中的幸福。我真的很想要一個屬於自己的孩子，如妳所言，看著他長大，看著他成家立業。」
「姊姊一定能得償所願！」凌若緊緊握住溫如言的手。
「我希望能有妳與孩子相伴。」溫如言回給她一個毫無保留的笑容。她很慶幸，能在爾虞我詐、勾心鬥角的貝勒府中找到一個可以全然信任的姊妹，上天待她著實不薄。
當凌若與溫如言一道出現在含元居時，果然正如之前所料，煥然一新的溫如言立時吸引了諸多目光，包括胤禛在內，有深深的驚豔在其中。至於年氏等人的臉色卻是不大好看。
乍看胤禛，凌若心裡一陣激動。分別兩月，胤禛瘦了許多，氣色看著也不是很好，想是在外奔波勞累，不曾好生休息過。
待兩人行過禮後，那拉氏頷首一笑道：「都坐吧。想不到溫格格原來如此貌美，我以前竟不曾發現。」
溫如言剛坐下，聞言連忙起身垂首道：「妾身陋顏豈敢當嫡福晉如此稱讚。」
「我只是實話實說罷了，妳不必自謙。」那拉氏轉過頭對胤禛道：「貝勒爺說呢？」

胤禛仔細打量了一眼，聲音溫和地道：「確有過人之姿，這身衣裳很襯妳。往常那些衣裳太素淨莫要再穿了，待會兒我讓高福再送幾匹料子到妳那裡。」

他話音剛落，那拉氏已對翡翠道：「待會兒將我那塊赤獅鳳紋錦也給溫格格帶回去。」

胤禛眉毛微微揚起。「我記得那塊料子是額娘上次賞的，只賜給了妳與素言，素言做了裙子，而妳一直捨不得裁製成衣，說那花紋好看得緊，裁了可惜。」

那拉氏笑撫著手間的珊瑚手釧道：「哪是捨不得，是妾身自己覺得襯不起那花色，沒得白白浪費了。溫格格肌膚勝雪，姿容出色，與那塊赤獅鳳紋錦是最相配不過了，斷不至於可惜了那塊上好的錦緞。」

「姊姊真是大方，這宋錦一年都得不了幾匹，姊姊居然肯送出去，實在讓妹妹們汗顏。」年氏似笑非笑地撫裙說道。

「本就是自家姊妹，哪有不肯的理。妹妹若是看上我這含元居什麼東西，儘管開口就是，姊姊我斷無不肯之理，就怕妹妹看不上眼，誰不知貝勒爺最心疼妹妹，有什麼東西都第一個往朝雲閣送啊。」那拉氏笑意盈盈地道。

朝雲閣是年氏入府後，胤禛獨獨賜給她居住的地方。朝雲閣取自朝雲初升、錦繡芳華之意，雖不及玲瓏閣那般華美雅致，卻也美輪美奐。只是年氏對此事依舊耿耿於懷，在她看來，李氏何德何能可以住在比她更好的地方？不過是早了幾年入府，又運氣好生下一個女兒罷了，論家世、論容貌哪一樣能及得上自己。

年氏笑而不答，但眉目間隱有幾分自得之色。她從來都是要風得風、要雨得雨，從不須去羨慕任何人，有任何不如意處，想法子除去就是了。

溫如言謝了恩重新落坐，與凌若相視一眼。有得必有失，今日的出挑雖引得胤禛注意，但亦被年氏所忌，只是即使沒有今日，年氏又何嘗會放過她們。

「貝勒爺，您這一趟去江南辦差，怎得一去就是兩月有餘，連過年都不曾趕回來。妾身看邸報上說，您在十一月時便已籌到了銀。」說話的是李氏，她如今算起來已是七月的身孕，大腹便便，只是這衣下藏的究竟是孩子抑或是棉絮，她自己最是清楚。

「是啊，從江南到這裡，十日行程足夠，貝勒爺怎得走了一月尚多？讓妾身們好生掛懷。」瓜爾佳氏亦在一旁問道。

「本來早該到的，只是中途有事耽擱了。」胤禛輕描淡寫地說了一句，至於什麼事卻是隻字未提，這樣反而令眾人更加好奇，暗自揣測究竟是何事能耽擱如此之久。

「妹妹，妳有沒有覺得貝勒爺今兒個坐在那裡的樣子有些怪異？」溫如言碰了碰凌若的手肘小聲道。她從剛才進來就發現胤禛今天背似乎挺得特別直，且一動不曾動過。

凌若順著她的目光仔細瞧了一眼，並未發現有何異常之處，當下輕笑道：「哪有什麼怪異，莫不是姊姊許久沒見貝勒爺所以陌生了？不過姊姊放心，往後啊，估計著妳會經常見到貝勒爺，有的是時間熟悉。」

溫如言聞言又羞又氣，暗中打了她一下道：「妳這丫頭膽子真是越來越大了，居然連姊姊也敢取笑。」

那廂胤禛在問了幾句自己不在時府中的情況後，目光轉向凌若，語意憐惜地道：「妳可還好？未再出什麼事了吧？」

凌若忙斂了臉上的笑容起身道：「勞貝勒爺掛心了，妾身一切皆好。」知他一直記著自己的事，心中頓時暖意盎然，說不出的感動。

天下無不透風的牆，何況王保又死了，是以凌若曾被人在炭中下藥以致日日見鬼一事早已被傳得人盡皆知。而今聽他們提起，年氏抿一口茶水漫然道：「說起這事，妾身心中一直有個疑問，不知當講不當講？」

胤禛輕咳一聲道：「妳儘管說就是，什麼時候變得這般吞吞吐吐。」

「貝勒爺沒事吧？」那拉氏見他咳嗽當即緊張地問，眼中有深厚的關心。

胤禛擺擺手笑道：「無妨，只是嗓子有些癢罷了，多喝幾口茶就好了。」

年氏眼波一轉，盈盈落在默然不言的凌若身上。「妹妹說是王保受人指使在妳炭中下了迷魂香，且不說迷魂香是何物，咱們連聽都不曾聽說過。就說王保，一個下人哪來這麼大的膽子敢對主子下藥，難道就不曾想過東窗事發會連命都沒有嗎？」

凌若目光微微一閃，掠過近在咫尺的瓜爾佳氏身上；後者只是安靜飲茶彷彿與此無關，所謂喜怒不形於色，大抵便是如此。這樣的瓜爾佳氏無疑是可怕的，因為她不會露出任何破綻讓人去發現，而能夠控制她的人更可怕。

「王保與小四一般都是賭徒，為錢鋌而走險有何奇怪，妹妹是否太多心了？」那拉氏不以為然地道。

胤禛雖未說話，但神情頗有贊同之色。

年氏凝著一絲淺淺的笑意，撥一撥耳下的金鑲翡翠耳墜道：「如此倒也說得通。可是他為何要自盡呢？聽說凌福晉都準備饒他一命了，只要他肯說出幕後主使者。既是為得益所誘，那便不應有忠心可言，明明可以逃過一劫，他為何要以一死來維護主使者？」

「這……」那拉氏沒想到她的問題如此尖銳，一時倒不知該如何回答。

就是胤禛也是一愣。他當時還真不曾想過此事，且又恰巧碰上黃河水患匆匆入宮，如今聽年氏提起，發現確實是有些古怪。

第八十章　風雨

凌若心頭一緊，身子微微發涼。明明這一切都是年氏在幕後主使、瓜爾佳氏所為，可現在年氏卻利用此事來挑起胤禛對她的懷疑，且還質疑迷魂香的存在與功效，其用心不可謂不險惡。

年氏此人……機鋒暗藏且對胤禛性子深為了解，遠比她想像的更難對付。

胤禛略一思量後遲疑著道：「若兒，當時王保是妳問的話，他緣何自盡妳應該最清楚。既然素言有此疑問，妳不妨說出來為她釋疑。」

「是。」胤禛既然這麼問便表示他已起疑，凌若不敢遲疑地起身，望了好整以暇的年氏一眼道：「王保固然是賭徒不錯，但也有家人，他對唯一的弟弟極好，為了弟弟可以付出一切，包括自己的性命。幕後之人正是抓住他這一弱點加以利用。」她頓一頓又道：「若年福晉還有懷疑的話，那筐摻了迷魂香的銀炭還在，妾身現在就可叫人取來當場驗證，看究竟是妾身信口雌黃還是果有其事。」

「不必了。」說話的是那拉氏，只見她神色溫和地道：「我相信凌福晉所言句句屬實，無須再驗。何況那迷魂香是徐太醫所驗，難道年妹妹還信不過徐太醫的話嗎？」

「徐太醫自是可信，妾身就怕有些人連徐太醫都瞞過了。」

年氏還待再說，胤禛已抬手道：「行了，正如嫡福晉所言，此事一切明瞭，無須再言。有那工夫，素言妳倒不妨好好查查，府中究竟是何人先後要對兩位福晉不利。」

見胤禛已發話，年氏縱是百般不願也只得怏怏作罷，在椅中欠身道：「妾身記下了。」

胤禛頷首之餘又緩了神色道：「妳不是總說兄長遠在杭州，一年也難得見上一面嗎？此次亮工隨我回京，與皇阿瑪說起時，皇阿瑪有意留他在京任職。」

亮工是年羹堯的表字。

「當真？」年氏眼眸一亮，嬌豔如花的臉上有無盡歡喜。她自小只得一位兄長，感情極佳。

「自然是真。」胤禛笑笑。

正說話間，狗兒走進來通稟說十三阿哥和徐太醫都到了，此刻正在書房等候。

「知道了，我這就過去。」胤禛說著站起身來，歉疚地看了那拉氏一眼道：「本還打算陪妳一道用午膳，現在看來卻不行了。」

那拉氏是奉皇命迎娶，雖從不是胤禛在意之人，但畢竟生兒育女相處經年，總是有幾分稀薄的感情在。

「正事要緊，何況貝勒爺已經回來，難道還怕沒時間陪妾身用膳嗎？」那拉氏永遠都是善解人意、寬容大度的，從不需要胤禛擔心。唯獨弘暉死去的那次，那拉氏失去所有理智，只剩下撕心裂肺的痛。

胤禛點一點頭，大步往外走。眾人見狀，忙起身恭送其離去。在經過凌若身邊時，胤禛含了幾許笑意道：「老十三一早過來想是沒用過早膳，待會兒妳下幾碗麵到書房來。上次在江南與老十三說起妳那放了桂花蜜的長麵時，老十三很是感興趣，說回京後一定要親自嘗一嘗。」

「是。」凌若微笑答應。在胤禛離去後亦向那拉氏告辭，並未看到年氏脣邊的冷凝；但即使看到又如何，她與年氏的嫌隙早已深到無法可化。

且說凌若回到淨思居後，親自去廚房下了麵，然後又取了桂花蜜灑在麵上，才仔細地端去書房。然進門時所見的情況卻嚇了她一大跳，因為她看到胤禛除下衣衫之後的背上，竟然有一道長達數寸、深可見骨的傷口。傷口雖已經開始癒合，但看著仍然很可怕，在傷口附近甚至還有已經結痂的黑色血跡。容遠正仔細用溫水清洗傷口，將那些血跡拭去，然後往傷口上撒一些白色藥粉。胤祥則不住地在一旁走來走去，神色憤然。

胤禛竟然受傷了？凌若被這件事驚得險些將端在手上的托盤扔掉，匆忙放下後，快步來到胤禛身邊急切地問：「出什麼事了？為什麼四爺會受傷？是什麼時候的事？」

「不礙事的小傷而已，倒是沒料到妳這麼快就過來，把妳嚇到了。」胤禛不在意地道。

下一刻胤祥已經氣沖沖地道：「什麼小傷！當時四哥你差點連命都沒了，要不是亮工他及時趕到，咱們兄弟未必有命站在這裡。饒是這樣，四哥你也休養了近一個月才能再趕路。那些不開眼的山賊，要不是跑得快，我非要他們一個個人頭落地不可。」

那廂容遠已處理好傷口，換了乾淨的紗布並重新紮好後道：「這毒並不厲害，只是當時治傷的人不知毒理，沒有及時將毒去乾淨，貝勒爺只要按微臣留下的方子及時服藥，不出半月當能將餘毒悉數去除，只是這傷口要完全癒合卻要慢慢來了。」

「勞煩徐太醫了。」胤禛點點頭，示意狗兒送容遠出去。

凌若幫著他將衣衫重新穿好後憂心忡忡地道：「四爺，還疼嗎？」原來胤禛身上真的有恙，當時溫如言說胤禛坐姿有些怪異時，她還笑溫如言過於敏感。現在回想起來，自己當真是過於粗心了。

胤禛拍拍她的手安慰：「真的不礙事了，再說徐太醫不是也說無礙了嗎？難道妳連他的話也信不過？」

凌若聞言稍稍安了心，想到胤祥適才的話道：「四爺之所以路上耽擱便是因為身上這傷嗎？究竟是何方山賊如此大膽，竟敢傷害四爺？」

「一說起這個我就來氣！」胤祥大聲嚷道：「明明去的時候一切都太平無事，可回來時卻在江浙邊境遇到一夥不知從哪裡冒出來的毛賊，張口就要我們留下所有東西，還出言不遜，滿口汙穢。咱們本是想盡快回來向皇阿瑪覆命，所以輕車簡行不曾搞什麼儀仗，不曾想咱們堂堂兩個阿哥卻被人當肥羊給截了，這欽差聖旨、令牌全在行囊內，怎能給他們？所以二話不說便打了起來。」

「原以為是一群烏合之眾，可真打起來時卻發現一個個全是武中高手，刀刀下狠手，最可恨的是還在兵器上淬了毒。我被他們在手上劃了一道，四哥更是受了重傷。幸好晚我們一步出發的亮工與他的親隨及時趕到，打跑了那幫子人，否則小嫂子怕是見不到咱們了。」

胤祥不是說喪氣話，他至今還清晰記得四哥被砍倒在地的模樣，當時他整個人都快瘋了，拿了刀沒命地往山賊那裡衝，全然不顧自己性命。

凌若聞言擰了長眉道：「妾身聽聞山賊之中有一條不成文的規矩，劫人只為求財，若非萬不得已，不可傷人性命。這既是為避免己身陰騭傷之過甚，也是為免傷人太多引來官府圍剿。且江南一帶素來治安甚好，怎會出現這樣一撥窮凶極惡的山賊，還在刀上淬毒，倒有點像……」後面的揣測太過大膽，連她自己都被嚇了一跳，不知是否該說出口。

「有點像借搶劫之名故意要我兩人的命？」誰想胤禛連眼皮都不曾抬一下，張嘴便接過凌若的話。「我與老十三在路上時就曾想過這個可能，可惜等老十三與江寧知府帶兵去圍剿的時候，那些山賊已經逃得一個不剩，像是早已料到會如此。」

「究竟是誰那麼大膽敢暗算我們，讓我知道非扭斷他的脖子不可！」胤祥咬牙切齒。

胤禛站起來沉沉道：「等著吧，總有那一天。」此次江南之行動了太多人的利益，難免有人懷恨在心，鋌而走險。有仇不報非君子，他胤禛從不是什麼善男信女，既敢動他，就要有付出代價的心理準備。

「罷了，先不說這個。吃麵吧。」胤禛擺一擺手，指了已經有些發漲的銀絲麵道：「這便是上回與你說起過的桂花蜜麵。」

胤祥依言端起放了桂花蜜的麵吃了一口，點頭道：「果然清甜可口又混有桂花的香氣，好吃得很。」在將自己與胤禛那碗麵都下了肚後，方才抹一抹嘴巴誇張地道：「小嫂子這麵可比宮裡御廚做的還要好吃，讓人吃了還想吃。」

「十三爺若喜歡，往後多過來吃就是了。幾碗麵，妾身還不至於吝嗇。」凌若抿脣一笑，收起碗筷道：「四爺與十三爺慢慢談事，妾身先告退了。」

待凌若退下後，胤祥隨手拿起書案上的琉璃鎮紙把玩道：「四哥，昨兒咱們面聖的時候，皇阿瑪有意清理戶部欠銀，你說誰會接這個差事？」

「這又是一個得罪人的差事啊！」胤禛摸著身後梳得齊整的辮子嘆道：「依我

看，怕是沒一個會接這燙手山芋。對了，老八快回來了吧？」

琉璃鎮紙被胤祥拿在手裡拋上拋下。「嗯，也就這幾日的事吧。聽說他在河南賑災的差事做得不錯，那些災民都被妥當安置了下來，且沒爆發疫情。據我得來的消息，皇阿瑪有意封他為郡王。呵，這下子他可就更得意了。」胤祥在諸阿哥中只與胤禛親近，旁的皆只是一般。說到此處，他略有些不屑地道：「他能有銀子賑災還不是靠咱們在江南剝那些鹽商的皮，險死還生，好不容易回來了，可皇阿瑪什麼封賞都沒有，想想真是讓人氣不過。」

「咱們辦差又不是為了封賞，有什麼可氣的。何況……」胤禛望著屋頂上描金畫銀的圖案道：「我相信皇阿瑪心中自有數，他不封賞自有他的理由。」

胤祥不在意地聳聳肩。他本就是無所謂之人，只是替胤禛不值。他頓了頓，又鄭重道：「四哥，若是皇阿瑪讓你去追討欠銀，你可萬萬不能接。」

「怎麼，拚命十三郎竟然也有怕得罪人的時候？」胤禛似笑非笑地看著胤祥。

胤祥把琉璃鎮紙往桌上一扔，滿不在乎地道：「我怕什麼？橫豎就是一個人罷了。我只是怕一旦四哥你接下，太子那邊不好交代。不讓他還銀，百官不服；可讓他還，你覺得他會肯嗎？有這銀子還嗎？再說了，憑什麼罵名全四哥你一個人背，而老八他們就得盡賢名。」

胤禛何嘗不知此理，他嘆一口氣道：「若所有人都為怕得罪他人而不接，那這差事誰來辦？難道任由庫銀空虛下去？這一次黃河大水過了，那下一次呢？總是要解決的。」

「可這樣一來，背在四哥身上的罵名只怕更盛。」胤祥搖搖頭，始終不贊成胤禛去接這差事。

「我不入地獄，誰入地獄。只要真能辦成實事，縱背一世罵名又如何，相信千古之後自有公論。」

「千古之後嗎？」多年兄弟，胤祥知道胤禛心意已決，再勸亦無用，苦笑一聲拍著胤禛的肩膀道：「罷了，做兄弟的有今生無來世，若四哥當真要做這事，可千萬別把我老十三給落下。」

「此生能得十三弟這個好兄弟，實乃我胤禛之福也！」胤禛長笑一聲，緊緊握住胤祥的手，所有言辭在這一刻皆不足以形容兩人的情誼。

數日後胤禩回京，康熙為嘉獎其賑災之功，晉其為郡王，賜號廉，是為廉郡王。不知是否這兩月來過於勞累，胤禩一回京便抱病不起，雖有心追回戶部欠銀卻無能為力。

康熙當著滿朝文武的面，言稱哪個阿哥能追回欠銀便晉誰為親王，可依然無人敢應，最終還是胤禛接了下來，胤祥協同辦差，務求盡快追回欠銀填補國庫虧空。要知道，戶部至今還欠著兵部一整年的糧餉，若真激起兵變，這個後果誰都扛不起。

一場席捲整個京城的狂風暴雨即將來臨，文武百官人人自危，擔心這場風雨何時會颳到自己頭上來。

這夜，凌若端了參湯去書房，見胤禛伏在桌案上打盹，知其必是連日辛苦，不曾好生休息，當下取過一旁的披風小心蓋在胤禛身上。

她的動作極輕，但仍驚醒了胤禛，他撫了把臉醒一醒神道：「妳來了。」

凌若心疼地將參湯遞到他手裡道：「戶部沉屙已久，非一朝一夕所能解決，四爺縱急也無用。何況四爺身上有傷，實不宜過於勞累。」

他受傷一事，府中女眷裡唯凌若一人知曉，回京的那一夜他雖去了年氏那裡卻不曾過夜，之後亦不曾召過人侍寢。

胤禛抿了口參湯苦笑道：「國庫都快沒銀了，我如何能不急？早些將此差辦完，也好早些了了這樁心事。這次我去江南，妳可知我看到了什麼？」

「妾身不知。」凌若拔下頭上的銀簪剔亮燭芯，徐徐道：「但能看得出令四爺頗有感觸。」

胤禛盯著她沉沉點頭。「我在回京的路上經過一個名為江夏鎮的地方，那裡竟被人整個買下做了莊園。他身為士紳，無須納稅、無須繳糧，整個江夏鎮的人都淪為那位劉老爺的家奴，我們整整走了三日才走出他的地界。這樣的豪富連我都是頭一次見。」

他幽幽的光芒在眼底跳動。「國家艱難至斯，可那些人卻依舊在那裡花天酒地、揮金如土，與之相比，我掏走的那兩百萬兩於那些人來說實在算不得什麼。吏治已經到了不得不重整的時刻，皇阿瑪心裡也清楚，否則不會命我接手此事。」他忽地握住凌若的手，那樣用力，彷彿要將她融入身體。「若兒，這一趟也許我會遭無數人謾罵痛恨，妳會一直陪在我身邊嗎？」

那樣的決心令凌若深深為之動容。

縱背一世罵名也無怨無悔嗎？胤禛，其實你何須再問，不論你榮耀抑或者落魄，我都不會離你而去。

她反握住他的手，回給他一個安寧卻堅韌的微笑。「不管前路艱難抑或者崎嶇，妾身都會隨四爺一道走下去，直至地老天荒，海枯石爛！」

星月交錯的光影從疏密有致的雕花窗櫺中透入，有沉靜的繾綣溫柔在其中。胤禛眼中有深切的感動，伸手將她擁入懷中，借那具柔軟的身軀除去最後一絲不安。「是，直至地老天荒，海枯石爛的那一天，我都要妳在我身邊。」

然，在凌若不曾看到的暗處，卻有憂傷劃過胤禛的眼眸。湄兒……湄兒……他一遍遍在心底喚著，不論懷裡的身子多麼溫暖，他的心都是冷的。

若兒……妳若是湄兒該有多好……

第八十一章　櫻花

之後的日子裡，胤禛經常去看凌若，偶爾會與她說起正在辦的差事。一場波及文武百官的風暴已經形成，他豁出了一切，不論何人、不論何官，但凡欠銀者一律催其還款，無任何可通融之地，包括幾位皇子以及……太子。

太子恨得牙根癢癢，在背後已不知罵過胤禛多少回。胤禛是他的人，本以為會將他欠銀的事想法子壓下去，沒想到竟一點兒面子也不給。

就在不久後的一夜裡，沉寂數年的溫如言被胤禛重新寵幸，且接連數日。儘管早在那一日請安時便已猜到會有這一天，但真來臨時，還是有很多人遏制不住怒氣。年氏氣得一日都沒吃東西，將手裡能砸的幾乎全砸了個遍。那拉氏聽聞後付之一笑，只命人將年氏砸壞的東西重新置辦一份送過去。

而紅玉就沒有溫如言的命，她雖然在葉氏的安排下以一場穆桂英掛帥引得胤禛注意，但時機卻不湊巧。先是葉氏出事，再是黃河氾濫、戶部虧空，胤禛早將她拋諸腦後。而今她依然在流雲閣中伺候葉氏，依舊盼著有朝一日胤禛能想起她來。

溫如言的得寵令凌若在府中的地位更加穩固，雖不能與年氏幾人相提並論，但也無人敢輕動。至於瓜爾佳氏亦沉默了下來，並未再有任何異動。

貝勒府風平浪靜時，朝中的風暴卻越演越烈。胤禛親自追討皇子王公的欠款，而另一名耿直不阿的戶部官員則負責追討官員欠款，無數人被傳來問話，多年積下的欠銀，這一時半會兒哪還得出，求情的、鬧事的，比比皆是。

如此一日又一日，不知不覺間寒冬竟已過去，春光開始漸盛，凋零的樹木重新抽出細嫩的幼芽，一切欣欣向榮。是啊，再寒冷的冬天終將有過去的一日，四季輪迴，永不休止。

這一日陽光晴好，照在身上暖意融融。淨思居院中有兩株去年從其他地方移來的櫻花，此刻已經綻放出如雲似霞的花朵，遠遠望去似緋紅的雲層，在淺金色的陽光下顯得爛漫絢麗；偶爾有暖風拂過樹梢，吹落點點輕薄如綃的花瓣於架在兩株樹間的鞦韆架上，若印在上面一般。

凌若捧了一盞溫熱的羊奶，坐在鋪有軟墊的鞦韆上徐徐地蕩著，櫻花不時落在她的髮間與肩上，有極淡的花香在鼻間縈繞。

抿了口聞不到任何羶味的羊奶，凌若腦海中回想起前幾日容遠來替她請脈時說的話。葉氏腹中胎兒如今已有九月，近幾日開始胎動頻繁，腹部經常變硬，任什麼安胎藥都壓不下去，想來不日之內就會生產。雖還未足月，但九月的孩子與十月已差不了多少，只要生下來後悉心照顧就是了。

他更告訴凌若，若所料不差，葉氏懷的當是雙胎。不過因沒有十足的把握，所以他並沒有告訴胤禛等人，哪怕那拉氏等人問起也只推說診斷不出。

至於李氏那廂，依舊與原來一樣，明明懷胎七月有餘，脈象卻時像六月、時像八月，令容遠百思不得其解。

凌若正想得出神，突然一雙略有涼意的手從後面蒙住了她的眼睛。有古靈精怪的聲音在耳邊響起。

「猜猜我是誰？」

「蘭兒。」凌若輕笑著拉下蒙眼的雙手，轉過身來，果然看到一身湖藍繡花短襖、嬌俏可愛的伊蘭，但伊蘭身邊那個人卻令她好一陣愕然。

靈汐，竟然是靈汐！要知道自那次事後，靈汐幾乎不曾踏出過玲瓏閣；即使是清音閣那次，也是李氏好不容易勸服她的。

伊蘭笑嘻嘻摟了凌若的脖子得意地道：「怎樣？是不是很意外啊。嘻嘻，我剛才去找靈汐說話，告訴她咱們院子裡的櫻花開了，如雲似霞，可好看了。靈汐說她也想看，然後我便帶她來這裡了。」

凌若不自禁看向正一臉痴迷地望著漫天櫻花的靈汐。「靈汐，妳喜歡櫻花？」

「嗯。」靈汐難得回答旁人的話，伸手接住一片飄落的花瓣，小心地撫摸著。

「它們很好看，以往花開時我跟弘暉常跑去看，不過今年它們來了這裡。」她難得一次說那麼多話，然而那雙眼始終落在手中的花瓣上。櫻花依舊，人卻已殘缺難全……

「妳若喜歡，盡可天天來看。」凌若蹲下身，盡量放緩了語氣，順著她的目光道：「想不想坐在樹上？一伸手便可碰到櫻花。」

聽到這句話，靈汐的眼睛瞬間為之一亮，脫口道：「可以嗎？」

「咱們的小格格想，自然沒有不可以。」見她肯跟自己說話，凌若心中歡喜，起身喚李衛與小常子，命他們搬來梯子倚在櫻花樹幹上。

在試過夠牢固後，兩人一邊一個扶了梯子道：「主子，可以了。」

凌若點點頭看了靈汐與伊蘭道：「有沒有興趣爬上去？」

伊蘭望著高達數丈的櫻花樹，有些畏懼地搖頭道：「姊姊妳知道我怕高，我怕還沒爬上去就已經暈了，若摔下來可慘了。」

靈汐沒有說話，但她已經踩著梯子一步步往上爬，原本缺乏生機的眼眸隨著與櫻花樹的接觸逐漸亮起。凌若不放心她一人，在脫下花盆底鞋後也跟著爬了上去。待她爬到時，靈汐已經坐在開滿花簇的樹幹上，兩隻小腳懸空輕輕地晃著。在圍繞身周的輕軟花葉間，她抬起頭穿過漫天櫻花看向碧澄澄的天空。

「在想什麼？」凌若坐到她身邊。這根樹幹極結實，雖坐了兩個人也只是微微一晃便紋絲不動。

靈汐低頭看看她，自隨手可及的櫻花中摘了一朵別在凌若的衣襟上。「他很喜歡妳。」

凌若知她是在說弘暉，脣淺淺彎起。「我知道，我也很喜歡他，可是他已經去了，縱然再思念也不會回來。靈汐，弘暉在天上更希望看到妳在櫻花中歡笑的樣子，而不是充滿悲傷。」

靜靜無聲，凌若不知道她是否有聽進去，許久之後有細微的聲音傳入耳中——

「我在天上沒看到弘暉，他一定是還在怪我。」

「怪妳？弘暉為什麼要怪妳？」凌若感到奇怪地問。

一陣風拂來，吹起了兩人的衣衫與髮絲，與漫天飛舞的櫻花一道飛揚在半空中，迷了所有人的眼。

靈汐搖搖頭，垂下再度變得了無生氣的眼眸道：「我要下去。」

她不願說，凌若也無法，領了她小心地攀下長梯。再度腳踏實地的感覺竟令靈汐有片刻不能適應。她仰頭，櫻花絢爛依舊，不會有人知道，適才在樹上時，曾有那麼一刻，她想從樹上跳下來……

一念花開，一念花寂。這山長水遠的人世，不是每個人都有勇氣走下去……

第八十二章　出府

伊蘭與靈汐離開後，凌若無事便執一卷書在鞦韆上慢慢看著。直到有人抽走了她手裡的書，她抬起頭，看到一雙烏黑的瞳仁，那麼熟悉。下一刻，笑意攀上她的臉頰。「四爺今日怎麼有空過來？」

自接了戶部的差事後，胤禛已有一段日子沒來淨思居，不曾想他今日會過來。

胤禛將書放在一邊，執了她的手道：「我看今日天氣甚好，想起妳自入府之後便不曾再出去過，整日待在府中必然憋悶得很，便想帶妳一道去外面走走。不知凌福晉是否肯賞這個臉？」他難得開玩笑。

「出府？當真嗎？」凌若望著胤禛眼中自己的倒影，有難掩的歡喜在其中。一入候門深似海，她雖嚮往府外的無拘無束，但同樣明白自己的身分，從未想過有一天還能踏出這府門去看一看外面的世界。

胤禛被她的歡喜所感染，撫開她落在眼前的髮絲輕笑道：「當然是真的，除非妳自己不願意。」
凌若歪一歪頭，含了一縷輕淺的微笑，凝眸道：「四爺的心情似乎很好，可是戶部的差事辦成了？」
立身於淺金色陽光下的胤禛，光耀奪目，竟令凌若不能正視。
「談不上成，只是有些進度了而已，如今已經收繳回來六、七成的欠銀。」
胤禛輕描淡寫，然凌若卻知道這六、七成代表什麼，那是一百萬多兩的白銀。能追回如此之巨，胤禛所付出的艱辛可想而知。
凌若回屋卸下珠玉金釵，又換了一身尋常衣衫後，方隨胤禛來到府外。再次看到熙熙攘攘、人來人往的大街小巷令她備感親切，她轉頭看向胤禛似精心雕琢而成的側臉，輕聲道：「謝謝四爺。」
胤禛沒有說話，但是握著她的手更緊了幾分。
一路過去，凌若不時好奇地看一眼兩邊叫賣的攤販，在經過某一處時，凌若突然甩開了胤禛的手道：「四爺，我去買點兒東西。」
待她回來時，胤禛發現她手中多了一包東西，打開來一看卻是一包剛炒好的栗子。凌若取出還很燙的栗子一邊吹氣一邊剝殼，剝淨後遞到胤禛嘴邊，口中說道：「四爺趁熱嘗嘗這栗子，看味道如何？」
胤禛在嘗了一個後點頭道：「甜美味長，甚是不錯。」
凌若亦剝了一個到自己嘴裡，品嘗著與記憶中一模一樣的味道：「西晉陸機曾為《詩經》作註說：栗，五方皆有，唯漁陽、范陽生者甜美味長，地方不及也。高老伯在這裡炒了幾十年的糖炒栗子，一直都只選漁陽、范陽的栗子，所以這味道幾十年如一日，從不曾變過。妾身記得以前最喜歡纏著哥哥來這裡買一包栗子，然後一路剝回家，哥哥總是捨不得多吃。」

「妳若喜歡，往後我讓人天天買給妳。」胤禛道，眼裡有和煦的笑意。從不知原來女人可以因為一顆小小的栗子而如此滿足。

溫潤如玉。

凌若第一次發現原來這個詞也可以用在胤禛身上。

那一瞬間，凌若痴然於胤禛那一抹不經意露出的笑容。

也許，這才是真正的他，溫潤如玉、謙恭有禮的四阿哥，可惜被生生磨滅在艱辛的宮廷生活中。

她閉目，唯恐不知何時攀上眼底的熱意會化成淚水落下，待那抹熱意退去後方才睜眼笑道：「不用了，再好的東西天天吃也有厭倦的一日，妾身不願壞了這份記憶中的美好，所以還是偶爾吃上一回就好。」

風輕拂而來，吹亂了垂落髮間的細碎流蘇，胤禛替她理一理流蘇道：「那好，什麼時候想吃了便告訴我，我與妳一道出來好嗎？」這話等於變相給了凌若一個許諾，許其可以偶爾出府的諾言。

凌若動容卻也無言，只是默默握緊了胤禛的手。胤禛幾乎給了她最大的恩寵，無關位分、榮華，而是一個男子對女子最大的恩寵，縱是年氏亦不曾得到。此時說再多都是無用，唯有用一生來回報胤禛的恩寵，來等待胤禛放下那個根本不值得他思念的納蘭湄兒。

如此一路行去，在經過朝陽門大街時發現所有人都在往前面跑，將前方圍得水洩不通。

胤禛抓住一個路過他們的人問：「前方可是出了什麼事？」

那人帶了一臉興奮道：「你不知道吶，當朝十阿哥在朝陽門擺攤賣家當呢，聽說是欠了戶部的銀子沒錢還，被四阿哥逼得要賣家底。那攤上擺的可全是珍貴之物，甚至還有皇上御賜的。往常咱們哪有那眼福能見著，現在有這機會還不都去瞧瞧啊。你們要看也快點，否則晚了可搶不到好位置了。」

聽得胤䄉居然在大街上擺攤賣東西，胤禛的臉立時沉了下來，快步往人多的地方走去。

凌若連忙跟上去。還沒到攤前，便聽到一個粗獷的大嗓門在那裡叫嚷——

「看到沒有，這可是前朝留下來的泥金彩繪花瓶，這天底下統共沒幾個。還有這把金胎燒琺瑯鞘玉柄佩刀跟三尺高的珊瑚擺件，那可是皇上賞下來的宮中珍藏，現在爺缺銀子，你們哪個瞧著喜歡又給得起銀子，儘管拿走就是。」

「十爺，這可是皇上御賜的，您當真敢賣？」有人在一旁問。

「爺都快被人逼死了，還有什麼不敢的？再不行，爺準備連那座府邸都賣了，怎麼，你有興趣？二十萬兩銀子拿去。沒的話就閃一邊去，少尋爺開心，不然把你腦袋擰下來。」

凌若從人群的縫隙中看到站在正當中的身形粗壯、方臉大耳男子，想來應該就是十阿哥胤䄉。他與胤禛的相貌並不相似，唯有下巴處略有些像。當今皇帝有近二十位皇子，成年者有十餘位，這當中以八、九、十、十四這四位阿哥感情極好，以八阿哥胤禩為首同進共退。

胤禛此刻面色陰沉如水，用力撥開擋在身前的人，大步走到胤䄉面前掃了一眼滿地的奇珍異寶，以及胤䄉豎在攤前寫了「賣物抵債」四個大字的旗子，喝道：「老十，你搞什麼鬼？堂堂阿哥在此擺攤成何體統！」

胤䄉斜睨了胤禛一眼，陰陽怪氣地道：「唷，這不是四哥嗎？怎麼？哪條大清律法規定阿哥不能擺攤啊？再說了，我需要在這裡賣東西籌銀還不是拜四哥你所賜，不賣了這些東西，我哪來的銀子還你。」

「你的銀子不是還給我，而是還給朝廷！」胤禛一把奪過胤䄉拿在手裡的琺瑯鞘玉柄佩刀。「走，跟我回去。」

胤䄉兩眼一瞪朝地上吐了口唾沫道：「走個屁！你都沒把我當兄弟，我幹麼聽你的。我告訴你，我今兒個還就賣定了，天皇老子來了都沒用。」說著他扯了嗓子大聲喊：「誰要買的趕緊買了啊，過了這村可就沒這店了。」

周圍多是來看熱鬧的人。阿哥居然淪落到要擺攤，可真是天大的稀奇事，至於買？那多是朝廷貢品、宮中珍藏，民間之人就算真有錢也不敢動那心思。私藏宮中物品，那可是要掉腦袋的事。

凌若在一旁看得暗自搖頭。有傳言說八阿哥身邊的那幾位阿哥當中，九阿哥精、十四阿哥會帶兵，唯獨這十阿哥，自小不愛讀書，沒啥大本事，是個草包阿哥，現在看來果然如此。

但凡有些腦子都不會做出此等魯莽之事，這等於是摑朝廷的臉面。

第八十三章　八阿哥

「老十你瘋夠了沒！」胤禛動了真怒，用力攥過胤䄉的衣領，一字一句道：「你要丟自己的臉盡去丟個夠，我絕不管你。但現在你丟的是朝廷的臉面，是皇阿瑪的臉面。若你還叫我一聲四哥的話，就趕緊收起東西給我滾回去！」

「你要真當我是兄弟的話就不會把我往死裡逼！」胤䄉濃眉一豎，推開胤禛的手，絲毫沒有退讓之意。

正當僵持不下時，田文鏡到了。凌若數次從胤禛口中聽過這個名字，胤禛一再讚其是一位不畏強權、敢於為民請命的能吏。而今終於有機會得見，雖長得其貌不揚，身形亦不高大，但透著一股堅如磐石的氣質，令人不能忽視。

十阿哥當街叫賣家產，一切起因皆從戶部而起。田文鏡身為戶部官員且又擔負著此次追銀一事，自然要來。他一路走到胤禛兩人面前，拍袖行禮，沉聲道：「下官田文鏡見過四阿哥、十阿哥。」

「起來吧。」胤禛客氣地將他扶起。
至於胤䄉，則冷哼一聲抬了頭，根本不加以理會。
田文鏡謝過胤禛後，不卑不亢地對胤䄉拱一拱手道：「請十阿哥回府。」
胤䄉不屑地掃了他一眼冷笑道：「我若是不回，你待如何？」除了四哥，他最恨的就是這個田文鏡，又強又倔，軟硬不吃，一腦門子就掉錢眼裡了。這京裡大大小小官員的家宅府邸他有哪一個沒登過門，心裡早憋著一肚子火了。
田文鏡不理會他的挑釁，瞥了左右隨從一眼道：「替十阿哥收拾東西送回府去。」
不待那幾個隨從答應，胤䄉已經如被踩了尾巴的老虎一樣跳起來喝道：「田文鏡，你敢！別以為有四哥在，我就不敢對你怎樣，說到底你不過是條狗而已。」
「老十，田大人乃朝廷命官，更是在替朝廷辦事，你說話莫要太過分。」胤禛緊緊皺了雙眉。他不願將事情鬧大，可胤䄉卻不肯善罷干休。
「怎麼，我說錯了嗎？」胤䄉梗著脖子道：「四哥有空不如多教教你的狗，讓他別在大街上亂吠。」
胤䄉的強勢令田文鏡身邊的隨從面面相覷，不敢動手。望著胤䄉那得意的神情，田文鏡一聲不吭，大步繞過胤䄉想要將他那面引人注目的旗子拔下來。手剛一碰到旗杆，身後已經響起胤䄉的怒喝聲。
「姓田的，你要敢動一下那旗子，信不信我活剝了你那身皮！」

田文鏡沒理會他的叫囂，手微一用力將旗子拔起，剛一回頭，劈頭蓋臉便是一陣鞭影。他還沒回過神來，身上已經連挨了好幾下，被打得摔倒在地上，連寶藍色官服亦破了好幾個口子。

「好你個田文鏡，居然敢將爺的話當耳邊風，活得不耐煩了你。今天我不教訓你，我就不叫胤䄉！」胤䄉不顧胤禛尚在，奪過下人手裡的馬鞭衝著田文鏡就揮舞過去。他素來蠻橫慣了，加上又看田文鏡不順眼很久，火氣上來根本不管什麼朝廷命官不命官，先打了再說。

胤禛沒想到胤䄉說動手就動手，連忙將凌若護到身後，自己則衝過去不顧是否傷到自己，狠狠握住馬鞭的末端，氣急敗壞地道：「老十你再發瘋，休怪我不客氣！」

「客氣？你何時待我客氣過？咱們的帳晚點再算，現在我要教訓教訓姓田的狗，你最好少管閒事。放開！」

此時又有人過來，卻是一個劍眉星目、溫和儒雅的男子，一身湖藍絲製長袍，腰間垂有一塊巴掌大的玉珮與一隻累絲香囊。只見他匆匆上前先朝胤禛拱一拱手喚了聲「四哥」，隨後親自扶起田文鏡關切地問：「田大人要緊嗎？需不需要我讓太醫來給你看看？」

「只是皮外傷而已，不麻煩八阿哥了。」田文鏡只在最初挨了幾下，後面就被胤禛攔住了，兼之又有衣服隔擋，是以傷口並不深。

原來他就是八阿哥胤禩。凌若在心中暗道一聲。果然風度翩翩，舉止有禮且毫無阿哥的架子，令人一見之下心生親近、如沐春風，與胤禛可說是截然相反的兩人；兼之賢名遠播，幾可說是近乎完美，怪不得納蘭湄兒當初會選擇胤禩。

只是……她柳眉微不可見地皺了一下。世間當真會有完美無缺的人嗎？

那廂，胤禩望著與胤禛僵持不下的胤䄉道：「還不快把馬鞭放開。」

胤䄉性格蠻橫囂張，加上他又是皇子，更加霸道無理，誰的帳也不買。這天底下除了康熙，他也就服胤禩一人。他雖心中尚有不甘，但鞭子畢竟是鬆開了。他一鬆，胤禛自也不會再握著，隨手拋給一邊的侍從。

「老十你在這裡胡鬧什麼，欠銀子想法子還就是了，需要這樣變賣家產嗎？再說了，就你這些東西全都打著官府的戳，哪個人敢收？」胤禩輕斥一句，見胤䄉不吭聲又道：「還不快把東西收了拿回家去，難道非要等順天府尹來才肯甘休？」

胤䄉聽得他訓自己，忍不住大吐苦水。「哪個願意變賣家產了，實在是人給被逼急了啊。八哥，我不賣家底，哪有錢還那十幾萬兩的欠銀。」

胤禩拍拍他的肩，眼中閃過一絲冷意，然聲音依舊溫和如昔：「有什麼事咱們兄弟慢慢說，船到橋頭自然直，再難的坎兒也總有過去的時候。總之你現在聽八哥的，把東西都搬回去。」

見胤禩都說到這步田地了，胤䄉也不再倔強，點點頭示意下人將搬來的東西原樣搬回去，一場鬧劇總算是落了幕。

胤䄄在經過田文鏡身邊時恨恨地朝他身上吐了口唾沫，而田文鏡只是默然置之。他知道十阿哥恨煞了他，滿朝文武恨煞了他，但那又如何？十年寒窗一朝功名，不為錢權、不為官，只為能夠報效朝廷、為民請命。他只做他分內該做之事，至於旁人怎麼看待那是他們的事，與自己無關。

待胤䄄走後，胤禩取出隨身的絹子拭去田文鏡身上的汙穢，欠身道：「老十性子衝動不懂事，田大人莫與他計較，我派人送田大人回去。」

「不敢有勞八阿哥，下官自己回去就是了。」田文鏡衝胤禩及胤禛拱一拱手告辭離去。

在他走後，胤禩轉向胤禛，此時方看到站在胤禛身旁的淩若，儘管是尋常衣衫，但依然不掩其秀美嫣然之姿，當非普通民婦。「四哥，不知這位是？」

胤禛握一握淩若垂在身側的手，淡淡說了一句：「我庶福晉鈕祜祿氏。」他手裡的暖意正在一點一滴流失。

一聽到這個姓氏，胤禩立即明白是為何人，兩年前的那一場選秀插曲他可沒忘。他當即含笑道：「我曾在四哥納側福晉之日見過年福晉，本以為已是天下少有的美人，沒想到四哥府中還有一位能與之相提並論的，真是令人羨慕。對了，四哥有沒有興趣去我府中坐坐？湄兒常在我面前提起你，說很想你這位四哥。」

胤禛牽了牽薄唇，露出極為勉強的笑容。「不了，我還有事，改日再聚吧。」

他想見湄兒但又怕見，怕見她與胤禩恩愛的樣子，他好不容易平靜的心會再次被攪得亂七八糟。

湄兒，已成為他的心魔……

「也好，改日再聚。」胤禩何嘗看不出胤禛內心的掙扎，他露出一抹意味深長的笑容，在將要轉身時忽地又道：「聽說太子將欠的十幾萬兩銀子都還了？弟弟很好奇太子何來這麼多銀子還國庫，不知四哥知曉與否？」

「八弟有疑問當去問太子才是，我如何能曉得。」胤禛眼皮子一跳，面上卻是神色不改。

胤禩笑一笑，負手望了眼天上變幻莫測的雲層道：「我也只是隨口問問，四哥不知便罷了。」

在胤禩轉身離去的那一刻，凌若看到他將之前替田文鏡擦過衣衫的絹子扔到一邊。他的溫文、他的儒雅始終是裝出來的，天下何來如此完美無缺之人……

凌若釋然之餘卻也有所隱憂，若外人所見到的廉郡王是偽裝出來的話，那這個胤禩就太可怕了。他令她想到石秋瓷，一樣的深沉、一樣的有心機。她甚至懷疑今日這場鬧劇根本就是胤禩一手導演的戲，這樣的人是絕不會安於現狀，若有朝一日要帝路爭雄，那胤禩必會是最可怕的敵手。

第八十四章 穩婆

翌日，胤䄉當街叫賣家當並鞭打朝臣之事為康熙所知，斥其如此行徑有失國體，罰俸一年，閉門思過。此旨一落，那些欠錢未還的大臣一個個在朝堂上哭陳其狀，言他們實在難以償還，而田文鏡又逼得太緊，實要將他們往絕路上逼啊，難道非要逼他們賣田賣宅、老無所依才肯甘休嗎？

康熙望著那些老臣子，終是心軟，將宮裡內庫本準備修葺暢春園的銀子拿出來予他們還債；至於胤䄉的部分，亦由胤禩與胤禟兩人拿銀子還了。如此一來，戶部的差事便辦得七七八八。

田文鏡雖在大街之上被胤䄉所辱，且他自己也是一位能吏，但康熙覺其做人為事太過剛硬、不知變通，何況此次追銀，京裡大大小小官員都被他得罪了個遍，再留在京中也沒意思，便放了他一個從六品布政司經歷，去地方任職。

胤禛辦成了差事，康熙本當兌現諾言封其為親王，但胤禛過於求成，矯枉過正，在追還欠款其間有好幾名官員因還不上銀子被逼自盡，其中不乏忠臣、清官，是以最終只晉其為郡王，賜號雍。

至康熙四十五年，除太子外，共有四位阿哥封王，分別為大阿哥胤禔、三阿哥胤祉、四阿哥胤禛、八阿哥胤禩。

一場波譎雲詭的明爭暗鬥正隨著這幾個人的封王漸漸形成，帝位是天底下最具誘惑力的東西，每一個人都想將之掌在手中，可是帝位只有一個，勝者也只有一個，餘者皆為敗寇！

雍郡王府中，容遠為李氏請過平安脈後叮嚀幾句正欲退下，李氏卻笑道：「幾月來，徐太醫日日為我與葉妹妹兩人請脈甚是辛苦，眼下尚早，不如喝杯茶再走。」

李氏既已這般說了，容遠也不好拒絕，欠一欠身在椅中坐下。有小侍女端了採自廬山的雲霧茶上來，盞蓋揭開的那一刻，水氣盎然，朦朧隱約，當真如雲似霧一般。飲之，味似龍井卻更醇香。

李氏撥一撥浮在茶湯上隱有蘭香浮現的茶葉細聲道：「我一直很關心葉妹妹的胎兒，只是自己亦有孕在身不方便過去探望，不如她現在怎麼樣了？」

容遠忙放下手中的茶回答：「葉福晉一切安好，只是近日胎動頻繁，想來不日之內就會臨產，此事微臣也與王爺及嫡福晉提起過，好早些有準備。」

「咦？那豈非連穩婆都要請好了，不知嫡福晉請了哪家的穩婆來？」晴容在一旁好奇地問。

容遠擰眉想了一陣子道：「微臣倒是聽嫡福晉提起過，是京裡最有名的穩婆劉婆子，李福晉可是有事？」

「哦，沒什麼，隨便問問罷了。若這個穩婆當真那麼好的話，我臨產的時候也可以請她來接生。」李氏撫一撫臉頰，小指上嵌在鏤金護甲上的珍珠在照入屋中的日光下熠熠生輝。

待容遠走遠後，李氏低頭看著自己碩大的腹部輕聲道：「葉秀……她就快生了，咱們也當要做準備了才是。」她睨一眼晴容道：「晚上妳想法子從後門出去帶劉婆子來一趟玲瓏閣，小心著些，莫要教人看見了。」只要收買了接生的穩婆，葉氏的孩子自然就成了她的孩子。

「奴婢知道。」晴容答應之餘又遲疑道：「只是主子您這身孕才七月，現在『生』下來會否太早了？奴婢怕有人會懷疑。」

李氏輕輕站起身，花盆底鞋踩在平整的金磚上有「登登」的響聲：「縱然懷疑也沒辦法，機會只有這麼一次，一旦錯過可就沒了。對了，莫氏那邊怎麼樣了？」

「臨產應該也就是這幾日的事，奴婢早已吩咐好了，一旦咱們這裡有動靜，縱使莫氏沒到臨產時，也立刻用催產藥促其生產。」晴容做事素來穩重周詳，否則也不會得李氏如此信任。她想一想道：「其實相比之下，奴婢更擔心主子您要如何早產才能不令人生疑？」

鏤金護甲輕點在青花纏枝的茶蓋上，李氏露出成竹於胸的笑容。「妳放心，這一點我早已想好，只待時機來臨。」

是夜，晴容買通守衛，從後門帶了劉婆子至玲瓏閣。在不知為何而來的劉婆子面前，李氏緩緩解開外裳，露出以棉花做成的假肚子。

「啊！啊！福晉……福晉您……」劉婆子驚得說不出話來，指著李氏的手指不停發抖。

她不是沒替有錢有勢的人家接生過孩子，知道這樣的深宅大院事情多，但萬萬料不到竟有人根本不曾懷孕卻冒充有孕。

這種事瞞得了一時，瞞不了一世，她不明白眼前的福晉為何要這麼做。

「我沒有懷孕。」李氏好整以暇地解下棉花，彷彿根本不在意被劉婆子發現這個驚人的祕密。

「這件事以前只有我與身邊最親近的人知道，而今多了妳一個，妳說妳該怎麼做？」她問，脣邊有玩味的笑容。

劉婆子也是個聰明人，知道此事關係重大，連忙賭咒發誓保證自己絕對不吐露一個字，但她始終不明白李氏為何要自己戳穿這個謊言。

「誓咒那種東西不過是用來哄騙小孩罷了，妳以為我會相信？」李氏彎下腰看著跪在自己腳下的劉婆子道：「這世間只有死人才守得住祕密！」

「不要！福晉饒命！饒命啊！」劉婆子嚇得魂不附體，使勁磕頭求饒。

見火候差不多了，李氏擺了擺手道：「罷了，就妳那條賤命，我一些興趣也沒。只要妳替我辦成一件事，我便放過妳。」

劉婆子忙不迭點頭道：「只要福晉肯饒奴婢一條賤命，要奴婢做什麼都願意。」

「我要葉秀的孩子！」李氏一字一句清晰吐出她今夜叫劉婆子來的目的。

劉婆子一下子明白了她的意思，這是要來個狸貓換太子啊。她慌得連連擺手道：「這……這老婆子怎麼可能辦得到，求福晉莫要為難老婆子了。」

「妳辦得到得辦，辦不到也得辦！」李氏冷冷盯著她，手掌輕拍。

有心腹小廝進來，手裡拿著一條白綾，神色陰冷可怖。劉婆子嚇得渾身癱軟，趴在地上瑟瑟發抖，臉上更是一片死灰。

「是生是死，可就在妳自己手裡，想好了再回答我。」李氏扔下這麼一句後折身坐回椅中，徐徐喝著剛做好的花生酪。

劉婆子不是糊塗人，她很清楚自己知悉了李氏的祕密，若不替她辦事，今夜必然難以走出這道門。

她做了這麼多年的穩婆，很清楚這些看似嬌弱的女子手段，殺人於她們來說絕不是難事。

她心裡是早就悔得腸子都青了。若早知是這樣的一樁事，今夜就是打死她都不來，這是倒了多大的楣啊。

若僅是偷龍轉鳳，她不是做不到；但是前不久已經有人找過她，明確告訴她不可以讓葉氏的孩子活著生下來。

那人權大勢大，又出了許多銀子，她已經答允下來；而今眼前的這位李福晉又要孩子活。統共就那麼一個孩子，她就是有天大的能耐也變不出第二個來啊，到底該怎麼辦才好！

細沙在滴漏中緩緩流逝，待得一碗花生酪喝完，李氏抬起精緻的眉眼道：「想得如何了？」

第八十五章 陷害

劉婆子惶恐地道：「老婆子……老婆子實在沒那麼大的能耐，只怕……有負福晉所託。」說到此處，她小心地看了李氏一眼，見李氏面色不豫忙又叩首道：「非是老婆子不肯替福晉辦事，實在是老婆子一人能耐有限，這孩子又非死物，若是中途哭叫起來，必會讓人發現。」

李氏本欲發怒，聽得她這般說，臉色才好些。「這妳放心，到時自有人會助妳。我只問妳一句，答應不答應？」

劉婆子跪在那裡，內心天人交戰。到底該怎麼回答才好，她萬萬不敢說出已有人叫自己殺死葉氏孩子的事。雖也許能在李福晉面前討得活路，但她相信以那人的神通廣大，不須幾日便可教自己死無全屍！

怎麼辦？怎麼辦？劉婆子急得汗如雨下，眼見李氏漸有不耐之色，她乾脆將心一橫，閉目道：「老婆子答應福晉就是。」不答應必死無疑，答應下來也許還有一線生機。她雖然已經一把年紀了，但還想多活兩年，何況好不容易得了那一大筆銀子，她可不想就這麼帶進棺材去。

李氏露出滿意的笑容，朝晴容使一使眼色，晴容立刻會意地從後堂端出一個托盤來。劉婆子一見托盤上所放之物，那雙小眼睛立時睜得老大。銀子，全部都是白花花的銀子，那一盤子上少說也有幾百兩。

李氏很明白恩威並重的道理，打一棒給一甜棗才能讓別人死心塌地替自己辦事。她努一努嘴道：「我也知道此事不易辦，所以不會讓妳白白擔風險。這裡有三百兩，算是我給妳的定銀，待事成之後我再給妳七百兩，這一千兩銀子足夠妳舒舒服服過完下半輩子。」

「多謝福晉！多謝福晉！老婆子一定替福晉辦成差使。」劉婆子眼也不眨地盯著端到自己面前的那盤銀子，滿是褶子的老臉上有掩飾不住的貪欲。儘管那位人物也給了她許多銀子，但世上沒有人會嫌銀子太多。

人為財死，鳥為食亡。只要做成這一筆，她立刻便帶著銀子離開京城，走得遠遠的，這樣即便後面出什麼事也牽連不到她。

劉婆子並不知道，不論是在李氏還是在那人心中，她都已經與死人劃上了等號，註定無福享用那些銀子。

這日墨玉趁著天氣好，領了水秀、水月將淨思居裡裡外外都打掃一遍。凌若不願去花園中湊熱鬧，便與溫如言一道坐在院中的石桌前對弈。黑白棋子在尺許見方的棋盤上激烈廝殺，爭奪著各自的地盤，一子追一子，互不相讓。在她們頭上便是盛開的櫻花，不時有輕軟的花瓣隨風落在棋盤上，為原本只有黑白二色的棋盤平添上一抹亮色。

「我聽說靈汐近日常到妳這裡來？」溫如言落下指尖的棋子問道。

凌若聞言微微一笑，打量著棋盤上的局勢道：「靈汐喜歡這裡的櫻花樹，加上又有伊蘭在，所以偶爾會來，只是跟以前一樣不愛說話。」

溫如言點頭，從小碟中撚了粒花生在手中輕拈著，剝去附在花生外面的那層紅衣，皺眉道：「靈汐落水那次雖說凶險了些，但已過去這麼久，再可怕也該淡忘了才是，為何一直都是這般模樣？」

「大夫說是心結，也許是她親眼目睹弘暉溺死在自己面前，所以才無法釋懷。說起來，李福晉懷孕已有七個多月，若能平安熬過最後兩月的話，便該足月了，到時不知靈汐會多一個弟弟還是妹妹。」

溫如言撫一撫鬢上的珍珠髮籠淡淡道：「李氏自希望是一個男孩，如此她便可以成為世子的額娘。」子憑母貴，即便葉氏生下的同為男孩又是長子，也不可能與李氏的孩子相提並論。封世子，必是李氏之子。除非那拉氏能再生下嫡子，否則長幼有序，縱然年氏以後生下孩子，也不可能越過李氏冊封為世子。

「可惜生男生女由不得她來定。」凌若瞧了進進出出忙個不停的墨玉幾人一眼，略有些失落地道：「其實男女又有何要緊，都是自己親生骨肉，只要平安健康就好。」

溫如言纖指點一點光潔如玉的下巴，臉上帶了幾分促狹的笑意道：「怎麼？妳這個丫頭也開始想要孩子了？」

見自己心思被戳穿，凌若面上頓時一紅，瞥過頭道：「我哪有，姊姊再亂說我可就不理妳了。」

「好吧好吧，我不說了。」溫如言知道她臉皮薄，遂不再開她的玩笑，頓一頓又道：「不過能早些生也好。就如妳之前勸我的話，恩寵抓不得一生一世，唯有子嗣才是咱們的依靠。話說回來，妳承寵於王爺也有好一陣子了，怎麼至今還沒有動靜，可有讓徐太醫幫妳瞧過？」

凌若聞言微微點頭，小聲道：「瞧過了，徐太醫說可能是我體質寒涼兼之曾經又大病一場，雖醫好了，但總是虧虛了些，是以不易受孕。已經開了藥在調理，應該不礙事。」

溫如言聞言放了心，又專心棋局之上。

夾雜著無盡落花的黑白棋子終是在半個時辰後分出了勝負。凌若取過絹子拭一拭手心的汗，赧然道：「論棋藝，我始終不是姊姊的對手。」

溫如言笑一笑正要說話，忽見李衛快步走進來至兩人身前，打了個千兒小聲道：「主子，奴才剛剛得知流雲閣那位今兒個一早開始出現腹痛並見紅，看樣子要分娩了。這會兒嫡福晉已經趕過去了，並派人去通知了王爺。」

凌若略有些驚詫，剛還在說起孩子之事，沒想到葉氏就要生了，當下問：「穩婆來了嗎？」

「來了，是京裡最有名的劉婆子，已經在流雲閣候著了。」李衛打聽得十分清楚。

溫如言坐在細細灑落的浮光日影中慢慢抿著茶水。「終於是讓葉秀熬到了頭，是男是女很快便要見分曉了。」

凌若撣一撣月白撒花長裙，起身道：「此胎若是個女孩便罷，若是男孩……只怕往後府中有得熱鬧了。」

「咱們這府裡又何曾少過熱鬧二字。」溫如言搖搖頭放下茶盞跟著起身，感慨道：「只要有女人的地方就一定會有爭鬥，為了地位、為了權勢、為了男人……我們唯一能做的就是保護好自己，不要被爭鬥所牽連。」

「我知道。」凌若笑一笑望向無垠的天際。世子也好，皇子也罷，她們的爭鬥與她無關。哪怕將來她有了孩子，也不會去爭什麼，她只想她的孩子能平安快樂地長大。

就在溫如言離去後不久，李氏意外來到了淨思居。凌若忙將大腹便便的李氏迎了進去，待其坐下後方問：「福晉怎麼這時候過來了？聽說李福晉要生了，妾身還以為您會去那邊呢。」

李氏撫著肚子含笑道：「原先是的，但嫡福晉說我是有身子的人，不宜見紅，需避忌著些，所以便讓我回來了。經過附近時想起妹妹，便過來看看妳，妹妹不會怪我唐突吧？」

「怎會，福晉來看妾身，妾身歡喜尚來不及呢。」凌若笑著接過墨玉沏好的茉莉花茶，親手奉與李氏。「福晉近日可還安好？」

「一切都好，就是這孩子老踢我，讓我睡不得安生覺。」李氏接過茶，在揭開茶盞時，小指上的護甲不慎碰到茶水，漾開一圈圈水紋。她低頭輕輕抿著，被茶盞遮擋住的脣畔含了一縷諱莫如深的笑容。

聽聞那個還藏在肚子裡的小東西竟然會動，凌若的心像被什麼東西觸到變得極為柔軟，連對李氏的戒心都少了幾分，不自覺問：「他在裡面會動嗎？」

「當然會動。」李氏笑一笑道：「妹妹沒懷過孕所以不知道，從四個月開始，孩子就經常在裡面動來動去。有時妳睡了，他還在那裡動個不停呢，調皮得很。」

凌若欣然道：「都說男孩好動、女孩好靜，這孩子尚在腹中時就這般調皮，可見啊，必是男孩無疑。」

「但願如此，若能有兒有女，也算是一樁圓滿了。」李氏如此說道，隨即又與凌若說了許久的話，直至一盅茶喝完後方才起身告辭。

見她要走，凌若暗鬆了一口氣。自在清音閣吃了一次暗虧後，她現在最怕的就是與李氏及葉氏扯上關係，不是每一次都能那麼幸運得到貴人相助的。

「妾身送您出去。」凌若扶起李氏。

誰想還沒來得及踏出淨思居大門，李氏忽地臉色一變，捧著肚子彎下腰，口中更發出痛苦的呻吟。

凌若見情況不對，忙問：「福晉，您怎麼了？」

「我不知道，我突然覺得肚子好痛！晴容……晴容……」李氏緊緊皺著雙眉，神情痛苦不堪，彷彿正忍著極大的痛楚。儘管凌若扶著她，身子還是不住往下滑，雙腿全然無力支撐。

「奴婢在這裡。」原本跟在後面的晴容聽到李氏叫她，連忙上前自另一邊扶住她，同時將手指搭在李氏腕間，剛一搭上立刻就便了顏色，脫口而出：「為何主子的脈象會有小產之象？」

「小產！」李氏驀然抬頭，滿臉震驚之色，雙手緊緊握住晴容的手。「為什麼？為什麼好端端會有小產之象？為何！」

晴容也慌了神。「奴婢也不知道，主子來這裡的時候還好端端的，而來了後也只是喝了杯茶而已……」說到此處，她忽地想起什麼，指了凌若憤憤道：「我知道了，一定是妳在茶中下藥！」

「我沒有。」凌若連忙搖頭，想替自己撇清，但心卻在不住往下沉。她最擔心的事終於還是發生了。

「若沒有，我家主子好端端的怎會腹痛不止，更出現小產之象！之前就只有喝過妳端來的茶，鈕祜祿氏妳竟然敢謀害皇嗣，好狠毒的心腸！」晴容驚怒交加，聲音尖利若夜梟。

墨玉聞言連忙替自家主子辯解道：「那茶是奴婢親手沏的，除了茉莉花葉之外，再不曾有過任何東西，妳們莫要冤枉我家主子。」

「妳是她奴才，自是幫著她說話。」晴容冷冷瞥了她一眼，起身迅速取來李氏原先喝過的茶盞，那裡還剩下一些茶水。她伸出舌頭舔了一下，憤然抬起頭怒喝：「還敢說沒有下藥，這茶裡明明有紅花的成分。」

李氏強捺了痛楚，抬起頭望著面如死灰的凌若道：「妹妹，妳為何要這樣做？我自問不曾有對不起妳的地方，妳為何要這樣容不下我的孩子？」

「我沒有。」聲音澀澀地從喉間擠出來，除了這句蒼白到極點的話，凌若不知道自己還能說什麼。她不知道為什麼茶裡會有紅花，但她相信絕不可能是墨玉所為，何況整個淨思居根本沒有紅花。

李氏眼中有深深的痛楚與失望。「王爺那麼疼妳，待妳如珠如寶，可妳竟然狠得下心腸謀害他未出世的孩子，簡直毒如蛇蠍！」

凌若還沒來得及說話，一直強忍痛苦的李氏突然大叫一聲，望著高聳的肚子，有無盡的恐懼在眼中。「有東西流出來，是不是血，晴容？是不是血啊！」

晴容聞言連忙去看李氏的裙子，發現那裡果然溼了一片，但沒有任何殷紅之色，清透得彷彿淨水一般，但晴容看起來反而更沉重。「不是血，是羊水。」

一旦出現羊水便表示胎膜已破，可是李氏的胎兒才七個月多一些，生下來存活的機會並不大。

情況危急，容不得晴容多想，她一邊讓跟來的小唐子去通知那拉氏，一邊叫過幾個小廝道：「你們幾個快跟我抬福晉回玲瓏閣。」說到此處，晴容狠狠剜了凌若一眼。「我定會將此事告知王爺與嫡福晉，讓妳得到應有的報應！」

「等一下。」見他們抬了呻吟不止的李氏要走，凌若忙要追上去，不想花盆底鞋踩到了裙襬，身子頓時失了重心往前跌去。在慌亂中，她的手不慎碰觸到李氏的腹部。

「妳做什麼？」有驚惶在李氏臉上迸現，原先痛得連話都說不出的她竟然大力揮開凌若的手。

雖然只是一瞬間的碰觸，但凌若還是察覺到了不對勁。李氏的腹部竟然柔軟如棉花一般，她雖然不曾懷過孕，卻也知道懷孕的人腹部必定堅硬緊實，不可能這般柔若無物，除非……

凌若目光驟然一亮，牢牢落在因她之前的碰觸而略有慌色的李氏身上，含了一縷冷笑道：「福晉可真是好算計！」

李氏聞言，瞳孔微微一縮，示意不相關的人退下。待只剩下她們幾人後，她斂了適才的慌亂，緩緩站起身漠然道：「想不到這樣都會被妳發現，真是讓人意外。」此時的她哪還有一絲痛苦之色。

倍的事。

「不是意外，是天意。」凌若厭惡地望著她道：「我萬萬想不到，妳竟然膽敢假意懷孕，還意欲……」意欲什麼，凌若忽地停住聲音，因為她想到了一件更可怕百倍的事。

李氏假意懷孕，卻在尚只有七個餘月的時候欲藉她手早產，而此時恰是葉氏分娩的時候，這時機未免太過巧合，難道……

她霍然抬眼，死死盯住眸意冰冷的李氏，一字一句道：「妳要奪葉氏之子為己子？」

「能這麼快猜到我的用意，妳比我想像得更聰明。」李氏笑，眸中的冷意卻越加深重。「但越聰明我就越討厭！」尖銳的金護甲輕輕劃過凌若細嫩無瑕的臉龐。「更何況妳還長了這麼美的一張臉，雖出身不高卻可以將王爺迷得團團轉，甚至還帶妳入府，妳說，我怎麼容得下妳？」

陽光撒落一身錦繡，然凌若卻感受不到一絲一毫暖意，唯有從心底迸現的刺骨寒意，令她如置身冰窖。眼前這個女人太過可怕，可以想見，借自己之手早產不過是她計畫中的一步，早在葉氏懷孕那時，她便已步步為營算到了今日。

李氏對自己的拉攏也只是幌子，從最開始她就容不得自己，恨不得除之而後快，只是尋不到機會所以才忍耐至今。

她後退，避開游移在臉頰上的冰涼，目光灼灼地望向李氏。「幸好上天有眼，讓我得悉了妳的奸計。」

「妳想去告訴王爺？」

李氏嫣然一笑，撫著裙上的百結流蘇，無絲毫急切焦灼之色。

「此事被揭穿我固然難逃問責，但是徐太醫呢，妳想過他沒有？他身為太醫，替我診脈數月卻未曾發現我並無身孕，妳覺得他可以安然脫身嗎？」

第八十六章　威脅

凌若心中一緊。誠然，若此事捅出去，容遠第一個脫不了關係，然她面上卻不肯露出分毫怯意，淡然道：「徐太醫的死活與我何干，福晉願意拖人墊背儘管拖就是了。」

李氏扶了晴容的手一步一步走到她面前，鏨金纏絲步搖垂下的珠絡在頰邊輕輕搖動，耀眼奪目。「鈕祜祿凌若，明人面前不說暗話，徐太醫為什麼放棄祖傳藥鋪入宮為太醫，個中緣由妳比我更清楚。妳與徐太醫的那些糾葛，我也已經派人查得一清二楚。今日妳若敢將我供出去一個字，我保證徐太醫會被當作同謀死得很慘！妳當真忍心看他因妳而失了性命嗎？」

「妳！」凌若沒想到她居然連此事都知道了，且還如此無恥地拿容遠性命來威脅自己，恨得幾乎要嘔出血來，可是心中卻充滿了無力感。這是一場兩敗俱傷的博奕，揭穿假孕一事固然能除去李氏，但同樣會連累容遠無辜喪命。容遠待她情深意重，她怎忍心累他性命不保！

外面忽地響起倉促紛亂的腳步聲，李氏知必是適才小唐子去請的那拉氏等人到了，為免被發現異常，她趕緊重新躺在地上，最後警告了矛盾到極點的凌若一句：「徐太醫的命就在妳手中，妳可要仔細想清楚。」

那拉氏一得知李氏出了事，顧不得多問立時匆匆趕來，剛踏進便看到李氏躺在地上不住呻吟，晴容在一旁手忙腳亂不知如何是好，而凌若則怔怔站在那裡，整個人彷彿失了魂魄一般。

「快將我的肩輿抬過來。」那拉氏趕緊吩咐一聲，上前扶住李氏，憂心如焚。「妹妹，到底是怎麼一回事，好端端的因何會小產？」

晴容裝出一臉悲憤的樣子指了凌若厲聲道：「是她，是她在茶中下紅花加害主子！」

「凌福晉？」那拉氏愕然，滿臉不可置信之色。她不相信凌若會做出這種事來，但在晴容信誓旦旦指稱茶中有紅花時亦起了驚疑之色，斥聲道：「當真是妳嗎？」

「我……」凌若想替自己辯解，可一想到容遠，所有的聲音都化為烏有。她已經有負容遠，不能再害了他。

這樣的沉默看在那拉氏眼中卻成了心虛，對晴容的話更相信了幾分。在命人將疼痛難忍的李氏扶上肩輿後，她看了一眼凌若，帶著深切的失望搖頭道：「妳怎的這樣糊塗，唉！」

在他們走後，墨玉扶住搖搖欲墜的凌若小聲道：「主子，咱們該怎麼辦？」徐太醫待主子的情意，他們做下人的都看在眼底，知道主子是無論如何都不會為自己而害徐太醫失去性命的。

「我也不知道。」凌若無力地搖搖頭。她要保容遠就必定會坐實下藥謀害皇嗣的罪名，到時胤禛不會信她，而她所擁有的一切也都會化為虛無，連性命都未必保得住。好狠，李氏這一招端得好狠，一針見血，令她連反抗的機會都沒有。

胤禛……胤禛會願意相信她嗎？此時此時，凌若唯有將最後一線希望繫在胤禛身上，希望與自己朝夕相對的他能夠相信她的為人。

這樣想著，心裡卻漸漸滋生出一股涼意來……以胤禛那樣多疑的性子，會在眾口一詞的情況下相信自己的清白嗎？她沒有信心！

等待永遠是最煎熬難耐的，時間一點一滴過去，終於在日影西斜、晚霞漫天的時分，等來了胤禛的召見。是狗兒來傳的話，他沒有多說什麼，凌若只在其眼中看到一絲深切的悲憫。

「孩子生下來了嗎？」在去含元居的路上，她這樣問。

「生下來了。」走在前面的狗兒腳步微微一頓。「葉福晉生了個小格格，可惜剛生下來沒多久就夭折了，聽說是因為生的時間太長導致小格格在裡面窒息。葉福晉知道後很傷心，一直以淚洗面，連四爺都勸不住。」

不論葉氏是出於什麼原因想要這個孩子，總是十月懷胎從自己肚子裡鑽出來的，血脈相連，而今就這麼去了，怎會不傷心。

「相比之下，倒是李福晉幸運許多，雖然早產兩月，但孩子卻活了下來，是個男孩，徐太醫說一切都好。」狗兒的話令凌若詫異莫名。葉氏之子已經死了，李氏何來另一個孩子冒充自己孩子？且還是個男孩。

她不解，然含元居卻是到了。胤禛與那拉氏一道坐在上首，年氏亦在。看到隨狗兒進來的凌若，一直強忍怒意的胤禛抄起手邊的茶盞狠狠摜在凌若面前，大聲喝斥道：「說！為何要做如此惡毒之事！」

迸碎的瓷片帶著猶有熱意的茶水四處飛賤，有一片尖銳的瓷片劃過凌若垂在身側的手背，留下一道深深的傷口，有殷紅的鮮血滲出。她彷彿未覺，只一味望著胤禛，神色淒涼道：「妾身沒有下藥！」

「若不是妳下的藥，月如怎會早產，妳的茶裡又怎會有紅花？幸好月如母子平安，否則妳就是死一千次、一萬次都不夠償還妳的罪孽！」

胤禛眸底有深切的憤怒與失望，恨意，讓他失了理智。他是那樣寵愛凌若，認為她與一般女子不同，所以他也給予了其他人所沒有的恩寵；可現實卻狠狠摑了他一巴掌，自己一直寵愛信任的女子原來是個毒如蛇蠍的毒婦，這讓他情何以堪！

「請王爺暫息雷霆之怒。」那拉氏小聲勸慰了一句後看向凌若，未語先嘆。「自妳入府以來，我一直以為妳是一個懂分寸、知進退的人，所以視妳如親妹，沒想到妳竟這般糊塗去謀害王爺的子嗣？那是一條活生生的命啊，妳怎能狠得下心腸？」

「她有什麼狠不下的。」年氏眉心有森寒的冷意在湧動，撫著綴在袖間的珠子道：「表面上裝著楚楚可憐，實則滿腹害人的心思。王爺與嫡福晉可還記得清音閣那次，雖最後證明是小四下的藥，但小四並不知道主使者是誰，也就是鈕祜祿氏同樣可疑，說不定這根本是她自編自演的一齣戲。」

原本早已淡忘的事經她這麼一提頓時再度浮現，亦令胤禛本就陰沉的臉色越見可怖，雙手重重一拍座椅扶手，霍然起身大步走到凌若面前，緊緊捏住她的下頷大聲道：「我自問一直以來待妳不薄，妳為何要這樣回報於我？為何？」

他的手極用力，她的下頷像是要被捏碎一般的痛。他恨，恨她背叛了他的信任，恨她心如蛇蠍！

「我沒有。」胤禛失望，凌若又何嘗不失望。相處一年有餘，可是他對她的信任卻這般薄弱，從頭到尾他甚至沒問過這事究竟是不是她做的，只是不斷責問她為何要這麼做。

「事到如今，妳還在狡辯！」她的否認令他更加憤怒，指上的力道不自覺又加了幾分，指節格格作響，痛得凌若說不出話來。

但身上再怎麼痛也比不得心裡的痛，凌若閉目，有苦澀的眼淚落下，滑過臉頰滴在胤禛的手背。那樣的燙，令胤禛不自覺鬆開手，愴然後退，直至年氏扶住他。

第八十七章　禁足

「人證、物證俱在，妳縱是再抵賴也無用。」年氏冷然道，眼底有無盡的快意。「謀害皇嗣按律當廢其位分，圈禁宗人府一世！來人，給我剝去她的錦服押往宗人府！」她掌雍郡王府一切事宜，自有這份權力。

那拉氏躊躇了一下終是沒有說話，這是凌若咎由自取，怨不得他人。

年氏話音剛落，立時就有兩名凶神惡煞的守衛衝進來，一左一右想要抓住凌若。

就在這個時候，一直抿脣不語的胤禛突然道：「妳後悔嗎？」於她，他始終有所不忍。

圈禁宗人府一世，那是比死更痛苦的刑罰，即使活著也是人不像人、鬼不像鬼。

凌若怔怔地望著他，停住的淚又一次落下，像連綿的雨珠。她知道胤禛對自己有不忍、有憐惜，唯獨沒有信任。她忽地笑了，揮開守衛的手一步步走到胤禛面前，帶著無比淒然的笑容輕聲道：「四爺您口口聲聲說我辜負了您的信任，可是您呢，您捫心自問當真信任過我嗎？」不待胤禛回答，她已經搖頭道：「沒有，一點兒都沒有啊，從始至終您根本不曾真正信任過我。敢問四爺一句，若今時今日站在這裡的人是納蘭湄兒，您還會這樣質問懷疑她？」

「住嘴！」胤禛驀然抬頭，有難掩的驚怒在裡面。「不許妳提湄兒的名字！何況湄兒也不會如妳這般做出喪心病狂的事。」

「為什麼不許提！」她大叫，壓抑了許久的委屈與悲傷終於在這一刻悉數爆發出來。「你守了她十餘年，愛了她十餘年，可是她呢，她給了你什麼！你告訴我，她給了你什麼？」淚落不止，有無盡的悲傷在蔓延，不只是在替自己悲哀，更是在替胤禛悲哀。

「我的事不用妳管！」胤禛額頭青筋暴起，突突直跳，顯然他的忍耐已經快到極限了。納蘭湄兒是他的一塊逆鱗，從不許人觸及，可凌若現在卻一而再、再而三觸及這塊逆鱗。他手幾次意欲揚起，皆生生忍了下來。

「胤禛！」於淚眼朦朧中，她第一次喚他的名，沒有恐懼與害怕，只有深深的悲慟。「你可知你在戶部廢寢忘食追討欠銀的那些時日，她說你什麼？說你刻薄無情啊！胤禛，你用盡一切守候了十餘年的女子，對你只有刻薄無情這四個字，她根本不曾真正了解過你，可是你寧願相信她也不願相信我是無辜的。這就是你所謂的信任嗎？胤禛！」

「大膽！」那拉氏眉心倏地一跳，露出少見的厲色。「鈕祜祿氏，妳怎敢直呼王爺名諱，是想罪上加罪嗎？」

「冥頑不靈！」胤禛眉心突突直跳，自牙縫中迸出這四個字，最後一絲不忍亦隨之化為了烏有。這個女人做錯了事還死不悔改，根本不值得他憐惜。

「在那裡磨磨蹭蹭做什麼，還不快將她押下去。」年氏唯恐胤禛改變主意，連忙催促守衛將人押出去。

「且慢！」有人匆匆奔了進來，正是溫如言。她面色潮紅，氣喘吁吁，髮釵亦有些凌亂，想必是一路奔來所致。她跪在胤禛面前哀然道：「王爺，能否聽妾身一言！」

胤禛尚未發話，年氏已冷笑道：「溫格格，我知妳與鈕祜祿氏私交甚好，但眼下她犯的可是謀害皇嗣的大罪，且人證、物證俱在，難道妳還想替她求情不成？」

「妾身不敢。」溫如言低一低頭道：「妾身只是想說此事尚有些疑點不明，還請王爺和兩位福晉能慎重考慮，以免冤枉了無辜。」

年氏柳眉一挑還待再說，胤禛已抬手阻止道：「讓她說下去。」

見胤禛肯聽，溫如言心中一喜，連忙理了思緒道：「妾身認為鈕祜祿氏若真有心對李福晉不利的話，何苦要等到李福晉懷孕七月時才動手，此時孩子已經漸熟，即便下藥滑胎，孩子也有很大可能平安活下來，此為其一；其二，謀害皇嗣乃是不可饒恕的大罪，必當萬分小心隱蔽，怎會有人笨到在自己的地方、自己的茶裡下藥，這樣豈非太過明顯，只要稍有頭腦就不會做此蠢事。」

「也許鈕祜祿氏就是因為久久尋不到機會動手，一急之下才出此下策呢！」年氏睨了若有所思的胤禛一眼，冷聲反駁。

溫如言不理會她，只一味望著胤禛，她清楚凌若的生死禍福皆在眼前這個男人的一念之間。

「再者說，王爺當真認為您所寵信的鈕祜祿氏是一個會爭寵奪愛、下毒謀害皇嗣的人嗎？」

這一句話令胤禛為之動搖。

是啊，與凌若相處的那些時日，她給自己的感覺一直很舒服、很淡然，從不見她去爭奪什麼，哪怕受了委屈也能顧全大局。

這樣的人當真會狠毒至斯嗎？

這一刻胤禛也在心裡問自己，他尋不到答案，是以臉上矛盾之色越見濃重。

「知人知面不知心，莫說只是相處了這些日子，縱是十數年相處下來也未必見得當真了解一人。」

聽聞年氏這般說，溫如言仰頭，靜靜笑意間卻是暗藏無限機鋒。「年福晉的意思是說，王爺對您與嫡福晉也不甚了解是嗎？」

年氏沒料到素來沉靜的溫如言會有這般伶俐的口齒，一時為之結舌，好一會兒才冷笑道：「妳休要在這裡巧言令色。」她轉向胤禛道：「王爺，鈕祜祿氏下藥謀害皇嗣是罪證確鑿的事，您千萬不要聽信溫格格的一面之詞。」

胤禛遲疑不決。雖然年氏口口聲聲罪證確鑿，但溫如言所言並非全無道理。以常理來揣測，確實不該在這種情況下下藥，這豈非告訴全天下的人，她鈕祜祿凌若要害李氏腹中的孩子嗎？

這樣想著，他看向那拉氏道：「福晉，妳以為如何？」

胤禛是一個極果決的人，素來說一不二，甚少會徵求他人意見；而今這樣問，顯然是內心出現極大的動搖，不知該如何決斷，所以想聽聽那拉氏的意見。

那拉氏寧靜的眼眸中有精光閃過，下一刻她已經斂衣跪在胤禛面前，華麗的裙裾似若安靜下來的蝴蝶翅膀鋪呈於地，於一室靜謐中娓娓說道：「溫格格所言不無道理，此事確有許多疑點未明。若此時貿然定罪將之移交宗人府，萬一將來查明此事另有內情，豈非白白害鈕祜祿氏受苦，王爺心中亦會後悔難過；再者說，一直以來鈕祜祿氏侍奉王爺盡心盡力，縱然無功也有勞，所以依妾身愚見，還請王爺對鈕祜祿氏從輕發落。」

年氏自是百般不情願，可胤禛沒讓她開口，雖心裡有如貓爪在撓亦只得強自忍耐。

從頭到尾，凌若都沒有再言過半句，木然站在那裡，木然等待著胤禛對自己的發落。

是生是死，她彷彿已經全然不在意。

許久，胤禛終於開口：「也罷，在此事徹底查清之前先將鈕祜祿氏禁足淨思居，沒我的命令不得私自踏出一步，亦不許人探視，違者以同謀論。妳……」於微黯的燭光中，他睨了了無生氣的她一眼，帶著無盡的複雜心情道：「妳就在裡面好生反思自己的過錯。」

第八十八章　愛恨難捨

溫如言暗吁一口氣。只要不去宗人府那種吃人的地方就好，留在府中就意味著一切還有轉機。見凌若要被帶下去，她忙又道：「王爺，鈕祜祿氏這一禁足不知要到何年何月，妾身與她不管怎麼說也是姊妹一場，能否讓妾身再送一送她？」

胤禛有些疲憊地揮揮手，算是允了溫如言的請求，讓她隨那些守衛一道押凌若回淨思居。

一路上，凌若就像是一個失了靈魂的玩偶，任由他人擺弄。

在踏入淨思居後，溫如言瞥了素雲一眼，後者立刻會意地從袖中取出兩錠銀子塞到侍衛手中，陪笑道：「二位大哥，我家格格想與凌福晉單獨說幾句話，能否請你們通融一下？」

溫如言雖只是一個格格，眼下卻頗得胤禛喜歡，否則今日也不能憑著一番言語令胤禛改變主意。那兩個侍衛在掂了掂手裡分量十足的銀子後道：「那好吧，不過要快些啊，否則被人發現了我兩人可吃罪不起。」

素雲連忙答應。待他們出去後，憋了半天的李衛等人忙問：「溫格格，怎麼說？王爺可是相信我家主子的清白？」

正是他們去通知溫如言，將事情經過悉數告知，包括李氏以徐太醫性命威脅凌若不得洩漏她假懷孕一事。

溫如言有些無奈地搖搖頭。「我已經盡力了，但也只是令王爺半信半疑而已。不過好在只是禁足，並沒有別的處置，這已經是不幸中的大幸了。」說到這裡，她握了凌若冰涼的手，語重心長地道：「妹妹，妳先委屈些時日，我一定設法還妳一個清白。」

「清白……」凌若凝聚起沒有焦距的目光，愴然笑道：「姊姊妳覺得這對我而言還重要嗎？他若要信早就信了，何須去證明什麼。」

溫如言盯著她蒼白無血色的臉龐，唏噓道：「其實這也怪不得王爺，畢竟不論怎麼看此事都與妳難脫關係，何況妳又唯恐牽連徐太醫，不肯說出李氏假懷孕一事，王爺如今只是將妳禁足，可見他對妳並非真正無情無信！」她並不曾聽到凌若之前質問胤禛的話，只當凌若傷心皆因胤禛質疑的緣故，殊不知當中還牽扯到一個納蘭湄兒。

她不住勸道：「若兒，妳也要體諒王爺，畢竟妳同樣有事瞞著他，並不能做到真正的坦然面對。何況王爺身邊有那麼多人，每一個皆在他耳邊說一句，縱是子虛烏有的事也會變成事實。」

凌若不住搖頭，澀然道：「姊姊，妳不懂，若今日被冤枉的是納蘭湄兒，他一定會信她，一定會！」

「納蘭湄兒？那是誰？」溫如言不知凌若為何突然提起這個從未聽過的名字，納蘭……彷彿八阿哥的福晉就是姓納蘭。

凌若起身站到未掩的窗前，任夜風吹拂在臉上，幽冷的聲音響起：「姊姊難道忘了自己曾說過的話？王爺心中藏了一人，而那人便是八阿哥的福晉納蘭湄兒。」隨即她將自己在宮中遇到納蘭湄兒的事說了出來。

溫如言震驚不已，萬萬想不到原來胤禛心中那人會是八阿哥的福晉。她只知道八福晉是將軍之女，父母死後養在宮中，直至康熙四十三年時嫁給了八阿哥，不曾想當中竟還有此等糾葛。

「妳不甘心，不甘心自己輸給了一個已嫁為人婦且根本不了解王爺的人？」她終於明白凌若為何如此心灰意冷，走過去取下凌若鬢邊將落未落的絹花，嘆道：「妳這痴兒，難道不知得不到的永遠是最好的嗎？何況王爺與她相處十餘年，論感情自是較妳更深一些。就像這朵絹花，它沒有鮮花的香氣與綻放剎那的動人，但它不會隨著時令的變遷而凋謝，永遠如此，一如納蘭湄兒在王爺心中的地位。」

凌若靜默半晌，努力壓抑心中的悲傷痛苦。溫如言說的一切她都知道，可是始終過不了心中那道關卡。她不求胤禛如愛納蘭湄兒那樣愛她，只求可以信她、懂她，卻原來連這也是奢求。自己於他，究竟是什麼？

溫如言強迫凌若轉過身來看著自己，握著絹花的手徐徐收緊，再鬆開時，本來姿態優美的絹花已經變得皺巴巴一團。她一字一句道：「妳看清楚，絹花雖不會謝，卻會皺、會褪色，終有一天王爺會明白誰才是值得他珍視的人。而妳要做的就是在此之前努力保全自己的性命，謀求東山再起之日。我不想自己費盡心機救出來的是一個鬥志全消的廢人。何況……」溫如言攏一攏被風吹散的鬢髮，漠然道：「妳落得這步田地皆拜李氏所賜，妳當真想就此放過她？」

這句話令渾渾噩噩的凌若打了一個激靈，整個人瞬間清醒過來。她適才只顧著傷心胤禛對自己的疑心，卻忘了害自己的人。

正所謂親者痛，仇者快，她若就此沉淪，最稱心的莫過於李氏這個罪魁禍首。想到這裡，她握緊窗欞，眸中露出逼人的恨意，一字一字道：「她欠我的，我定要親自討回來！」

見她將自己的話聽入耳中，溫如言欣慰地點點頭，總算沒有白費口舌。外頭的守衛已經催促過數次，不能再久待了。她當下拍一拍凌若的手道：「我該走了，妳且安心待著，我必設法替妳洗清冤屈，還妳一個公道。」

凌若想了想，將容遠在京裡的住處告訴了溫如言：「李氏不知用何法瞞過了徐太醫的問診，姊姊若是方便，不妨找徐太醫來問問，也許會有頭緒也說不定。另外就是李氏那孩子……」她本想讓溫如言去查一查李氏的孩子從何而來，話到嘴邊，突然想起容遠無意中提過一件事，莫非果真是這樣？

「妹妹可是想到了什麼？」溫如言不理會守衛的催促，緊張地盯著凌若。

「也許吧。」凌若握著窗欞沉沉道：「我記得徐太醫提過，葉秀懷的可能是雙胎，可是穩婆卻說她只生了一個女兒，旋即李氏便無中生有誕下一個男孩，是否那男孩根本就是葉秀的？」

溫如言仔細回想一下道：「當時我不在，但是聽說很混亂，一時半會兒請不到別的穩婆。還是葉秀生下孩子後，又讓那名劉婆子替李氏接生，若說要動手腳倒也不是不可能。這樣吧，我回去後立即去找那穩婆問一問究竟。」

「那就一切拜託姊姊了。」在目送溫如言離去後，淨思居的大門被重重關上，彷彿從此與世隔絕。

凌若環顧四周突然覺得很陌生。

淨思居，這本是胤禛賜給她獨居的地方，可是而今卻成了反省自己過錯的地方。

呵……淨思居……淨思己過……真是可笑！

也許，在胤禛賜給她淨思居的那一天，冥冥中就註定了有朝一日她將在這裡淨思己過。

見凌若神色不豫，李衛等人小心地上前安慰道：「主子，您別太難過了，王爺那麼疼您，興許明日就改變主意放您出去了。」

「放心吧，我沒事。」凌若長吸一口氣，望著一眾關切的臉龐，心中暖意流淌。

「不論榮耀、落魄，至少我還有你們陪在身邊。」

是夜，凌若躺在床上，眼前不斷浮現胤禛的面容。雖恨他對自己的不信任，但若無情又何來的恨，她始終是愛他的。

胤禛……我不在你身邊的日子，你是否會想我，是否會想起我們曾經的美好？

愛你，恨你，終是一生一世的事，逃不離、割不去……

第八十九章　春日

溫如言離去後一直記著凌若的話，天剛微亮便遣了身邊的小廝祥子去高福處領腰牌，借看望家人之名去找劉婆子問事。殊不知劉婆子已不知去向，問了四周的鄰居都說她從昨日起就沒回來，可是明明昨日劉婆子就被打發回府了。一夜未歸，只能說明她已經遭了不測。

果然，祥子第二天刻意去官府衙門處轉悠，打聽後得知有人在河中發現一具女屍，臉被劃花了，但仵作斷定其年紀應當在五旬左右。

李氏動作好快，這一招殺人滅口分明是要絕了所有後患。溫如言狠狠握緊手中的筷箸，直至其中一根筷箸折斷的聲音驚醒了她，方才鬆開手。

素雲遞上一雙新的筷箸，憂聲道：「姑娘，我們晚了一步，而今劉婆子已死，咱們要如何替凌福晉洗脫冤屈？」

本以為是一線希望，不曾想卻是一條死胡同。溫如言撫了微微作疼的額頭看向祥子。「徐太醫那邊怎麼說？」

「徐太醫說要改變脈象並非不可能，只是這法子在前朝就失傳了，他當時沒料到還有人會，所以也沒往這方面想。眼下既有了懷疑，他自會想法子去查清楚，看能不能找出會這法子的人來。」

溫如言苦笑。雖說這樣去尋與大海撈針無異，但此時此刻也唯有寄希望於此了。

素雲在一旁不確定地道：「奴婢記得李福晉身邊的晴容似乎會幾分醫術，是否與她有關？」

溫如言一愣，忙道：「去查查晴容的親生父母是誰，有什麼線索立刻告知徐太醫，也許能幫到他也說不定。」

「嗻。」祥子答應一聲忽地記起一事來。「徐太醫說，小少爺抱出來的時候，他曾見過，白胖結實全然不像七月早產的模樣，當時他就覺得有些奇怪。不過嫡福晉說可能是胎中養得好的緣故，是以比一般七月早產的孩子健壯些，王爺聽了也就沒再多問。」

看來凌若猜得沒錯，十有八九就是葉氏的另一個孩子，被劉婆子來了一個偷龍轉鳳。說起來葉氏倒也可憐，歷經千辛萬苦好不容易生下一對龍鳳胎，自己卻渾然不知，以為只有一個女兒，且剛一出生就死了。

令她不解的是嫡福晉，嫡福晉是生過孩子的人，沒理由分不出七個月與足月的區別，縱是胎中再養得好也不足以彌補這兩、三個月的差距。

她想得出神竟沒發現胤禛進來，直至素雲拉了拉她的袖子方才驚覺過來，忙跪下請安。胤禛一言不發地在雕花闊背椅中坐下。

溫如言覷了一眼他陰晴不定的臉色，小聲問：「王爺用過晚膳了嗎？若沒用過的話，妾身讓人去做幾道王爺愛吃的小菜來。」

「不必了，我沒胃口。」胤禛揮揮手盯了溫如言柔婉的臉龐道：「妳送她回去的時候，她說了些什麼？」

聽他問起凌若，溫如言睫毛一顫，輕聲道：「妹妹說她很後悔之前因一時衝動而犯下的無禮，希望王爺念在之前的情分上莫要生她的氣，至於李福晉母子……妹妹說她確實沒做過此等大逆不道之事，還望王爺明查。」

一切點到為止，說得多了只會讓胤禛以為她在幫著凌若說話，這樣反而不好，往後她再想說什麼胤禛都聽不進去。

胤禛盯了她半晌，薄脣輕彎，露出一抹澀涼的笑容。「她這樣倔的性子怎會肯輕易說出後悔二字，若真要說，當時在含元居上就說了，這話怕是妳代她說的。」她若肯服軟，自己又何至於一怒之下放任年氏處置。

溫如言聞言連忙屈膝跪下。「妾身有錯，請王爺責罰。」鬢邊垂下梅花珠釵的細銀流蘇，在曳曳燭光下泛起柔和的光澤。

「我若要責罰妳，就不會站在這裡，起來吧。」胤禛長嘆一聲，眉宇有少見的糾葛，艱難地問：「如言，我是不是真的錯怪她了？」

雖然凌若當時提到湄兒，他很生氣她竟拿自己與湄兒相較，但事後冷靜下來卻不得不承認她問得沒錯。若是湄兒，縱然眾口一詞，他依然會選擇相信湄兒；可是在換成凌若時，他卻質疑了。湄兒固然是無人可以替代，那凌若呢？胤禛心情很亂，第一次發現自己竟然會為湄兒以外的女人亂成一團。

溫如言心中泛起淡淡的歡喜，沒有人比她更清楚要身為皇子的胤禛問出這一句話是有多不容易。這樣的天潢貴胄有無數人阿諛奉承，是以他們從不會也不願承認自己錯。

「妹妹，王爺待妳也許不及納蘭湄兒，但絕不會差太多，並非妳所說的那般無情無信。」

溫如言仔細斟酌了言語，一字一字道：「當時那種情況怨不得王爺會疑心妹妹。只是，妹妹是妾身看著入府的，妾身實在不相信她會是一個蛇蠍心腸的女子，何況此事確有一些無法解釋的地方。依妾身愚見，王爺應當慎重處置此事才好，既不使一人含冤，也不枉縱了小人去。」

胤禛望著外面濃重如墨的夜色沒有說話，然在離開此處後卻將周庸喚了來，命他暗中仔細調查李氏早產一事，尤其是那名穩婆。在查清楚之前，不許向任何人洩漏分毫。

李氏之子於滿月那日取名弘時，排行第三，同時也是胤禛唯一存活在世的子嗣。德妃知悉後，特意從宮中賜下一塊雕有雙魚戲水圖樣的長命鎖，以盼其能夠無災無難、平安長大，又賞了許久名貴滋補之物給李氏，讓她好生休養。

此事經由李衛輾轉傳到凌若耳中時，她正在屋中練字。這一個月的時間終於令她慢慢學會以書法靜心養性寧神，若非如此，她至今恐怕都徹夜難眠。

「王爺沒有冊弘時為世子嗎？」她問，手中的動作並未停止，一筆一劃認真地寫著。

李衛是從來送飯的廚子嘴裡打聽到的消息，擰了擰眉道：「這倒是沒聽說，似乎王爺暫時還沒這方面的意思。」

凌若放下筆，雙手提起宣紙，輕輕吹著那個墨跡未乾的「靜」字，漫然道：「李氏費盡心思就是為了能當世子的額娘，眼下孩子倒是有了，世子之名卻遲遲未定，想必她此刻心裡焦急得很。」

「那個女人心思這般惡毒，活該她做不成世子額娘。」墨玉在一旁怒罵不止。自家主子落得這般下場，皆是李氏一手策劃，一提起她就來氣得很，旋即又擔心地道：「不知溫格格那邊有沒有好消息。」

「李氏狡詐多謀，行事極為小心，姊姊想抓她的破綻只怕是不易。」凌若尚不知胤禛已經讓周庸去查這件事。

風吹過，院中一地未及掃去的落花在明媚春光下盤旋飛舞，帶起一抹獨屬於春日的絢麗。凌若放下手裡的宣紙走至窗邊，伸手想要握住一片臨近的花瓣，卻在抬眸時意外看到一個人。

胤禛……凌若怔怔地望著那個沐浴在金燦燦陽光下緩緩走來的身影，不敢相信自己的眼睛。當真是他嗎？他竟會來這裡？以為這一個月的修身養性，可以令自己的情緒不再那麼容易因他而緊張歡喜，但真到面對的這一刻，才發現原來自己這一生根本不可能抵抗得了因他悲、因他喜的宿命。也許當真是上輩子欠了他的吧，所以這一世要以一生來償還。

張口，想要說話，卻沒有一絲聲音出現，彷彿有人抽走她的聲音，直至那個教她愛恨糾葛的身影近在咫尺。

「只是一月而已，便不認識我了嗎？」他問。許是今日的陽光格外溫暖，令他的眼眸亦染上了重重暖意。

「我……」凌若剛一開口，那個英挺的身影便如泡沫般散去，不復存在，唯有落入掌心的一片落花真實存在。她眸光再次黯淡下去。終究只是幻覺罷了，胤禛怎肯來這裡看她……

第九十章 改脈

凌若自懷中取出一個香囊，紫紅錦緞上以五彩絲線繡成金龍與祥雲。這本是她繡給胤禛的，想給他一個驚喜，沒想到繡成之後尚未來得及送給他便已惹上滔天大禍。

「主子！主子！」水月急急奔了進來，含了一縷喜色屈膝道：「十三爺來了。」她剛才看到胤祥的時候可是嚇了一大跳，自胤禛下了禁足令後，除了送飯的廚子可再沒人來過了。

「小嫂子，我來看妳了。」

她話音剛落，便見到一個身影挾漫天陽光大步跨進淨思居門檻。那一臉散漫無忌的笑容還有爽朗的嗓子，除了胤祥還會有誰。

凌若愕然，道：「十三爺怎麼來了？」

胤祥進來後拍拍衣上的塵土道：「之前皇阿瑪派我出京辦事，這一去就是一個多月，哪知一回來就聽說妳出事，這不連衣裳都沒來得及換就趕著過來了。」

「四爺知道您來這裡嗎？」凌若眉目間微有擔憂之色。胤禛可是下了令，沒他命令不許任何人私下探視。

胤祥滿不在乎地揮揮手道：「不礙事，四哥知道了頂多罵我一頓，何況又不是我刻意瞞著他，是那麼巧他自己不在府裡，怪得了誰。」頓一頓又道：「小嫂子，這到底是怎麼一回事，他們跟我說妳在茶裡下紅花意欲謀害李福晉與弘時，這事換了別人我還願意相信幾分，但放在妳身上卻是一百個、一千個不相信。我胤祥別的本事沒有，看人還是有幾分準，妳若是會做那等喪心病狂的事，那就證明我胤祥這雙眼瞎了。」

「十三爺沒瞎，瞎的是王爺。」墨玉在一旁沒好氣地回了一句。

「墨玉。」凌若輕斥了她一句，搖頭道：「十三爺別見怪，都是我平日太縱容他們，所以有時說話沒輕沒重的。」

胤祥往常最喜歡和墨玉鬥嘴，然這一次卻是沒那心情，只一味盯著凌若瞧。凌若無奈，只得將當時的情況簡略說了一遍，但刻意隱去自己發現李氏未懷孕一事。並不是她不相信胤祥，而是此事關係容遠性命，少一個人知道就少一分危險。

一聽之下，胤祥頓時皺緊雙眉。確實，此事不論怎麼看都像是凌若下的手，若非他堅信她的為人，只怕也要起疑。

待聽到凌若敘述胤禛質疑她的話時，儘管她語氣平淡，但胤祥還是從中聽出一絲怨懟之意。知她是恨胤禛對自己的不信任，他當下嘆道：「小嫂子妳也別怪四哥了，畢竟……十餘年歲月，四哥早已將她當成性命一般來看待，即便她說要天上的月亮，四哥也會想盡一切辦法去摘來。」

「那些年在宮裡的日子極不易，而天真爛漫的湄兒成了四哥生命中唯一的色彩，在四哥心裡沒有任何一個女人可以與湄兒相提並論。當湄兒說要嫁給八哥的時候，四哥雖然嘴上不說，但我知道他心裡必然痛苦至極。」

「我知道。」凌若垂目望著自己素淨不曾染有丹蔻的指甲，腦海中不自覺浮現那一夜胤禛借酒消愁的樣子，心隱隱作痛。「可惜，四爺用生命去守護的女子並不了解他。」

胤祥微微一笑道：「有小嫂子了解四哥就夠了，總有一日四哥會懂得誰才是最值得他珍惜相信的人。眼下最重要的是替小嫂子洗脫冤屈，去了這勞什子的禁足令。」他隨手拉過一把椅子坐下後道：「我最不明白的就是這茶裡為什麼會有紅花？」

墨玉連忙道：「茶是奴婢親手所沏，奴婢敢對天發誓絕對沒有在裡面放紅花。」

「行了。」胤祥屈指在墨玉光潔的額頭上重重彈了一下，沒好氣地道：「如果妳家主子要懷疑妳，妳現在哪還能站在這裡，真是笨！」

「老打人家頭，就算不笨也被您打笨了。」墨玉揉著發紅的額頭小聲嘟囔了一句。

她無意中翹起的小指卻令李衛腦海中靈光閃現，驀然記起一直以來被忽視的一件事，興奮地道：「奴才也許知道茶中的紅花從何而來了。主子可還記得您遞茶給李福晉的時候，她小指所戴的護甲曾無意中碰到茶水？」

「你是說李福晉趁這機會將紅花放在茶裡？」胤祥第一個跳起來，滿臉不置信地道：「不可能吧，那可是關係到她自己的性命與孩子，總不成為了害妳就不顧性命與孩子吧？」

李衛與墨玉不說話，皆盯著凌若瞧。胤祥不知道個中緣由，他們卻是清楚，但沒得凌若吩咐他們哪個也不敢說。

凌若沉吟許久緩緩道：「十三爺相不相信有人可以改變脈象？」

「改變脈象？」胤祥不知她何以將話題岔開，但仍是回答：「應該不可能吧……呃，等等。」胤祥說到這裡似想到什麼，遲疑著道：「我記得小時候有一次隨皇阿瑪南下，御駕在路過山林休整時，我因一時貪玩迷了路，不慎摔下山崖，等我醒來時已經在皇阿瑪身邊。皇阿瑪說我當時性命垂危，幸好有人經過救了我，且包紮了身上的傷口。」

「在他將我送到皇阿瑪那裡後，皇阿瑪不放心，便讓隨行的御醫替我把脈，誰想竟發現我明明人已經清醒了，但脈象卻如昏迷中的病人一般若有似無，這分明是人為改變了脈象，如此一來便可以最大程度減低身體的損耗，加快復元。御醫嘖嘖稱奇，說救我的人一定是個大夫，且還是醫道高手。」

凌若本沒抱多大希望，不曾想胤祥卻給了她一個驚喜，當下振一振精神，小心地道：「十三爺認為有沒有可能，李氏根本沒懷孕？」

「這怎麼可能！」胤祥想也不想就否決了她這個說法。「李氏懷孕後是徐太醫為她診的脈，若沒懷孕，徐太醫不可能診不出……」說到後面，他聲音漸漸小了下去，終於明白凌若之前問的那個問題是何用意了。是啊，若有人改變脈象，那麼縱然是太醫也不見得能診出來，只會以為李氏有孕在身。如此一來，之前的疑惑倒是可以解開。但新的問題又隨之而來，是誰在替李氏暗中改變脈象？而且李氏如果不曾懷孕，那弘時又從何而來？

凌若自然知道胤祥眼中的迷茫因何而來，只是她今日已經說的夠多了。葉氏可能懷有雙胎一事，容遠連在胤禛面前都不曾提起，若經由自己嘴裡說出，胤祥必會疑心她與容遠的關係。

李衛目光一閃，道：「找孩子其實並不難，外頭多的是人賣兒賣女。」

這句話不重，但聽在胤祥耳中卻如驚雷乍響，轟得耳根發麻。難道弘時不是四哥的骨血？想到這裡，他哪還坐得住，連忙起身直奔書房。此事關係重大，他一定要立即告知四哥。

待胤祥離去後，墨玉拍手，揚起歡喜的神色。「太好了，有十三爺去說，王爺一定會相信主子是無辜的，到時候便沒事了。」

凌若卻沒她那麼高興，猶自搖頭道：「此事關係重大，若無真憑實據，縱然十三爺與四爺手足情深，亦不見得能句句入耳。罷了，盡人事，聽天命吧。」扔下這麼一句後，凌若回到桌案後重新提筆在紙上練字。

佛家有云：因愛故生憂，因愛故生怖；若離於愛者，無憂亦無怖。

她做不到心如止水，唯有盡量讓心境平和，不生出太多的企盼，如此才能坦然面對往後的一切，哪怕永禁淨思居……

第九十一章　追查

「四哥。」胤祥也不讓人通傳，直接就推開書房的門走了進去。剛才在外面的時候，狗兒已經告訴他胤禛回來了。

胤禛正坐在書案後看摺子，聽到他的聲音抬起頭睨了一眼，扔下手裡的摺子冷冷道：「還知道我是你四哥嗎？誰許你擅自去淨思居的？」

胤祥沒料到他這麼快就得到消息，尷尬地笑笑道：「這不是剛才四哥不在嘛，我又擔心小嫂子，所以才……」

「所以就將我的禁令當耳旁風，哼。」胤禛性子素來冷峻，說一不二，府中從無人敢違背，也就這個自小一起長大的十三弟敢不把他的話當一回事。

「四哥你別忙著怪我，我此來可是有要緊事與你說。」胤祥知道四哥不會真生自己氣，是以並不擔心，接過周庸遞來的茶抿了一口，正色道：「四哥，你當真覺得是小嫂子下藥害李福晉？」

「怎麼，難道你認為不是嗎？」胤禛語氣甚是平淡，聽不出喜怒如何。

胤祥當下將自己的疑心以及李衛所言細細說了一遍，臨了道：「我知道這本是四哥的家務事，我不該摻和其中，但小嫂子的為人我很清楚，她絕不會做此惡毒之事。」最後這句他說得斬釘截鐵。

出人意料的是，胤禛在聽到他疑心李氏假孕一事後並未表現得很吃驚，只是軒一軒眉毛便沉靜下來。待胤祥說完後，他從書案下的小格子取出幾張紙遞給對方道：「你看看。」

「驗屍呈書？還有口供？」胤祥愕然看著手中那張紙最上面的四個字。「四哥你給我看這玩意做什麼？我又不是坐堂的老爺。」

胤禛輕敲了一下陽光拂落的桌子道：「你看清楚，這是順天府仵作所出的驗屍呈書，是關於一個月前在河中所發現的那具女屍，初步判定應當是一名五旬左右的老婦人，被人毀容窒息後扔入水中。當時恰好有一戶人家來報稱有老婦失蹤了，所以府尹斷定此女屍應就是那名失蹤的老婦。只是不知老婦與何人結怨從而慘死，案子至今懸而未決。」

儘管胤禛說得他都能聽懂，但胤祥還是一頭霧水。這與他有何關？

「失蹤的老婦姓劉，是京中有名的穩婆，當日秀兒與月如的孩子都是由她接生。」胤禛淡淡說出這句話並作勢要收回紙。「你若不想看的話大可還給我。」

「那可不行。」胤祥一聽是這麼回事，頓時緊緊捏牢原本準備要扔的紙，同時臉上露出恍然的笑容。「原來四哥早就起了疑心，派人著手調查，虧得我還在想要怎麼說服四哥呢。」

周庸笑一笑道：「早在月前，四爺便命奴才去調查這件事了，只是吩咐了在有結果前不許透露出去。所以十三爺是除了四爺與奴才及狗兒之外，第四個知道的。」

「我起初並不是疑心什麼，只是想謹慎些以免冤枉了別人，卻不想查出這麼一樁事來。劉婆子在接生完出府當天就被人殺了。」窗外春色錦繡，胤禛卻是神色鬱結。不論此事真相如何，於他而言都不是什麼讓人開心的事。

胤祥仔細看了手裡的呈書與口供，忽地輕「咦」一聲，抬頭道：「這不對啊，口供上說劉婆子以前摔傷過，所以小腿上有一道傷疤，可是驗屍呈書上並未提過這一點。」

「我也看到了。」胤禛捏一捏眉心道：「我已經讓周庸去確認過了，並非仵作寫漏，是那屍體上確無傷痕；而且死者面目全非，很明顯是不想讓人認出她來，很可能那屍體並非劉婆子。」

「這麼說來，劉婆子還沒死？」胤祥也明白在這件事當中劉婆子是關鍵，只要找到她，一切問題都迎刃而解。

胤禛剛要開口，外頭突然響起敲門聲。周庸趕緊上前應門，旋即回來道：「四爺，找到了，果然在老家躲著，眼下正在帶回京的路上。」

「叫他們一切小心。」

胤禛話音剛落，胤祥已迫不及待地追問可是找到劉婆子了，見胤禛點頭，頓時拍掌欣然道：「當真是老天有眼，留她一條性命在世，看來很快就能夠水落石出了。」

胤禛並不似他那般歡喜，隱隱覺著有些不對勁。倘若真有人追殺於她，憑她一個年邁的老婦如何能逃過去？殺手又為何要找一具與劉婆子相似的屍體來替她瞞天過海？

時光在這樣的疑惑中轉瞬而過。在四月裡一個下著濛濛春雨的清晨，胤禛忽下令召所有人至含元居。

這樣興師動眾的召見在雍郡王府還是頭一次，心知必是有大事發生，諸女不敢怠慢，先後來到含元居。胤禛尚未到，只有那拉氏一人坐在上面。

待見過禮後，宋氏小聲問：「嫡福晉可知四爺將我等召來此處所為何事？」

那拉氏撫一撫袖子上的刺金花紋，溫言道：「王爺馬上就到，妹妹到時候親自問王爺不是更好？」

「是。」宋氏碰了一鼻子灰，訕訕地坐下。

不多時，年氏亦到了，她今兒個穿了一身玫瑰水紅繡杏林春燕的旗裝，髮間垂下一對紫玉綴明珠步搖，即便在這略顯陰鬱的日子裡依然爍爍生輝。她淺施一禮後緊挨著那拉氏左首坐下，立時有小侍女奉上茶來，年氏剛抿了一口便蹙眉道：「這新茶都已經陸續上了，怎麼福晉還在用去歲的舊茶？」

那拉氏看了她一眼微笑道：「這新茶還沒送來，只能先用舊茶。妹妹若是喝不慣的話，我讓他們換些新鮮的花茶來。」

「不必了。」年氏將茶盞往小几上一放，閒閒道：「這一時半會兒的不喝也無事。妾身本以為福晉是捨不得拿新茶來沏，卻原來是還沒送到。」她瞟了綠意一眼道：「待會兒將內務府送來的今歲碧螺春拿些來給嫡福晉。王爺知道妾身嘴刁，喝不慣舊茶，所以特意從內務府要了新茶來給妾身。」

那拉氏眸光一黯，旋即含笑道：「難為妹妹有心了。其實於我來說，不論新茶、舊茶喝著都是一個味道，不若妹妹那般挑嘴。」

年氏揚眉輕笑，有一絲傲氣。

說話間，李氏到了，在行過禮後笑道：「妾身來晚了，請福晉恕罪。本是早該來的，只是臨出門前弘時突然大哭不止，哄了好半天才安靜下來。」

在聽到弘時時，一直安靜坐在旁邊的葉氏眼中突然浮起些許渴望之意。若她的女兒活著的話，現在也當和弘時一樣了，或哭或笑……

那拉氏深深看了她一眼，微笑道：「妳要照顧弘時還要照顧靈汐，自然比咱們都辛苦些；再說弘時又是早產，妳這個做額娘的要多費些心才好。」

「妾身記下了。」李氏欠身答應，眸光在掠過面色不豫的年氏時有輕淺的得意。

第九十二章　劉婆子

莫看年氏現在榮寵無人可及，但終是膝下荒涼，這樣的女子縱然再得寵也不過是曇花一現。想在這王府中屹立不倒唯有一個辦法，就是子嗣。而李氏現在有長子，立世子講究嫡庶長幼，年氏將來縱然生下孩子，也只是次子而已。這一點想必年氏也明白，所以每每聽到孩子才會露出不悅之色。

只要將來胤禛立弘時為世子，她這做額娘的就會母憑子貴，成為雍郡王府最尊貴的女人之一，待到那時年氏再想一手遮天，便沒那麼容易了。

又說了幾句話後，胤禛到了，那拉氏忙領了眾人起身見禮，卻見到胤禛後面還跟了胤祥。因胤祥常來府中，她們並不陌生，雖意外還是各自見了禮。不過這樣一來，宋氏等人卻是越加不解，不知胤禛要說的事與這位十三阿哥有何相關。

她們不知，今兒個是胤祥死皮賴臉非要跟著來的，胤禛拗不過就隨他去了。

「人都到了嗎？」胤禛掃了眾人一眼，在掠過站在人群中的溫如言時有片刻停頓，問坐在旁邊的那拉氏。

胤祥則就著三福端上來的椅子在一旁坐了。

那拉氏忙道：「除了禁足的鈕祜祿氏之外，餘下的妹妹們都到了。」

胤禛點點頭，瞥了狗兒一眼道：「去將鈕祜祿氏帶來。」

此話一出，除了那拉氏之外，餘下者皆是面上一凜，隱約猜到胤禛今日大張旗鼓叫她們來是為何事。

李氏眼中更是掠過一抹喜色，然面上卻是愴然落下淚來。「儘管已經過去那麼久，但妾身每每想來依然心有餘悸。若非弘時命大，妾身只怕已痛失愛兒。」

晴容在一旁趕緊拿手帕替她拭淚，小聲勸道：「主子剛出月子不久，不宜落淚。」

「是啊，我知道妳生弘時不容易，又受了驚嚇，當日因尚有疑點所以只是將鈕祜祿氏禁足；而今一切已經明瞭，我將所有人都叫來，就是要當眾還妳一個公道。」最後兩個字胤禛咬得極重，臉上有平常少見的笑意重重，彷彿心情甚好。

唯有胤祥摸了摸鼻子，略有些不自在地將身子往另一邊挪了下。

能永絕鈕祜祿氏這個後患，李氏當然願意之至，但面上卻不好太過明顯，只是微微點頭。

她剛一坐下，就聽得胤禛問：「弘時呢？」

「妾身出來的時候，弘時剛睡下。」李氏這般答道。

胤禛稍稍一頓道：「去將弘時抱來吧。」

李氏沒料到胤禛會突然這麼說。這等場合將一個嬰兒抱來做什麼？

那拉氏含了一抹恰到好處的笑容道：「幾日沒見，王爺定是想弘時了。那孩子玉雪可愛，我也想得緊，妹妹還不快些叫人去抱來。」

「是。」李氏雖隱約覺得有些不對，但胤禛和那拉氏都說話了，她不敢有違，遣了晴容回玲瓏閣。

此處離玲瓏閣不遠，片刻時間晴容便抱了弘時來。那拉氏接過一看，只見裹在大紅五蝠捧壽襁褓中的弘時依舊在酣睡，已經一個多月的他比出生時白胖了許多，頭髮也長了。圓圓的小鼻頭、胖乎乎的臉頰、粉嫩的小嘴，在睡夢中他還時不時嘟一下小嘴，可愛至極。

那拉氏一臉慈愛地撫了撫他高高的額頭，看向胤禛道：「還記得弘暉剛出生那會兒也是這樣小小一團，額頭亦是高高的，像你這位阿瑪。」說到最後，她眼眸中蒙了一層霧氣。

胤禛無言，只是安慰地拍著她的肩膀。弘暉的死始終是那拉氏心中癒合不了的一道傷痕。

言語間，狗兒帶著凌若到了。看到這個戴罪之人，諸女神色各異，但多是幸災樂禍，等著看胤禛待會兒怎麼處置她。

胤禛凝眸望著緩緩向自己走來的女子，內心並沒有如面上所表現的那般平靜。

這些時日他常想起她，想起那些歡愉的日子，數次已經走到淨思居門口，但又強忍住了，始終不曾踏進去一步。

想她，亦氣她。明明那日已經有意寬恕於她，可她竟敢當眾頂撞自己，還拿湄兒相提並論，實在令人可氣。

「妾身給王爺、福晉請安。」凌若穿了一身素淨至極的衣裳，通體無一絲花紋，髮間亦只插了一對沒有鑲寶石的銀釵子。進來後她一直低著頭，不曾看過任何人一眼，哪怕她知道無數次於夢魂中出現過的胤禛就在抬眼可見的地方。

於他，有愛，亦有怨。

「王爺，人都齊了。」那拉氏輕聲說了一句，手裡依然抱著弘時不還給晴容，可見她當真很喜歡這個孩子。

胤禛點點頭，環視眾人一眼道：「今兒個將妳們叫來是有一事要說，想必前些日子發生的事都還記憶猶新，此事拖了一個多月，今兒終於可以弄個清楚明白。」說到這裡，他看向李氏道：「月如以為該如何處置為好？」

李氏想一想，含了一絲不忍開口：「不如就按年妹妹上次說的那樣圈禁宗人府吧。雖她處心積慮要害妾身與弘時，但總歸是姊妹一場，妾身實不忍心看她死。何況妾身與弘時總算福大命大，安然無恙。」

姊妹一場……胤祥正了正身子，嘴角蓄了一絲玩味的笑容。若非早就知悉事情真相為何，光是看李氏這番神態，怕是連他都要被騙過去了。

胤禛臉上的笑意又深了幾分，似乎很滿意這個回答：「難為妳這般宅心仁厚，又肯以德報怨。」端起手邊的新瓷盞茶飲了一口，感覺到滾燙的茶水從喉間滑過，對因他的稱讚而面生喜色的李氏道：「說起來，妳早產又先破了羊水，能轉危為安還要多謝那接生的婆子有本事，妳說是嗎？」

李氏端著茶盞的手輕輕一抖，灑了數滴在手上，灼熱得似要鑽入肌膚。她不知胤禛何以無故提起劉婆子，神色略有些不自然地道：「王爺說得是，可惜妾身醒來的時候，婆子已走，使得妾身不能當面致謝。雖說王爺賞了她不少銀子，但總歸有些遺憾。」

「妳既覺得遺憾，我便將那穩婆找來讓妳謝上一謝如何？」

胤禛的話令她花容失色，驚駭莫名，尚不及多想，胤禛已經大聲道：「來人，將劉婆子帶上來。」

當那張滿是皺紋的老臉出現在面前時，李氏險些暈厥過去。站在一旁的晴容亦是不敢相信自己的眼睛。怎麼會？她怎麼還活著，不是應該死了嗎？

劉婆子在無數目光的凝視中戰戰兢兢地走進來，雙腿一屈跪在當中，磕了兩個頭顫聲道：「老婆子給王爺、福晉請安。」

第九十三章　偷龍轉鳳

年氏撫著腕間碧綠如一汪池水的翡翠手鐲若有所思。她可是瞧見李氏主僕看到老婦那一瞬間的神色變化，簡直如白日見鬼一般，怪異得緊。

「起來說話。」

隨著那拉氏的話語，劉婆子顫顫巍巍地站起來，在抬頭看到目光陰冷的李氏時，縮了縮脖子，露出深切的懼意。

「妹妹，劉婆子來了，妳有什麼想謝的盡可說了。」那拉氏抱著弘時，眸光淺淺掃過坐立不安的李氏，和顏悅色地道。

李氏根本沒聽到那拉氏的話，依然沉浸在深深的驚駭之中。她做夢也想不到，明明應該已經死了的劉婆子居然會活生生站在自己面前，為什麼會這樣？

胤禛……她猛然抬頭看向坐在椅中的胤禛。不知何時他的臉上已經沒了一絲笑容，只剩冷漠與憤怒。是的，足以將自己撕成碎片的憤怒。她終於明白今日胤禛將她們叫到這裡來的用意，哪是要處置鈕祜祿氏，分明是要處置她。

「王爺，我……我……」她張嘴，卻不知該怎麼說，心中盡是無盡的恐懼與慌亂。

「怎麼了？」胤禛冷冷地看她一眼。「激動得連話也不會說了嗎？」他轉向一臉緊張的劉婆子道：「既然李福晉不會說，那妳就替她說說，到底……李福晉的孩子是怎麼來的！」

此話一出，包括年氏在內的所有人都來了精神，牢牢盯著劉婆子顫抖的雙唇。唯有那拉氏面上波瀾不驚，慈愛的目光始終落在熟睡的弘時身上。

劉婆子聽到這話趕緊又跪下了，結結巴巴地道：「時阿哥……時阿哥他……他……」

見她結巴了半天也沒說出個所以然來，年氏不耐煩地皺眉道：「吞吞吐吐地做什麼，想挨板子不成？還不快如實說來。」

劉婆子本來膽子就不大，被她這麼一嚇哪還敢怠慢，慌忙抬起頭看了那拉氏及她抱在懷中的弘時一眼，說出石破天驚的真相：「時阿哥他……他不是李福晉所生。」

此言一出，包括年氏在內的諸女均不敢相信自己的耳朵。弘時……弘時他竟然不是李氏所生？那弘時從何而來，還有李氏的孩子呢？又去了哪裡？

李氏倏然站起來，指了劉婆子厲聲道：「弘時明明是我懷胎七月生下來的孩子，妳休要在這裡胡言亂語！再敢胡亂嚼舌，信不信我讓人拔了妳的舌頭！」

「該拔舌頭的人是妳！」胤禛揚手將茶盞狠狠摜在地上，怒然道：「李月如，妳竟然敢假孕爭寵，妳好大的膽子！是否我平日待妳太過寬容，所以令妳膽大妄為做出此等不堪之事！」溫和的假象被瞬間撕破，幽暗的眼眸中有驚人的風暴在凝聚。

李氏連忙提裙跪在劉婆子旁邊替自己辯白：「妾身沒有，王爺您千萬不要聽信這老婆子的一面之詞，說不定……」她飛快地掃了凌若一眼，涕淚俱下道：「說不定她根本就是受了鈕祜祿氏的指使，要替她脫罪，就在這裡栽贓嫁禍於妾身。」

那拉氏搖搖頭，抬起眼失望地道：「事到如今，妳還執迷不悟，實在太令王爺與我失望了。本還想給妳一個改過的機會，眼下看來卻是有些多餘了。」

胤禛冷冷望著滿臉淚痕的李氏，眼底有說不出的厭惡。從不曾想，原來朝夕相伴多年、替自己生兒育女的女子會如此用心險惡。「妳說她冤枉妳，那麼是否徐太醫、十三阿哥、我，還有所有人都在冤枉妳？」

李氏無言以對，只跪在地上反覆說自己冤枉。胤禛看也不看她一眼，逕自對狗兒道：「徐太醫到了嗎？到了的話就與他一道給我仔細搜玲瓏閣，尤其是晴容的房間。」

晴容俏臉一白，低頭緊緊咬著脣。

她隱約猜到胤禛是要去搜什麼，雖緊張不已但又不敢出聲，只得在心裡乞求上天千萬不要讓他們搜到那東西。

狗兒離去後，含元居靜得讓人心慌，連氣也不敢大聲喘，唯恐觸怒面色陰沉的胤禛。

很快的，身上沾了些許溼意的狗兒便帶著容遠來了，他手裡還拿著一個猩紅色繡有葡萄紋的絨布包。晴容看到這個絨布包立時瞳孔劇烈一縮，有無盡的駭意與絕望在其中。

「王爺，東西在晴容的枕下找到。正如徐太醫所言，三長四短共計七枚銀針。」狗兒恭謹地將絨布包呈給胤禛。

胤禛打開看了一眼後又遞給胤祥，目光落在容遠身上。「徐太醫，沒錯嗎？」

「是。」容遠拱一拱手，沉沉道：「微臣翻遍醫書，在一本殘缺的古書中發現繪有用來移穴改脈的銀針，就如王爺所見那般三長四短，分毫不差。」

從溫如言派人來告知發生在凌若身上的事以及李氏不曾懷孕的消息後，他深悔自己替李氏診脈這麼久，明明覺著有些不對卻從未深究，害凌若無故受冤，是以這些日子不眠不休翻閱太醫院所有醫書，只為了弄明白李氏究竟用了何法改變脈象。

聽到他的聲音，一直垂目不語的凌若抬起頭望了他一眼，意外看到一張憔悴削瘦的臉龐，他下巴還有未及時刮去的青黑色鬍碴。

胤祥亦拈了一根銀針在眼前細看，徐徐道：「這針與當年御醫所言一致。呵，想不到李福晉身邊竟有如此能人。」說到這裡，他將針扔到緊張不堪的晴容跟前，搖頭道：「移穴改脈本是為治病救人，而今卻被妳拿來幫主子假孕爭寵，若妳家祖先地下有知，不知會做何感想。」

「奴婢只是一個懂得端茶遞水的粗使丫頭罷了，並不知十三爺說的什麼移穴改脈。奴婢藏著這針，只因它是祖傳之物，並無其他。」晴容跪在地上強自鎮定道：「主子確實有懷孕，時阿哥也確實是主子的親生骨血。若王爺不信的話，大可與時阿哥滴血驗親。」

弘時雖非李氏所生，但確是胤禛骨血，滴血驗親是絕不會有任何問題的；可是胤禛並不想與她廢話，逕自揚臉對劉婆子道：「將事情原原本本說一遍，不許隱瞞一個字。」

「是。」劉婆子磕了個頭，剛要說話，旁邊李氏陰惻惻的目光已經望了過來。「劉婆子妳可要實話實話，若敢亂言一個字，我絕不輕饒了去。」她知道這話會讓胤禛此疑，但此時此刻已經顧不得許多了。若不能嚇住劉婆子，任由其將實情說出來，自己的下場一定會很慘。

斜坐在椅中的年氏執帕一笑道：「姊姊這話好生奇怪，倒是有點像在威脅劉婆子，難不成姊姊當真心中有鬼？」於她而言，此刻膝下有兒女的李氏威脅遠比任何一個人都大，能夠落井下石，她當然樂意之至。

劉婆子聽了李氏的話，眼裡流露出深深的懼意。

那拉氏淡淡地掃了她一眼道：「妳儘管如實說來，王爺與我會替妳做主。」

劉婆子神色一振，終於下定決心。既然是李福晉不仁在先，就休怪她不義了。她重重磕了個頭道：「回王爺、福晉的話，當日李福晉深夜偷偷將老婆子召到她那裡，然後解開了衣裳，奴婢看到李福晉衣下藏了一個棉花枕頭，小腹那裡一片平坦，根本不曾懷孕。」

儘管這話已經聽到過一次，但此刻聽她詳細說來，眾人依然有一種驚心之感。李氏則面色慘白，雙手緊緊握著衣裳。

「李福晉說只要老婆子在接生時替她保守這個祕密，就給老婆子一千兩銀子，反之則讓我沒命活著走出去。老婆子雖不想助紂為虐，但為了小命著想，迫不得已只好答應她的要求。」

「慢著。」年氏不解地道：「那時李福晉才懷孕七月吧，為何這麼早就找妳？還有既然李福晉沒懷孕，那弘時從何而來？」她掠過那拉氏懷裡的大紅色襁褓，眸光冷若寒霜。「難不成是從外面抱來的野種？」

痛失愛女而情緒低落的葉氏，不知為什麼心裡突然湧起一種莫名的激動，眼睛更直勾勾盯著襁褓中的弘時。

面對年氏的質問，劉婆子咬一咬牙說出更加驚人的話語來：「因為李福晉要奪葉福晉之子為己子，只有這樣才可以天衣無縫。即便將來出了什麼事，要驗時阿哥真假也不會有任何問題。所以她一知道嫡福晉指了老婆子為葉福晉接生後，就立刻找上老婆子，要老婆子來一個偷龍轉鳳，而李福晉就設法讓他人認為自己早產，如此一來時間上便對了。」

「妳說什麼?」最激動的莫過於葉氏，急急起身，顧不得撞翻的茶盞，直奔到劉婆子跟前顫聲道:「妳……妳再說一遍?我的孩子?」

「是，其實葉福晉懷的是龍鳳胎，雖然小格格在生產時不慎夭折，小阿哥卻安然無恙。是老婆子受了李福晉指使，偷偷將孩子抱到她那裡，假裝是她生下的孩子。當時福晉痛暈過去了所以不知道。」劉婆子羞愧地說著。

葉氏已經顧不上她了，快步衝到那拉氏跟前，睇視著猶在睡夢中的弘時喃喃道:「這是我的孩子?我的孩子?」

那拉氏微微一笑，將弘時遞過去道:「妳的孩子。」

「我的孩子!」葉氏不知自己應該哭還是笑，一把從那拉氏手裡抱過弘時緊緊摟在懷裡，說什麼也不肯鬆手。一種血脈相連的感覺油然而生，令她悲喜交加，淚如雨下。她的孩子，這是她的孩子!她千辛萬苦生下卻相對不相識的孩子啊!

在手離開弘時身體的那一刻，有一絲失落在那拉氏眼中閃過，然很快便平靜如昔。她撫著抽泣不止的葉氏，動情地道:「好了，孩子不是已經在妳懷裡了嗎?莫哭了。」

不知是否葉氏抱得太緊令弘時感到不舒服，他突然驚醒撇著嘴哭起來，小臉皺成一團。

那拉氏忙伸手抱過他一邊輕拍一邊哄著，弘時很快便停下哭泣，睜開烏溜溜若墨丸的眼睛盯著那拉氏瞧了一陣子，忽地咧開小嘴笑了起來。那可愛的模樣簡直要將那拉氏的心都融化了，她戀戀不捨地叮嚀葉氏不要抱得太緊。

葉氏滿心歡喜地盯著失而復得的麟兒，怎麼瞧都瞧不夠，一刻都不願放手。不過她並未忘記是誰害得他們母子分離一個多月，當下抱著弘時「撲通」一聲跪在胤禛跟前，泣然道：「王爺，李氏這般算計妾身，甚至將妾身的孩子偷為己有，實是罪大惡極，求您為妾身做主。」

胤禛深為憐惜，親自扶她起來，沉聲道：「妳放心，我定會還妳一個公道。」

見胤禛目光望過來，劉婆子忙又道：「老婆子在將時阿哥偷偷抱至李福晉處假裝是她所生的孩子後便出府，原以為她會兌現諾言給銀子，不曾想她卻派了人來殺老婆子。」說到這裡，劉婆子聲音頓時激動起來，大聲道：「那人想勒死我，我很害怕就一直逃，逃到了山上。那人不識路加上天又黑了，所以他四處搜尋都沒有找到躲藏起來的我。我知道他肯定還會來，所以當夜就逃回老家，一直躲到王爺派人來找我。」

現在一切都清楚了，李氏利用完劉婆子之後就想殺人滅口，沒想到劉婆子竟然福大命大逃過一劫，而今成為李氏的催命符。

李氏膝行到胤禛面前，梨花帶雨地泣聲道：「王爺，妾身錯了，妾身一時糊塗犯下彌天大錯，求您念在多年的情分上饒過妾身這一回！」

她話還沒說完，胤禛已經一腳將她踹倒在地，怒喝道：「妳現在知錯了嗎？那妳假孕博寵、陷害鈕祜祿氏、奪葉氏之子、追殺劉婆子的時候有沒有知錯？我對妳真是太失望了。多年情分？我只恨這麼多年竟沒發現妳是一個如此惡毒狠辣之人。」

李氏簪釵脫落、髮髻凌亂，趴在地上啜泣不已。只是沒人會可憐她，有的只會是冷眼旁觀甚至幸災樂禍。

成王敗寇，這是永恆不變的道理。

第九十四章　活罪

「王爺，李氏身居高位不知感恩反而假孕爭寵，又陷害凌福晉，心眼實在惡毒，以她的罪行若只圈禁宗人府只怕是太輕了，且也難以讓人心服。」年氏盈潤飽滿的紅唇似盛開的玫瑰花，嬌豔而帶刺。

「凌若。」胤禛轉眼看向凌若，含了難以言喻的複雜道：「她這樣害妳，妳說該如何處置為好？」這是進來後他對她說的第一句話。

凌若長長如蝶翼的睫毛輕輕一顫，復又沉靜如初，與她的聲音一般：「處置犯錯的妾室是王爺與嫡福晉的事，妾身不敢妄言。」

她的話無錯可挑，然胤禛卻知道，她始終還是在怪自己不相信她。他神色微微一黯，在看向狼狽不堪的李氏時又多了幾分厭惡，冷哼道：「以妳的罪，縱使殺了妳亦是輕的。」

「王爺！」晴容大哭著爬上來抱住胤禛的腿道：「主子只是一念之差，並非罪不可恕啊！何況她這麼做也是因為太過在乎王爺您，求您念在多年夫妻情分，主子又曾為您生下一子一女的分上饒過主子吧，一切都是奴婢的錯，奴婢願意替主子去死。」

葉氏一直滿心恨意，將孩子交給紅玉抱好，衝過去一把揪住晴容的頭髮，狠狠打了她兩巴掌，尖聲喝道：「妳個小賤人，妳不過是條狗，有什麼資格在這裡替妳主子求饒，賤人！賤人！」一邊說著一邊又用力摑著晴容的臉頰，直把晴容打得嘴角破裂。

她喝罵的聲音大了些，倒是將弘時嚇了一大跳，又張嘴哭了起來。

弘時的哭鬧再加上葉氏粗鄙的言詞，令那拉氏皺起了精心描繪過的細眉，略有些不悅地道：「我知道妹妹妳心裡難受，但也該顧著身分，跟一個奴才置什麼氣，瞧把時阿哥嚇的，還不快退下。」

待葉氏退下後，那拉氏看了胤禛一眼輕聲道：「王爺，您覺著該如何定罪？」胤禛望一眼泣不成聲的李氏，遲遲未語。他原本已欲治李氏一個死罪，然晴容的一番話卻令他猶豫了，不為其他，只為那一子一女。

屋內極安靜，甚至能聽到外面細雨落地的聲音以及……奔跑聲！

「阿瑪！阿瑪！」靈汐淋雨跑進來，臉上溼漉漉的分不清是雨還是淚。

她原本在屋裡睡覺，直到狗兒他們進來搜查時方才驚醒。雖然狗兒不肯說怎麼回事，但從他的臉色，靈汐感覺到一定是額娘出事了，即使心裡一直有根刺橫在那裡，但那畢竟是額娘，她不能坐視不理，是以偷偷跟著過來。

她躲在院外，待得隱約聽到胤禛要發落李氏時，忍不住跑進來。她撲到胤禛懷裡一邊哭一邊道：「阿瑪，你不要殺額娘好不好，求求你，不要殺額娘，靈汐……靈汐就這麼一個額娘啊！」

看到靈汐替自己求情，李氏落淚不止，連連磕頭，求胤禛看在靈汐的面上饒自己一命。

「靈汐。」胤禛撥開靈汐因雨與淚沾在臉上的溼髮。靈汐原本是一個很外向活潑的孩子，自小就少有哭的時候，可是眼下卻哭得這樣悽慘。是啊，李氏縱然有一千一萬個不是，始終都是她的額娘，無人可以替代。若李氏死了，對靈汐將會是一個永遠無法彌補的傷害。

那拉氏目光微沉地拉過靈汐的手。「靈汐妳乖，不是妳阿瑪要殺額娘，而是妳額娘做錯了事，怨不得他人。」說罷對翡翠道：「帶格格下去換身衣服，再煎碗紅糖薑茶，這樣冷的天小心著涼。」

「我不要。」靈汐甩開那拉氏的手，小手死死握住胤禛的袖子，泣聲道：「阿瑪，求你，求你放過額娘好不好？」

溫如言在一旁暗自搖頭。可憐稚子無辜，不論李氏怎樣咎由自取，但靈汐卻無錯，殺了她對靈汐實在太過殘忍。

胤禛沉吟良久，撫去靈汐臉上的溼意道：「乖，跟翡翠下去換衣裳。」靈汐還沒來得及拒絕，他已經接下去道：「阿瑪答應妳，不殺妳額娘；但妳也要答應阿瑪，要聽話，不許再鬧了。」

他的話令年氏等人眉頭為之一皺，顯然極是不願。

靈汐趕緊點頭答應，生怕晚一些胤禛會反悔。儘管依然有些不放心李氏，但還是隨翡翠走了。

在她走後，李氏忙不迭磕頭謝恩。胤禛抬手淡漠地道：「不必急著謝恩，我只說看在靈汐的面上饒妳不死，並未說不追究妳的過錯。死罪可免，活罪難逃，往後妳就在宗人府過此餘生吧。」說罷就要喚人進來。

那拉氏目光一閃，含了幾許憐惜道：「王爺，明日再將李氏送去宗人府吧，再留一夜讓她與靈汐說說話。」

「隨妳。」在扔下這句話後，胤禛起身離去不願再看李氏一眼，在經過凌若身邊時，腳步有些許停頓，然終是沒說什麼，唯有一聲嘆息隨捲入屋中的涼風傳入凌若耳中。

在胤禛走後，胤祥、容遠及諸女亦一一離去。待屋裡只剩下凌若時，那拉氏走下來握住凌若微涼的手指，輕咳一聲含笑道：「今日能還妹妹一個清白平安，我總算能夠安心了，這些日子當真是委屈妹妹了。」

三福在一旁插嘴：「這些日子主子為了凌福晉禁足的事吃不下、睡不著，操心得不得了。」

許是身子不好，那拉氏指尖的冰涼並不亞於凌若，她橫了三福一眼，不悅地道：「不許亂說話，退下！」

「多謝嫡福晉關心，妾身沒事。」面對她毫不掩飾的關心，凌若心中一暖。在這爾虞我詐的雍郡王府之中，除了溫如言就只有那拉氏是真心待她好。

那拉氏拍拍凌若的手輕嘆道：「我知道妳心裡在想什麼。唉，當日那種情況下，大家都難免有所疑心，妳就別怪王爺了。」見凌若點頭，她又道：「好了，回去休息吧，待會兒我讓廚房送盅紅棗枸杞燉雪蛤給妳補補身子。」

凌若謝恩後轉身離去。外面依舊細雨綿綿，墨玉撐油傘遮在凌若頭頂，撐出一片小小的無雨之地。

第九十五章　一世不疑？

剛走出含元居，墨玉便看到有人影在自己面前閃過，緊接著手上一空，傘已經到了另一人手裡。

「十三爺？」墨玉愕然看著突然出現在自己面前的胤祥，弄不明白他這是從哪裡冒出來的。

「傻傻愣在那裡幹麼，還不快接著。打了這麼多下，也沒見妳變聰明一點兒，真不知妳家主子怎麼受得了妳。」胤祥沒好氣地彈了一下墨玉的額頭，示意她拿著自己小廝遞來的傘。「妳先走，我與妳家主子有些話要說。」

墨玉對他這個每次見到自己都必做的動作深惡痛絕，在心裡抱怨：就是因為您老彈人家頭，所以才越來越笨。

不過誰教人家是十三爺呢，她一個小小的奴婢也就只能在心裡抱怨幾句。

待墨玉與其他人都離開後，凌若望著頭上一根根的傘骨以及胤祥，輕輕一笑道：「能得十三爺撐傘，真是讓妾身受寵若驚。」

「妳是我小嫂子，自然當得起。」胤祥滿不在乎地轉著手中的傘，看雨水在傘沿飛起。他的性子就是這樣，喜歡就喜歡，不喜歡就不喜歡。

凌若笑笑不語，她知道胤祥此來一定有話要與自己說。在短暫的沉默後，胤祥果然道：「小嫂子，妳就別生四哥的氣了，他其實真的很在乎妳。」

「是嗎？什麼時候十三爺改行做了說客。」凌若淡淡地應了一句，手伸出傘外，任由那細細的雨絲打溼手掌，聽不出喜怒如何。

「不是說客，是實情。」胤祥認真地道：「那日我見過妳之後去找四哥，本是想說服四哥徹查此事，豈料四哥早已命周庸在查了，甚至還發現劉婆子沒死，派人去她老家找到了她，帶到京城說出事情真相。這足以證明四哥並非不相信妳，只是那樣的情況下他也很為難，我希望妳能夠體諒四哥，不要再生他的氣。」

他頓一頓又道：「我知道湄兒是妳心裡的一根刺，但這根刺早晚會拔去，萬不能因噎廢食。」

「我就怕這根刺拔之不去，似鬼魅纏身。」凌若望著自己被雨水無聲打溼的鞋面，不無憂心地道。

「不會。」胤祥想也不想就否定她的話。「我相信四哥，他終有一天會想明白。小嫂子妳千萬不要放棄。」

凌若側目瞧一瞧他，忽地含一縷促狹的笑意。「四爺都沒急，十三爺您又急個什麼勁，也許四爺根本不在意我心裡怎麼想。」

「這世間論對四哥的了解，我說第二沒人敢說第一，我說他在意就一定在意。」胤祥斬釘截鐵地說著：「總之妳聽我的就一定沒錯。」

凌若一笑，未再言語，任由胤祥執傘將她送回淨思居。

那一夜，雨意綿綿，不見了星辰明月，暗沉沉一片，唯有點燃的燭火照見一室光明以及圍坐在桌前喝得滿臉通紅的淨思居眾人。一個個臉上都掛著由衷的笑意，他們已經很久沒這麼高興了，而今主子沉冤得雪自然要好好慶祝一番。

在凌若的堅持下暫時拋開主僕之分，圍坐一堂共飲美酒、共嘗佳餚，不時能聽到他們的歡聲笑語。

凌若含笑執起酒壺，替受寵若驚的李衛等人一一斟滿，隨後端起酒杯凝聲道：「多謝你們在我最艱難的時候依然能夠不離不棄，沒有半句怨言，這杯我敬你們。」

李衛等人連忙站了起來舉杯認真道：「一日為主，終生為主，這一輩子您都是咱們的主子，永不背叛！」

隨著他的話，所有人都重重點頭，於酒杯相碰的那一刻大聲許下他們共同的承諾：「永不背叛！」

這頓酒一直吃到很晚才散，在墨玉等人收拾了碗筷退下後，凌若撫著因酒意而滾燙的臉頰毫無睡意。胤禛……他終是沒來……

輕輕地在心裡嘆了口氣，她打開門任由夜風挾細密的雨絲吹拂在臉上，涼意如許。她徐徐走到堂前的櫻花樹前，仰頭望著雨夜中朦朧不可見的樹葉。此時已過了櫻花最美的花期，想要再見到繁花如雲的景象便只有等來年。花落尚有再開之時，那麼人呢？雖胤祥之前信誓旦旦，但胤禛今夜始終沒來，是否在他的心中。自己始終只是一個無關緊要的人？

「是否我不來，妳就準備一直這樣站下去？」

突如其來的聲音打破了這無聲的靜寂。

驀然回首，一道頎長的身影隔著濛濛細雨靜靜站在身後，風捲著他暗藍色染了溼意的衣袍，一下一下拍在身上。

怔忡間，他一步步向自己走來。眼前一下子模糊，分不清是雨抑或是淚，只是這樣怔怔地望著離自己越來越近的他。直至帶了他體溫的手撫上臉頰，凌若方才驚醒過來，往後退卻幾步避開他的手，欠身道：「妾身鈕祜祿氏給王爺請安，王爺吉祥。」

胤禛略有些失落地收回手，澀澀道：「若兒，妳還在怪我嗎？」

「妾身不敢。」她垂目回答，語氣平淡無波。

「不敢而非不怪。」胤禛苦笑一聲，不顧凌若的反對上前將她擁在懷中，下巴抵在她的肩膀上低低道：「若兒，妳知道我是在乎妳的，否則那日我不會問妳後悔與否。只是妳當時言詞不遜，令我很生氣。」

那日，他問她：後悔嗎？

他是想恕她，只可惜她性子太過倔強，出言頂撞，令他一怒之下同意了年氏的處置。若非溫如言冒死求情，只怕這一個多月凌若就要在宗人府度過。

「若兒，答應我，不要和湄兒去比，永遠不要。」他聞著她髮間的幽香，一字一句道：「而我也答應妳，信妳，一輩子，永不疑。好不好？」

這是他所能給予的最大承諾，寵她信她，只是不要與湄兒去比較，在他心裡沒有一個女人能與湄兒相較。寵，可以給予無數人；而愛，只能予一人！

凌若靜默不言，任由密密的雨不斷打溼彼此衣衫。許久，她抬手環住胤禛的腰，將臉貼在他的胸口輕聲道：「四爺要記住今夜說過的話，永不疑妾身。」

「好，我記住了。」胤禛欣然答應，有無言的喜悅在其中，擁住凌若的手又緊了幾分。雖夜雨涼冷，他的心卻因懷中的女子有了溫度。

凌若閉上眼，臉色緩緩漠然下來。她知道，這已經是自己所能爭取的極限了。胤禛……最在意的始終是湄兒，遠非自己，至少現在如此。她雖恨，卻無可奈何。此生牽絆太多，註定無法就此轉身離去。

既然得不到愛，那麼她就去追尋許許多多的恩寵與信任，多到足夠彌補這份空虛，足夠她做任何自己想做的事。

可是，心，始終是空虛的……

曾以為此生只要能陪伴在他身側，不論他對自己歡喜與否都心滿意足，原來並不是這樣。愛是會上癮的，付出的越多就會想得到更多……

第九十六章　死因

柴房中，被關押的李氏正透過上方的小窗子靜靜望著外面雨意朦朧的夜。而今的她已經不在是高高在上的側福晉，名位被廢，明日更要送往宗人府圈禁一生；但是李氏並沒有徹底絕望，她還有靈汐，只要這個女兒在，胤禛就不會將她拋之腦後任由她自生自滅，說不定她依然有機會復起。

不知過了多久，門突然被打開，一大一小兩個身影走了進來。藉著屋中昏暗的燈光，李氏看清兩人的臉，正是那拉氏與靈汐。

靈汐已經換了一身紫藍繡花短襟衣衫，看到李氏立時撲過來，哭喊：「額娘！額娘！」

「乖女兒，額娘抱啊，不哭。」嘴裡說不哭，李氏卻不住掉眼淚。不論她將來還有沒有機會回到府裡，這一去都將是一段很長的時間。這段時間內她看不到靈汐，而靈汐也看不到她。

「妳們母女趁此機會好好說說話，過了今夜想再見便難了。」那拉氏的聲音聽起來有些淡然，隱在暗中的臉龐讓人看不清此刻神色。在說完這句話後她便與守門的侍衛退了出去，門亦在她的示意下關起來，留下靈汐與李氏獨處。

待心情平復了些，李氏撫著靈汐梳成垂髫的頭髮感慨道：「從明天起額娘會有很長一段時間不能陪在靈汐的身邊，妳要聽阿瑪與嫡額娘的話知道嗎？能不能再見額娘，就要看靈汐怎麼做了。」

這個女兒是她復起的唯一關鍵，自要好好叮嚀。讓她慶幸的是，經此一事，靈汐的病彷彿不藥而癒，再不似從前那般痴痴傻傻。胤禛素來疼惜這個女兒，只要靈汐肯在胤禛面前多哀求幾番，胤禛定會心軟。

「靈汐知道。」靈汐不斷點頭，小臉上全是淚痕。

李氏欲幫她拭去，哪知拭得一塊帕子皆溼了，靈汐還是不住掉眼淚。李氏心疼地摟了她道：「莫哭了，哭得額娘心都碎了。」

靈汐聞言自李氏懷中抬起頭，握著她的衣裳垂淚問：「額娘為什麼要害人？」

李氏身上一冷，旋即又若無其事地柔聲道：「額娘沒有害人，是那些人為了自己不可告人的目的故意陷害額娘，靈汐千萬不要聽他們胡言。」

「不是啊。」靈汐搖頭，那張臉有與年齡不相符的痛苦。「沒有人冤枉額娘，是靈汐親眼所見，見到晴容將弘暉與我推進蒹葭池中。晴容最忠於額娘，除了額娘，沒有人可以令她這麼做。」

若說之前李氏還可以假裝鎮定的話，那麼現在就是真正的駭然失色，她萬萬沒料到自己最大的祕密會被靈汐一言道破。

「妳……」李氏想否認，但靈汐的目光讓她一時不知該怎麼說是好。

靈汐低頭盯著自己的手，低低道：「那日我與弘暉在蒹葭池邊放風箏，正玩得開心，突然看到弘暉跌進池裡，隨後我感覺到有人在後面用力推我，在跌進水池前我看到了推我的那個人，是晴容！額娘，我沒有看錯，是晴容啊！」說到最後她抽噎不止，握著衣裳的手鬆開又握緊。

「所以妳醒來後一直封閉自己，不願與人說話？」李氏澀澀地問。

直到如今，她才知道靈汐的心病因何而來，不是因為目睹弘暉的死，也不是因為險死還生，而是因為她知道害自己的人竟然是親生額娘，心裡一時接受不了。

她緊緊摟了靈汐，含淚道：「靈汐，妳相信額娘，額娘雖然將妳也推了下去，但那只是怕別人起疑。妳是額娘的親生骨肉，額娘絕對沒有想過要害妳，額娘早已在池裡安排了人，絕對不會讓妳溺水。」

「那額娘就是承認害死弘暉了？」靈汐的神情越加悲傷，大聲問：「為什麼？額娘為什麼要這麼做！」

「因為他是世子！」李氏冷冷說出這句話，眉眼流露出深切的冷意。「光是這個理由就足夠他死一千次、一萬次，即便額娘不動手也自有動手之人。」說到此處，她握住靈汐冰涼徹骨的手緊張地問：「告訴額娘，這件事妳還跟誰說過？」

靈汐搖搖頭。「沒有，我怕額娘有事，所以誰都不敢告訴。」

「乖孩子。」李氏神色一鬆，拍著她的手道：「答應額娘，將這件事爛在肚中，永遠不許再提起，好嗎？」

「嗯。」靈汐默然點頭。她知道自己這樣對不起弘暉，可是她能怎樣？畢竟是自己的親額娘，難道當真眼睜睜看著額娘死嗎？

李氏欣慰地點點頭。「記住，不論額娘做什麼，都是為了我們母女好，這天底下只有額娘才會真正待妳好。」說完，她親一親靈汐的額頭柔聲道：「好了，快把臉擦一擦出去吧，莫讓嫡額娘等太久。」

正說話間，門打開了，那拉氏從外面走進來看到靈汐滿臉淚痕，取過絹子仔細替她將臉拭乾淨後輕聲道：「怎麼哭得這般傷心，又不是往後見不到妳額娘，快別哭了。妳先跟翡翠回去，我與妳額娘還有幾句話要說。」

在靈汐戀戀不捨離去後，李氏朝那拉氏欠身道：「往後靈汐就麻煩嫡福晉多加照拂，妾身雖身在宗人府亦會感念嫡福晉恩德。」

「妳放心。」那拉氏並沒有叫起，而是越過她望著凌亂堆在地上的破舊雜物，緩緩道：「我必將靈汐視如己出。」

不知為何，那拉氏今夜的聲音異常冰冷，令李氏有一種不寒而慄的感覺，這是多年來從不曾有過的事。

她正不解時，那拉氏已經收回目光，緊緊盯著她一字一句道：「因為從今往後她再沒有妳這個額娘。」

「妾身不明白嫡福晉的意思。」李氏嗅到了一絲不好的氣息。

那拉氏看著自己小指上的純金葵花鑲紅寶石護甲，冷冷道：「弘暉是怎麼死的，我想李福晉妳應該最清楚不過。」

第九十七章 始作俑者

李氏萬萬沒料到，今夜居然會連著從兩個絕對想不到的人嘴裡聽到這件事，此刻的心情已不能用驚駭二字來形容，連退數步方才勉強站穩，脫口道：「妳偷聽我與靈汐說話！」

「何須偷聽。」那拉氏頭也不抬地道：「妳以為此事做得天衣無縫，殊不知天網恢恢，疏而不漏。除了靈汐，還有一個不起眼的小人物也看到了妳指使晴容做下的惡行，並且將之一五一十告訴了我。」

「這麼說來，妳早就知道一切，卻故意裝作不知？」在問出這句話的時候，李氏頭皮一陣陣發麻，像有無數隻小蟲子在頭上爬，令她驚懼莫名。

「我何止知道這些，還知道妳使人在府中散播謠言，說鈕祜祿氏有心害弘暉，好借我的喪子之痛來幫妳除掉鈕祜祿氏。李月如，妳這算盤打得可真好啊。」她抬眼，有無盡的恨意，露在袖外的十指微微發抖。若非還有理智克制，這雙手早已掐在李氏的脖子上。

「一直以來，我雖為嫡妻，但從不曾為難過妳們，甚至處處忍讓，哪怕被妳們說軟弱無能也不要緊，只求闔府上下能夠安安穩穩。可是最終換來的是什麼？是弘暉的死訊！」

說到這裡，那拉氏目眥欲裂，步步逼近驚慌不堪的李氏。「不是失足，不是偶然，是妳處心積慮害死了他！甚至為此不惜讓靈汐跟著溺水，好讓人疑心不到妳身上。李月如，妳好狠的心！明知弘暉是我的命根子，卻為一己之私害死了他。弘暉才八歲，他不曾害過任何人，可是死得這樣不明不白！從他死的那一天起，我活著的每一日都在承受椎心之痛。我發誓，一定要讓害他的人不得好死！」

李氏從不知素來溫和軟弱的那拉氏竟有這樣狠厲的一面，一時間被她迫得不住後退，直至退到牆邊方喃喃道：「所以，從那一日起，妳所做的一切都是為了復仇？」

「不錯！」那拉氏脣畔浮起一絲殘忍的笑意。「一切的一切都是為了讓妳們得到應有的報應。妳也好，鈕祜祿氏也好，都是一樣。」

弘暉雖非凌若所害，但若非她教他放什麼風箏，弘暉又怎麼會去那麼偏僻的蒹葭池，又怎麼會讓李氏尋到機會下手？凌若根本就是李氏的幫凶，她豈有不遷怒凌若的道理。

「妳好深的心計，可恨我竟一直沒發現！」李氏恨恨地道。她一直留心提防身邊每一個人，卻獨獨漏了那拉氏，從不將她當成一個威脅看待，偏偏那拉氏卻是最大的威脅。

「這個祕密永遠不會有人發現。」冰冷的護甲尖端重重劃過李氏臉頰，留下一道血印子。望著李氏驚怒吃痛的眼神，她冷聲道：「不要妄想去告訴王爺，從我踏入這裡的那一刻開始，妳就是一個死人！」

「不！」聽到「死」字的李氏如被踏到尾巴的貓一樣跳起來，拋卻心中的恐懼尖叫：「王爺說饒我的命，妳無權殺我！」

那拉氏微微一笑，伸出粉紅的舌尖輕輕舔著染在護甲上的血，那種血腥氣令她想吐，但心裡卻是說不出的痛快。

那是仇人的鮮血啊。弘暉，你在天上看到了嗎？額娘正在給你報仇，將傷害你的人一個個趕盡殺絕！

「妳放心，我不會殺妳。」她笑，染血的唇畔有一種令人心驚膽顫的魅惑，彷彿行走於夜間的修羅。她一字一句道：「我會讓妳自己以死謝罪。」

在李氏還沒來得及說什麼時，她彎一彎唇又道：「妳是不是很好奇，為何劉婆子能逃過妳的追殺？」

內心的隱祕被那拉氏一次次挑破，令李氏有一種赤身裸體的感覺，對那拉氏的懼意越加深重，幾乎不能自己。

「因為……追殺劉婆子的人並不只妳一個。」那拉氏微微一笑，瞇了狹長的眼睥道：「既然我的孩子沒了，那麼別人也不能有孩子，葉秀的孩子本不應該活下來。可恨那劉婆子貪心不足，收了我的銀子不夠，還要收妳的銀子，答應為妳偷龍轉鳳。這把戲本來耍不下去，誰想葉秀懷的竟是龍鳳胎，她捂死女孩到我這裡來交差，暗地裡卻將男孩轉給妳，充作妳的孩子。」

李氏做夢也想不到當中竟還涉及這等陰謀，失色之餘卻也明白自己如此慘敗的原因，指了那拉氏厲聲道：「我明白了，追殺劉婆子的人除了我之外還有妳。我當時就奇怪劉婆子一個老婦怎能逃過，縱使有地利也不當毫髮無傷，原來是妳派去的人護住了她，還找來替罪羊毀了她的容，讓我儘管奇怪是誰殺了劉婆子，卻無從追查下去。」

「我在知道妳偷龍轉鳳之後，便明白這是一個讓妳萬劫不復的大好時機。原本妳要對付鈕祜祿氏我亦不反對，反正她遲早也是要死的，只是相較之下我發現自己更喜歡要妳的命，而劉婆子就是妳的催命符！」那拉氏眼中浮起深重的快意，襯著她脣畔的鮮血，有種令人心跳加速的恐怖，與往日裡溫和慈善的她判若兩人。

「我與王爺成婚多年，豈會不知他心中在想什麼。那日溫如言的話，他雖未說什麼但心裡卻是起了疑，我知他必會暗中追查此事，所以我將劉婆子送回老家後便派人盯著。果不其然，很快有人去找她要將她帶回京城。我告訴劉婆子，只要她肯指認關於妳的一切，我便饒她一命，為了性命，她自然什麼都肯答應。」說到此處，她湊近李氏耳畔，吐氣如蘭：「妹妹，妳千算萬算，幾乎什麼都算到了，可是妳忘了，還有我，所以妳只能是一隻螳螂而非黃雀。」

螳螂捕蟬，黃雀在後。

「為什麼要告訴我這些？」李氏緊緊貼著牆壁，想要退開眼前這個瘋狂可怕的女人。

那拉氏笑一笑，直起身道：「妳我到底姊妹一場，我怎忍心讓妹妹去了陰曹地府後做一個糊塗鬼，自然要趁著現在說個清楚明白。」

李氏臉色一變，慌亂地搖頭，嘴裡不住說道：「我……我不會讓妳殺我的，妳走開！」她從地上胡亂撿起一根破木棒朝那拉氏揮舞，那木棒上不知積了多久的灰，被她這麼一揚頓時弄得屋中塵煙瀰漫。

那拉氏厭惡地揮揮袖，退出幾步。她剛一退開，李氏立即連滾帶爬跑到門邊，迫不及待想要逃離這個令她窒息的人。她要去告訴胤禛，那拉氏才是最可怕的人，可是不論她怎麼用力都打不開那扇看起來並不堅固的門。

「放我出去！我要見王爺，放我出去！」她不住地拍門，可是根本沒有人理會，反倒是自己一個踉蹌摔倒在門檻處，狼狽不堪。

第九十八章 自盡

那拉氏冷眼看著李氏在那裡拍門。早在她來的時候，守門的侍衛就已經被遣走，而門亦上了鎖，即便裡面叫破天也不會有人答應。

「我說過，我不會殺妳。」隨著這句話，那拉氏從袖中抽出一條白綾，輕飄飄擲在驚惶欲死的李氏跟前，一字一句重複剛才說過的話：「我要妳以死謝罪！雖然妳骯髒的血不足以贖清妳所犯下的罪孽，但除此之外我找不到更適合妳的下場。」

「不！我不想死！我求妳放過我，求求妳！」李氏眼裡流露出深深的驚恐，拖著扭傷的腳不住往後退，想要遠遠躲開那條彷彿隨時會纏住她脖子的白綾。為了活命，她拋棄所有尊嚴，只求能繼續活下去。

「怎麼？妳現在知道害怕了嗎？」那拉氏冷笑，一腳踩在李氏的手背上，花盆底鞋狠狠地蹍著，聽到李氏痛苦的呻吟聲，眼中浮起瘋狂的快意。「太晚了，李月如，一切都太晚了。從妳害弘暉的那一刻起，我與妳就是不死不休之局！」她頓一頓又道：「何況，妳以為我會笨到留下妳這個禍患嗎？」

見求饒無用，李氏又聲嘶力竭地大叫：「妳不能殺我！我是記入宗室名冊的側福晉，妳無權處置我！」

那拉氏脣邊的笑意因她的話而更加深重。「是，我無權處置妳，那麼靈汐呢？明日妳被送往宗人府後，靈汐便由我來撫養，我有一千、一萬種方法可以在他人毫無察覺的情況下令靈汐生不如死！俗話說虎毒不食子，李福晉妳又如何？妳已經命人推靈汐溺過一次水，現在是否還要眼睜睜看著她受盡折磨，求生不得、求死不能？」

聽到靈汐的名字，李氏不知從哪裡來的勇氣，不顧腳上的疼痛撲上來大聲道：「我不許妳傷害靈汐！不許妳動她一根頭髮！」

那拉氏腳步一動，側身閃過，冷眼看李氏因撲空而倒在地上，硌得一嘴鮮血。她面無表情地道：「我想做的事沒有人可以阻止，李月如，我給妳兩個選擇：妳死或者靈汐死！」

李氏從地上爬起來，除了驚懼更有深深的恨意，厲叫：「妳這個惡毒的女人，竟連一個孩子都不放過！那拉蓮意，妳口口聲聲說報應，而今妳所做的一切比我有過之無不及，難道就不怕自己有報應嗎！」

「報應？」那拉氏彷彿聽到什麼好笑的事情，輕笑不止，可是很快的她便斂了笑意，狠狠一巴掌甩在李氏混了塵土與鮮血的臉上。「從弘暉離我而去的那一天開始，我就已經一無所有，還怕什麼報應嗎？更何況我只是取回我應得的一切，何來報應一說，更不要將我與妳相比。今日的那拉蓮意，完全是妳們這些人一手造成的，要怪就怪妳們自己吧！」望著嘴角破裂、血絲滲出的李氏，那拉氏冷酷無情地說出這句話。

李氏失魂落魄地聽著，旋即狀若瘋狂地大笑起來，口中反反覆覆皆是「報應」二字。

那拉氏睨了形若瘋婆子一般的李氏一眼，說了這麼久她也厭煩了，厲聲道：「李月如，不要在這裡裝瘋賣傻，是妳死還是靈汐死，趕緊想清楚，別到時候後悔。」

「那拉蓮意，妳拿靈汐來威脅我，我還有選擇嗎！」李月如猛然一斂臉上的瘋狂，然恨意卻有增無減。「但是妳要答應我，一定要將靈汐視若己出，不讓她受一點兒委屈，否則就算做鬼我也不會放過妳！」

那拉氏不屑地看了她一眼，漠然道：「什麼時候輪到妳與我討價還價，總之我說過的話一定會兌現，留靈汐一條命。好了，妳可以動手了！」

入府至今近十年來，李氏何曾受過那拉氏這樣的羞辱與輕視，氣得渾身發抖，但那又能怎麼樣？她輸了，輸得徹徹底底，連一絲翻身的機會都沒有。她雙腿一軟跪在地上，雙手顫抖地撿起那條白綾，然後麻木地踩上搖搖晃晃的桌子，將白綾拋過橫梁打了個死結。

在將頭伸入白綾時，李氏掙扎了許久。她不想死，一千、一萬個不想死，但為了女兒卻不得不死。她不甘心，好不甘心！

那拉氏，妳這個惡毒的女人，不得好死！

她至死都不曾閉目，直勾勾盯著下方的那拉氏，儘管沒有了生機但依然能感覺到無休止的恨意。

那拉氏漠然看著懸在半空中死不瞑目的李氏，若非過了今夜李氏就要被圈禁宗人府不便下手，豈會只是賞她一條白綾自盡這麼簡單？她若真敢化為冤鬼來索命，那自己不介意再殺一次，讓她魂飛魄散連鬼都做不成。

那拉氏滿不在乎地撣一撣身上的塵土，施施然命人打開門走出去，外面依舊飄著細如牛毛的雨絲。

那拉氏掃了身子彎得極低的三福一眼，淡然道：「通知高福，李氏畏罪自盡，讓他著人處理屍體。李氏已被廢為庶人且又是自盡，該怎麼安葬他應該心裡有數，別弄錯了。」不論是宮中妃嬪還是宗室福晉，自盡都是大忌，哪怕生前位分猶在亦不能按品級下葬。何況是被廢的庶人，能得一口薄棺裹屍已經是格外恩賜。

「奴才知道。」三福仔細記下那拉氏所說的每一個字，隨即道：「夜深了，奴才扶主子回去休息吧。」

那拉氏點一點頭，伸手搭在三福的小臂上，沒入重重黑暗之中。

第九十九章　喜事

翌日，雨停之時，李氏在柴房中懸梁自盡的消息已傳遍整座雍郡王府。當旁人皆幸災樂禍之時，含元居中卻傳出陣陣哀慟的哭聲，那是靈汐。

彼時，淩若清晨起來梳洗後正在練字，雖已不再禁足，但練字可以令她靜心寧神，是以並不曾中斷。聽到水秀提了食盒興匆匆跑進來說李氏自盡時，手中的動作一頓，放下狼毫筆愕然抬頭道：「她死了？」

水秀忙不迭點頭，一邊將食盒中的早膳取出來一邊道：「適才奴婢去廚房的時候，那裡的人都在說呢。聽說昨夜嫡福晉帶靈汐格格去見過她後，半夜時分李氏便在柴房中懸梁自盡了。想來是自己覺得罪孽深重又害怕去宗人府受罪，所以自行了斷了。高管家已經派人抬了她的屍體去亂墳崗中安葬，王爺在知道這件事後什麼都沒說。」

墨玉收拾桌上的筆墨紙硯，不在意地道：「像她這麼心腸歹毒的人死了活該，一點兒都不值得同情。」

「果真是自盡嗎？」凌若有些奇怪地問。以她對李氏的了解，李氏不像是一個會輕易放棄的人。雖說圈禁宗人府一世很慘，但她好歹是靈汐的額娘，保不準胤禛以後會看在靈汐的面子上寬恕她。

「當然是真的。聽說高管家去的時候，李氏就那麼懸在半空中呢，舌頭伸得老長，可嚇人了。」水秀想了想又有些不解地道：「不過有一件事很奇怪，奴婢聽說自盡的人都是閉著眼，可是據看到的人講，李氏當時眼睛睜得極大，好像很不甘心似的，怎麼都闔不上她的眼，直至被抬出去時還睜著，嚇得很多人不敢看，還有……」

水月正在舀百合粥，此刻被她說得起了一身雞皮疙瘩，趕緊打斷她的話，道：「行了行了，主子早膳還沒用，妳就在這裡不停地講死人，還說得這樣邪乎，也不怕倒了主子的胃口，到時候唯妳是問。」

「不礙事。」凌若接過尚在冒著熱氣的百合粥，又問了水秀幾句，越聽越覺得李氏不像自盡。可是要說有人害她又不像，當時去看過她的就只有那拉氏與靈汐，斷無害她的理由，真是令人不解。

不過李氏的死，於她來說不失為一個好消息。畢竟這個女人城府頗深，只要她活著一日便總是一個隱患。只是可憐了靈汐，這個孩子雖金枝玉葉，卻命途多舛，唉……

她搖搖頭，剛喝了一口粥便看到溫如言走了進來，忙起身相迎，得知其尚未用過早膳便讓水月再盛一碗。

溫如言接過粥後嘗了一口笑道：「雖說是一樣的東西，但總覺得妹妹這裡的比較好吃。」

凌若夾了一個新鮮炒出來的菜心放到溫如言碗中，輕笑道：「姊姊若是喜歡，儘管天天來吃，些許清粥小菜妹妹總還不至於吝嗇。」

「李氏死了。」在一碗粥吃盡後，溫如言接過墨玉遞來的軟巾拭著脣角道：「她也算是罪有應得。去了這個心腹大患，往後咱們好歹能鬆口氣，不需整日提心吊膽，能過上幾天安生日子。」

「只怕樹欲靜而風不止。」凌若這幾日胃口不太好，雖然墨玉已經讓廚房變著花樣將膳食做精緻些，但還是只喝下了小半碗，至於碟子上的四色糕點更是一口未動。「李氏這一死，府中側福晉之位便空了出來，不知有多少人眼紅覬覦這個位置。」

府裡共有五位庶福晉，除了凌若之外，尚有葉氏、瓜爾佳氏、宋氏以及一個甚少露面的戴佳氏。這四人中，宋氏與戴佳氏不足為慮，早已失寵多年。瓜爾佳氏雖尚得胤禛歡喜，但是膝下無子。唯有一個葉氏，她剛剛生下胤禛膝下唯一的兒子，母憑子貴，是最有可能晉為側福晉之人。

「葉秀此人看似膚淺，實則心機深沉，絕不在李氏之下，且與妳我素有過節，若她晉為側福晉，對妳我而言可不是件好事。不過依我說……」溫如言目光一轉，含笑落在穿了一身淺粉串珠暗紋旗服的凌若身上。「貝勒爺心中最中意的人選當是妹妹妳才是，就不知妹妹承寵這麼久可曾有動靜？」

凌若被她說得俏臉一紅，別過臉羞道：「好端端的怎麼說到我身上來了？」

「妳這丫頭，當初勸我的時候振振有辭，怎麼輪到自己身上就成這副模樣？其實這都是必經之事，沒什麼好害羞的。」說到這裡，溫如言忽地嘆一口氣道：「若妳能得個一男半女，以王爺對妳的寵愛，側福晉之位非妳莫屬。」

凌若撫著自己平坦的肚子輕輕道：「我若有了孩子，必會竭盡所有心力去愛護他、疼惜他，不為權勢、不為地位，只因為他是我的孩子。」

「如妳這般想的能得幾人，大多數是拿孩子做籌碼。李氏如此，葉秀亦是如此。」溫如言搖搖頭，言語間頗有不忍。生在帝王將相家，在得到錦衣玉食的同時亦失去了很多，於他們而言真不知是幸或是不幸。

溫如言的這句話令凌若直至夜間依然有些鬱鬱寡歡、精神不振，連帶著晚膳也吃得更少了，一桌子菜幾乎原封不動，可是把李衛等人急壞了。

主子這些時日一直胃口不好，原以為是禁足的原因，可眼下禁足都解了，主子還是這般模樣，怎麼是好啊？

墨玉趁著凌若漱口的工夫悄悄將李衛拉到一旁小聲道：「主子到底是怎麼了，

為何越吃越少？難道是病了？」

李衛為難地看她一眼道：「妳日日跟在主子身邊都不知道，我又哪能曉得。依我看，還是讓大夫來看看放心些。」

「我也是這麼想。要說大夫，最好的當然是徐太醫，可惜眼下府中沒有需要請脈的人，也不知道徐太醫什麼時候才會再過來。唉，可怎麼辦才好。」墨玉不知該如何是好。

「你們兩個在那邊嘰嘰咕咕說什麼呢，還不快將這些菜端下去吃了，晚了可就涼了。」凌若漱完口發現墨玉不見了，一轉眼卻見她拉了李衛在角落裡說話。

李衛聞言連忙走上來陪笑道：「奴才們還不餓，倒是主子您只吃這麼幾口怎麼夠，要不奴才讓廚房再去做幾個菜來？」

「不用麻煩了。」凌若撫一撫胸口道：「最近不知怎麼回事，吃什麼都沒胃口，偶爾還會覺得噁心。」

「噁心？沒胃口？」墨玉在心裡默唸了一遍，忽地睜大眼激動地跳起來大叫：「我知道主子這是怎麼了，是有喜了啊！」

第一百章 身孕

有喜！所有人都因為墨玉的話愣了一下，包括凌若在內。她下意識撫著自己平坦的腹部，有些不敢置信。當真嗎？這裡當真有一個生命在孕育嗎？

「妳怎麼會知道，難不成妳生過孩子？」

李衛這話剛一出口就引來墨玉一陣追打，直至小路子和水秀幾人將他們隔開，墨玉方才氣呼呼地道：「我雖然沒生過孩子，但是我看我阿娘懷過弟弟妹妹，樣子就跟主子現在差不多，都是沒胃口不想吃飯，有時候還會噁心乾嘔。」

經她這麼一說，凌若猛然想起自己的月信已經遲了十數天沒來，只是前段時間被禁足令她忘了這樁事。難道……是真的？

那廂小路子已經喜形於色，忙不迭地道：「那我們趕緊要將這個好消息告訴王爺才是。」

他話音剛落，便聽得外面響起胤禛的聲音。

「哦？有什麼好消息要告訴我？」

循聲望去，只見一襲紫錦蟒紋長袍的胤禛大步走進來，身後跟著素不離身的狗兒和周庸，眾人趕緊垂首見禮。

胤禛在經過凌若身邊時親手扶了她起來，關切地問：「昨夜淋了雨可還好？不曾著涼吧？」

「妾身沒事，倒是沒想到四爺今夜會過來，不需要去看看靈汐格格嗎？」凌若微笑著隨他一道坐下。

聽到靈汐的名字，胤禛難得攀上臉頰的一絲笑意消失得無影無蹤，悵然道：「我剛從含元居過來，靈汐哭了整整一天，好不容易才哄睡下。」

「生母過世，靈汐格格必然傷心難過，而今四爺是靈汐格格在世間唯一的親人，旁人縱是再關心也代替不了四爺這位阿瑪，四爺該多抽空陪陪她才是。」凌若溫言說道。雖然李氏多番害她，但靈汐卻無錯，而今見她痛失生母不禁有所憐惜。

「我明白。」說到這裡，胤禛眼中出現一絲傷懷。「我已經看在靈汐的面上恕了她的死罪，沒想到她竟然會如此想不開自尋短見。」李氏雖有千錯萬錯，但到底陪了他那麼些年，又曾生兒育女，多少有些情分在。

凌若撫著裙上繁複的繡花思忖道：「其實人死如燈滅，過往一切都該隨之煙消雲散。李氏雖罪無可恕，但她是靈汐格格親生額娘這回事卻是無論如何都抹殺不了的，若就這樣葬至亂葬崗中與曝屍荒野有何分別？且靈汐格格知道了亦難免傷心難過。」說到此處，她抬頭迎向胤禛的目光。「所以，妾身斗膽，請王爺看在靈汐格格的分上，賜李氏一份體面。」

「她這樣害妳，妳不恨嗎？」胤禛這樣問，神色有所動容。

「不是不恨，而是……」她看到胤禛神色間的變化，微微一笑，柔軟如柳枝的手輕輕覆上胤禛手掌。「一切都已經不重要了，不論李氏有何錯，她都已經死了，妾身不想再去記恨一個死人，如此只會讓自己平添痛苦。何況她雖心存不良，卻也間接幫了妾身。」見胤禛不解，她側了側頭任冰涼的翡翠珠墜貼在額間，嫣然笑道：「四爺一世不移的信任，想來這世間不會有太多人擁有。」

是啊，李氏已經死了，莫說是賜她一份體面，縱是賜她一份哀榮亦不可能活過來。既如此，倒不如做一個順水人情。

胤禛靜默片刻，反握了她的手鄭重道：「不是不會有太多人擁有，而是世間只此一份。」

儘管此時的心境再不復昔日那般純粹，充滿了算計，但凌若還是因他那句「只此一份」而感動落淚。在模糊的淚眼中，她倏然想起胤禛自小就不得德妃喜歡，長大後身邊又圍繞著因各種目的刻意接近的人，哪怕枕邊之人亦滿腹心計，沒有半分真心可言。正因如此，才造就他多疑猜忌的性格，不願輕易相信人；尤其是深愛的女子嫁予他人為妻後，那顆心變得更加孤僻冷傲。其實，他比她更可憐……

可即便這樣，他依然許諾給她一世的信任，用他所剩無幾的信任構築這個諾言。他對自己或許無愛，但絕非無情。

胤禛，我到底該如何待你？是愛還是恨……

「好好的哭什麼？」見她落淚，胤禛詫異不已，撫著她臉上重重的溼潤問道。

凌若趕忙搖頭，斂了紛亂的思緒道：「沒什麼，妾身是太歡喜了，所以才一時忍不住落淚。」頓一頓又道：「倒是四爺您可願原諒李氏？」

「正如妳所說，人都死了還談什麼原諒不原諒，再說我也不願將來靈汐因此事而蒙羞。罷了，就如妳所言，賜李氏一份體面，讓高福尋個風水好的山地將她安葬了去；再尋高僧做一場水陸法會，超度她往生極樂，不至於做個孤魂野鬼。」胤禛信佛，所以對輪迴亦信之不疑。

待狗兒退下去傳他的話後，胤禛握緊凌若的手感嘆道：「若人人都能有妳這份寬容與大度，這府中也不至於生出如此多的事來。」

凌若笑一笑尚未說話，胤禛已抬眼看著李衛等人笑道：「不說這個了，你們剛才不是說有好消息要告訴我嗎？到底是什麼？」

李衛與墨玉等人對視了一眼，上前打了個千兒含笑道：「回王爺的話，適才主子說食慾不振，偶爾還想吐，再加上月信又至今未來，所以奴才們想著……主子興許是有喜了，正想回了王爺後請大夫來診脈呢。」

「當真？」胤禛沒想到他們會給自己一個這麼大的驚喜，喜形於色地看著凌若，倒把凌若瞧得不好意思。

她抽回被他緊緊握在掌中的手，絞了帕子小聲道：「這都是他們瞎猜的，哪能做得了準。四爺莫聽他們胡說，也許妾身只是身子不適罷了。」

胤禛眼中有深深的歡喜，儘管不是第一次聽到妻妾有孕，但這次特別歡喜欣悅，迫不及待想聽到確認的消息，當下喚過周庸道：「速執我令牌入宮請今夜當值的太醫過來一趟。」

「嗻！」

周庸答應一聲剛要離去，忽又聽胤禛道：「慢著，你看看徐太醫在不在，若在的話便讓他過來。」

凌若笑道：「其實診脈這小種事隨意請個大夫過來就是了，何須請宮中太醫這麼麻煩。」

胤禛不以為然地道：「外面那些大夫良莠不齊，萬一誤診了可怎麼得了，還是讓太醫來瞧瞧放心些。」說到此處他放緩了聲音，目光落在她平坦看不出端倪的小腹，有少見的溫柔在其中。「若兒，我真盼著妳能有咱們的孩子。」

第一百零一章　生病

夜色漸深，有皎潔的明月懸掛天際，灑落無數清輝，透過剛換的雨過天青色窗紗篩進來，與橘紅的燭光交織在一起，朦朧似煙。

「妾身也希望能為四爺開枝散葉，誕下麟兒。」凌若回給胤禛一抹溫軟的笑意，手輕輕撫上小腹。孩兒……希望這裡真的有一名孩兒在孕育，而非一場空歡喜。

在漫長的等待過後，周庸領了一名四旬左右的太醫進來，在看清此人不是容遠時，凌若暗地鬆了口氣。容遠始終不曾放下過往的一切，要他親自替她診出喜脈，無疑是在他未曾結疤的傷口上撒鹽，她怎忍心！

那廂，周庸已經弓身道：「回四爺的話，徐太醫不在，所以奴才請了陳太醫來給凌福晉請脈。」他一說完，跟在後面的陳太醫不敢怠慢，趕緊上前一步行禮道：「微臣陳一澤給雍郡王請安，雍郡王吉祥！」

陳太醫早已從周庸嘴裡知道了請自己來的用意，是以在胤禛示意他起來後，立即從隨身藥箱中取出軟墊放在桌上，待凌若將手放在上面後，併指搭在她腕間，細細診斷其究竟是否為喜脈。

為求慎重起見，陳太醫足足診了半盞茶時間方才收回手。早已等得不耐煩的胤禛忙問：「如何？是喜脈嗎？」

陳太醫滿面笑容地朝胤禛拱手道：「恭喜王爺，賀喜王爺，凌福晉已經懷孕一月有餘，且眼下看來胎象很是穩固，並無任何不妥之處。」

這日子不多不少，恰好是胤禛最後一次臨幸凌若的日子。有了陳太醫的確診，胤禛連心裡最後一絲不確定亦消失不見，眉眼間盡是濃濃的喜色。在打發陳太醫出去後，他拉著凌若的手連聲道：「若兒，妳聽到了嗎？妳有咱們的孩子了，真好！真好！」

「妾身聽到了。」凌若亦是滿心歡喜，替胤禛將垂至胸前的髮辮撥到身後，任髮尾的天藍色流蘇在指尖緩緩滑過，一種寧靜喜悅在心底滋生。她終於也要有自己的孩子了。

當抬頭與胤禛四目相對的那一刻，心中突然升起一絲感動與明悟。不論誰對誰錯，他終是自己要相伴一生、攜手走至人生盡頭的人吶。

彼時，李衛等人相視一眼，含笑跪下齊聲恭祝。

胤禛心下歡喜，命周庸打賞之餘又揚眉道：「即刻傳令各房各處掌事，往後淨思居的一切用度皆比照側福晉供給，不得怠慢半分。尤其是廚房那邊，除一日五頓的飯菜點心外，燕窩、雪蛤之類滋補之物亦要挑最好的燉了送來。」

凌若被他說得發笑，彎了眉眼道：「一日五頓？四爺莫不是想將妾身餵成一頭豬吧？」

「只要妳與孩子好，縱是餵成豬又如何？」胤禛笑著緊了緊握在掌心的小手，認真地道：「若兒，妳定要替我生下一個聰明健康的孩子，到時我親自教他騎馬射箭、讀書寫字！」

「騎馬射箭啊？那豈非得生個小阿哥才行，萬一妾身不濟，十月懷胎後生下的是位格格，豈不令四爺失望？」凌若故作為難地低下頭。

胤禛哪會沒看到她抿在唇邊的那縷笑意，接過墨玉重新換過的烏龍茶喝了一口笑道：「罷了罷了，算我怕了妳，只要是這個孩子，不論男女我都喜歡，這樣總可以了吧？」

凌若展顏一笑，還未來得及說話便見狗兒疾步走進來，帶了一絲顯而易見的焦灼道：「四爺，嫡福晉派人過來說靈汐格格在睡夢中突然發起高燒，昏迷不醒，請您趕緊過去瞧瞧。」

胤禛素來喜歡這個女兒，又憐她這些時日受了打擊，眼下聽聞她突然發燒，哪還坐得住，連忙起身欲走，但又生生收住腳步，回頭看了凌若一眼，歉疚地道：「原還想陪妳過夜，現在看來卻是不行了。」

凌若命人取來披風披在胤禛身上，體貼地道：「妾身沒事，四爺還是趕緊去看靈汐格格吧。」

「那妳早些歇著，莫要累著了。」叮囑完這句話後胤禛急急往外走去，一邊走一邊命狗兒即刻去將陳太醫追回來。

胤禛急匆匆趕到燈火通明的含元居後，直奔靈汐所住的屋子。他剛一進去便看到靈汐閉目躺在床上，小臉燒得通紅，額頭上敷著用來降溫的冷水巾。那拉氏守在一邊急得不得了，不時催問大夫到了沒有。

「到底出什麼事了，我剛走的時候不是還好好的嗎？」胤禛手剛一碰觸到靈汐臉頰便感覺到一股灼人的熱意，可見燒得不輕。

那拉氏如何聽不出他話語中的責怪之意，忙倚了床榻跪下垂淚道：「妾身也不知道是怎麼一回事。王爺走後，妾身見靈汐睡著了，又想起還有些事沒處理，便替她掖好了被子出去，哪知等妾身再回來的時候，就發現整床錦被都掉在地上，靈汐則渾身發燙、昏迷不醒，嘴裡還不停地說著胡話。」說到此處，她又自責地道：「都怪妾身不好，若妾身沒有離開，不至於連靈汐蹬了被子都不知道，更不至於累她受涼發燒。」

說話間，狗兒拉著陳太醫到了。胤禛顧不得再說什麼，趕緊讓他替靈汐看病。陳太醫診了脈亦說是風寒入體受涼所致，開了藥讓人即刻去煎，只要靈汐能將這熱度降下來便沒事。

待將藥方拿給下人去煎之後，胤禛方發現那拉氏還跪在地上，氣不覺消了一大半，微一遲疑伸手扶她起來道：「此事怪不得妳，是靈汐自己睡相不好，蹬了被子。妳身子不好，地上又涼，別跪著了。」

「多謝王爺。」那拉氏感激地扶了胤禛的手起來，忍著雙腿的痠麻小心地試探道：「有陳太醫在，靈汐的病應該沒什麼大礙。王爺還是去陪凌妹妹吧，免得她不高興，這裡有妾身守著就行了。靈汐一醒，妾身就立刻派人通知您。」

「無妨。」胤禛不在意地擺擺手在椅中坐下道：「凌若很明白事理，斷不會因這種事情置氣。對了，還有一件事要與妳說。」胤禛目中泛著溫情道：「適才我讓陳太醫給凌若把脈，確診她已懷孕一月有餘。」

第一百零二章　利用

那拉氏遽然一驚，深重的恨意在眼底隱祕地掠過，面上則是一派笑意，彷彿不勝歡喜。「葉妹妹剛誕下麟兒，凌妹妹這麼快便又有了喜，當真是可喜可賀。」說到此處她又對翡翠道：「快去告訴廚房的人，從明兒個起，淨思居的膳食用度加倍供應，且全都要是孕婦能吃的溫補之物，萬不能帶一點兒寒涼、辛辣。」

胤禛甚是欣慰地點點頭。「凌若第一次懷孕，很多事不懂，我雖已傳令各房各處掌事按著側福晉的用度供應淨思居，但難免有不周之處，妳能照拂一二，我也放心些。」

那拉氏眼皮輕輕一跳，笑容不減地道：「妾身一直拿凌妹妹當親妹妹般看待，而今她有孕，妾身自當盡心照料，好讓她早日為王爺生下一個聰明伶俐的小阿哥。說起來，咱們府裡已經好久沒這麼開心了。」

胤禛望著尚在昏迷中的靈汐沉沉道：「那也要靈汐安然無恙才好。」

「王爺放心，靈汐一定會逢凶化吉，否極泰來。」那拉氏在一旁柔聲安慰著，沒人知道她攏在袖中的手已經攥得發白，長長的指甲有好幾根皆折斷在掌中。

靈汐已經燒得昏昏沉沉，根本不知道張嘴，那藥幾乎是強行灌下去的，有一大半都浪費了，所幸在天快亮時燒退了下來，也不再說胡話。

正當守了一夜的胤禛以為沒事時，靈汐降下的體溫突然又升了上去，且比上一次更厲害，甚至開始抽搐。這下子連陳太醫都急了，本該四個時辰服一次的藥不到兩個時辰又灌了下去。只是這一回效果卻差了許多，靈汐的燒只是降了些，並沒有徹底退去，不消多時又反覆上來。如此一夜折騰，含元居上上下下沒一個闔過眼不說，靈汐的病情竟是半點沒減輕。

眼見靈汐受苦，胤禛心急如焚地問陳太醫到底是何原因，但他也說不出一個所以然來，只說從未見過如此怪異反覆的傷寒症狀。

「四爺，已經五更天了，您該去上朝了。」周庸捧了朝服走到守在床邊一夜未闔眼的胤禛身畔，小聲說道。

見胤禛不說話，那拉氏揉著他僵硬的肩膀，小聲道：「朝事要緊，王爺莫要因此而耽擱了，這裡有妾身和陳太醫守著，不會有事的。」

胤禛儘管不放心，但也知自己守在這裡於事無補，遂點點頭放下靈汐滾燙的小手，起身道：「那就辛苦妳了，待下朝之後我再來看靈汐。」

那拉氏正取過朝服準備服侍胤禛換上，聽到這話微微一笑道：「妾身是王爺的妻子，又是靈汐的嫡母，這一切都是應該的，哪有什麼辛苦不辛苦。」說到此處，她眼眶微微一紅，黯然道：「如果妾身能替靈汐生這場病就好了，這樣靈汐不用受苦，王爺也不用擔心得一夜未睡。」

胤禛心下感動，攬著那拉氏的肩膀道：「瞧妳說的什麼傻話，難道妳生病我就不擔心了嗎？總盼著咱們闔府上下都平平安安的才好。」

如此一番話後，胤禛又叮囑了幾句方才離去。目送他離去後，那拉氏剛一轉身便覺頭暈目眩，站立不穩，幸好翡翠與三福眼疾手快地扶住了她才沒有跌倒。

「主子，您一夜沒睡，還是去歇會兒吧，靈汐格格那邊有陳太醫還有那麼多人看著，礙不了事。」三福在一旁勸著。

他們早已注意到那拉氏臉色不對，此刻額間更有細密的冷汗。熬上一夜對身子強健的人來說算不得什麼，但那拉氏身子素來孱弱，根本受不得累，這一夜下來幾乎是在透支精力。

那拉氏站了一會兒還是覺得有些無力，遂點點頭，任由他們扶著自己到偏廳的榻上休息。翡翠從隨身佩帶的香囊中取出一個細瓷小瓶，剛一打開便能聞到一股濃濃的藥味。她倒了一些在指尖，替那拉氏輕輕揉著額頭，待其精神好些後方才停下手中的動作。

三福則出去端了一品馬奶進來。「主子您一夜未用過東西，先喝點兒馬奶暖暖胃，奴才已經讓廚房在備早膳了，很快便能送來。」

那拉氏接過馬奶睨了他一眼，淡淡道：「不必送了，讓廚房隨意送些點心過來對付兩口就是了，省得讓人以為靈汐病成這樣，我這做嫡母的卻還有心思慢條斯理地用早膳，傳到王爺耳中像什麼樣子？」

三福聞言連忙跪下請罪。「奴才思慮不周，請主子恕罪。」

「罷了，往後遇事多動動腦子，要懂得瞻前顧後，別總想到什麼就是什麼。」那拉氏斥了三福幾句後示意他起來，一盞馬奶喝下去，她精神略有些好轉，只是臉色依舊不太好看。

翡翠拿溼巾拭淨手上的藥油後，忿忿地道：「都怪王爺，若不是他在那種情況下還要去鈕祜祿氏那裡，主子也不用費心勞神演這齣戲。」

提到這事，那拉氏嘴角微微抽搐，溫婉可親的臉龐攀上一絲猙獰之意。「你們沒聽到王爺說鈕祜祿氏懷孕了嗎？往後只怕更有得去。」

昨日靈汐哭了一日，胤禛為安慰她便在含元居陪了一日，那拉氏原以為他會留下來過夜，畢竟胤禛已經有許久沒在含元居過夜了。哪知靈汐剛一睡下，他便說要走，彷彿一刻都不願多待。

淨思居！淨思居！竟又是去了鈕祜祿氏那個賤人那裡。她恨！她恨！她好恨！

所以她便讓翡翠在茶裡下了會引人發燒的藥，叫醒靈汐，趁她迷迷糊糊時哄她喝下去，然後又扯掉她的被子。只要靈汐生病，胤禛一定會回來，這也是她留靈汐一條命還將之養在膝下的用意。至於對李氏的承諾，那在她看來只是一句笑話罷了。

之後，她命人在每一劑煎服的藥湯中都摻了一點兒發燒的藥，正因為如此，靈汐的病情才會反覆無常，連陳太醫都束手無策。

翡翠眼珠子一轉，不無憂心地道：「恕奴婢直言，鈕祜祿氏如今剛懷孕，王爺便許以側福晉之分例，若將來她生下孩子，豈非要……」

後面的話沒有說下去，但那拉氏心裡明白，以胤禛對鈕祜祿氏的恩寵，只怕十有八九會在她生下孩子後晉她為側福晉，許以與年氏並列的榮耀。

第一百零三章 仇恨

那拉氏打量著被生生折斷後參差不齊的指甲，冷冷道：「去了一個李氏又來了一個鈕祜祿氏，這府裡可真熱鬧，我縱是想歇歇也不行。」

「主子，那咱們要不要……」三福比了一個抹脖子的動作，自不是要殺鈕祜祿氏，而是欲除她腹中的胎兒。只要鈕祜祿氏沒了孩子，那她便失去了登上側福晉寶座的臺階，要對付起來也容易得多。

「急什麼。」那拉氏冷笑一聲道：「還有八、九個月，慢慢來就是了。其實鈕祜祿氏這一胎，對我來說並非全然是壞消息。」見翡翠與三福一臉不解，她揚了揚眉道：「你們且想想，誰最見不得她這個孩子生下來？」

翡翠與三福相互看了一眼，忽地眼睛一亮，齊聲道：「葉福晉！」

「不錯，正是葉秀。」提到這個名字，那拉氏眼裡的笑意更深了。「葉秀是現在唯一膝下有子嗣的福晉，她又一心盯著側福晉與世子這兩個位置。對她來說，鈕祜祿氏這個威脅可比咱們大多了，她豈能坐視不理？還有年氏，她雖然眼下無子，但不代表將來也沒有，少不了要提前打算。」

「主子深謀遠慮，非奴才等人所能及。」話說到這分上，翡翠兩人哪還能不明白，主子這是準備借刀殺人，這一招可比自己動手高明多了。

那拉氏微微一笑，撫額道：「你們且看著，鈕祜祿氏懷孕的消息一旦傳揚開去，不知有多少人要食不知味、睡不安寢。」說到這裡，她恍一恍神，記起前些日子曾抱過的弘時，忽地問：「你們覺著弘時那孩子怎麼樣？」

三福想了想道：「如今瞧著時阿哥雪白粉嫩。倒也可愛。只可惜他是葉福晉的兒子，說到底也不過是一個庶子，將來難有成就。」

論揣測主子心思，翡翠較之更甚一籌，稍一轉念便明白了那拉氏這麼問的真正用意，輕笑道：「有沒有成就，那得看跟著什麼人。若是葉福晉之流自是不消說，但若是主子親自撫養調教，那又另當別論。」

那拉氏知道翡翠明白了自己的意思，笑而不語。她又歇了一會兒，用了廚房送來的點心後起身道：「走吧，去靈汐那裡，戲演了就不能半途而廢。」話語一頓又對翡翠道：「改明兒妳去庫房將之前宮裡賞下來的那床雲絲錦被給鈕祜祿氏送去，另外將一道賞的幾匹素錦送到流雲閣去，就說是給時阿哥做衣裳的，省得說我厚此薄彼。至於該做什麼、說什麼，妳明白的。」見翡翠答應，她略一猶豫又道：「另外將那件長命百歲如意海棠項圈鎖也給送去。」

「是。」翡翠眼裡掠過些許詫異，旋即又遲疑著道：「主子，今日還要繼續下藥嗎？靈汐格格已經燒了一夜，奴婢適才看她面色潮紅之中帶有青灰色，怕再燒下去她會支撐不住，而且也容易引起陳太醫的懷疑。」

「真是沒用。」那拉氏揚一揚眉眼，有些不悅地斥了一句，旋即道：「既是如此，就將分量減一半下來，之後再逐量減少，讓人以為她是自己慢慢好起來的。」

她自不會在意靈汐的性命，在她看來，這個仇人之女活在世上根本就是多餘。只是眼下這枚棋子還有利用價值，在沒有找到更好的棋子代替前，暫時不可以讓她出事。

那拉氏回到靈汐屋中，陳太醫不在，問起伺候的下人，說是去斟酌方子了，至於靈汐剛服過藥，正在沉睡當中。

示意伺候的人下去後，那拉氏斂了衣裳在床沿坐下。她不願看靈汐，便乾脆閉目養神，哪知竟是睡了過去。睡夢中，她感覺到有一個溫熱柔軟的身子趴在自己腿上。

那種熟悉的感覺令她心顫。以前午睡醒來，弘暉最喜歡趴在自己腿上一邊晒太陽一邊聽她講故事，難道是弘暉回來了，他沒有死？又或者之前的一切都是她所做的夢？

她努力抬起重若千鈞的眼皮，迫不及待往膝上看去，在看清的剎那，淚落不止，伸手緊緊摟住，再不願鬆開。弘暉，竟然真的是弘暉！真的是他啊！她的兒子沒有死！

「額娘，妳摟得我好緊啊！我快喘不過氣來了。」

聽到懷裡傳出悶悶的聲音，那拉氏趕緊鬆開一些。弘暉自她懷中仰起小臉，摸著滴到臉頰上的淚水問：「額娘妳為什麼要哭？不開心嗎？」

「不是，額娘不知道有多開心。」撫著弘暉的臉，那拉氏哽咽道：「額娘剛才做了一個很長的夢，夢到弘暉去了一個很遙遠的地方，再也不會回來，幸好……幸好是夢。」

她笑，但很快化為無盡的驚恐與害怕。弘暉……弘暉的身子在漸漸變淡，不論她抱得多麼緊都阻止不了，她大叫著：「不要！弘暉，不要離開額娘！」

可是一切都於事無補，弘暉在不停地淡化，那張臉越來越模糊，她快要看不清了。不要！不要啊！

驀然，那拉氏睜開眼，原來只是南柯一夢，手裡什麼都沒有，連虛影都沒有。弘暉終是死了，再也不會回來看一眼生他養他的額娘……

「嫡額娘，妳哭了。」隨著這個虛弱稚嫩的聲音，一隻蒼白近乎透明的小手在她臉上輕輕撫過，帶走一片溼潤。

是靈汐，她不知道什麼時候醒了，還將頭枕在自己膝上，讓自己在睡夢中錯以為是弘暉又回來了。

「嫡額娘沒事，只是做了一個夢而已。倒是妳剛醒來就亂動，還不快躺好。昨夜妳整整燒了一夜，我和妳阿瑪不知道有多擔心，就怕妳有個萬一。」那拉氏和顏悅色地說著，不會有人知道她有多麼厭惡眼前這張與李氏酷似的臉龐，每每看到靈汐就會聯想起失子之痛！

「對不起，都怪靈汐不中用。」靈汐依言重新躺好，但抓著那拉氏衣角的手說什麼也不肯放開，眼裡有深深的依戀。「嫡額娘妳不要走好不好？靈汐一個人害怕。」

那拉氏拍拍她的手道：「放心吧，嫡額娘就在這裡陪妳，哪兒都不去，待會兒妳阿瑪下了朝也來陪妳啊。睡吧，再睡一覺，等睡醒病就好了。」

「可是睡著就看不到嫡額娘了。」她搖頭，目光落在臨窗長桌上插了新折來的玉蘭花紫檀花插上，黑白分明的雙眼透著深深的驚惶。她抓著衣角的手越發收緊，像是一隻害怕被遺棄的小狗、小貓。

那無助悽惶的眼神令那拉氏心頭微微一顫，未及多想，簾子一動，有人走了進來，卻是三福。

他見靈汐醒了微微一怔，旋即笑容滿面地迎上來道：「格格醒了，奴才扶您起來喝藥。」他把藥碗往小几上一放，扶了靈汐倚坐在床頭，又取過一個彈花暗紋軟枕塞在她背後。

靈汐一聞到那股藥味就直皺眉頭。雖然昨夜她昏昏沉沉，可隱約記得有人不停地往自己嘴裡灌藥，那難聞的味道至今還殘留在嘴裡，和現在這碗一模一樣。她可憐兮兮地看著那拉氏，小聲道：「嫡額娘，我能不能不喝藥？好苦的。」

那拉氏壓下心中的異樣，取過藥碗，舀了一杓藥吹涼後遞到靈汐嘴邊，溫言道：「良藥苦口，不喝藥，病又怎麼會好？嫡額娘餵妳好不好？等會兒再吃顆蜜餞，這樣就不會覺得苦了。」

靈汐無奈地點頭，就著那拉氏的手一口一口將苦如黃連的藥喝下，全不知本該治病救人的藥裡被人下了會令她病情反覆加重的藥，更不知這一切的主使者就是她眼前慈眉善目的嫡額娘。

恨，毀滅了曾經善良寧靜、與世無爭的那拉蓮意，剩下的是為復仇與自身地位不擇手段的雍王福晉。

第一百零四章 出氣

靈汐的病連著數日反覆無常，始終不曾徹底好全，胤禛放心不下，這幾日除了朝事之外都留在含元居陪伴。至於凌若那邊，則讓狗兒去傳話，讓她好生休養，待靈汐病好了自己便過去看她；又命各房各院留心伺候，不論淨思居需要什麼都盡力置辦，不得怠慢。

這樣的諭令讓原本就嫉妒凌若懷孕的人更加恨之欲狂，視之為眼中釘，而雍王府也因此事暗流湧動。

四月，已屬孟夏，大地春歸，芳菲落盡，拂在臉上的風明顯帶了幾分夏日的熱意。府中不少主子早早用上了蘇州織造新進貢來的團扇，與其說是為了驅趕那點兒熱意，倒不如說是為了那一抹團扇半遮面的美態，以求能得胤禛多相看幾眼。

流雲閣裡，葉氏剛一走進來，便重重將一柄上好的泥金手繪山水團扇往桌上一擲，臉色甚是難看。

有丫鬟端了茶上來，葉氏剛抿一口，便豎了柳眉惡聲罵道：「妳個小賤蹄子，茶水沏得這麼燙是想燙死我嗎？」說罷不由那丫鬟分說，翻手就將一盅茶水用力潑朝那丫鬟潑去。

丫鬟猝不及防之下哪裡躲得過，清秀的臉蛋被茶水潑了個正著。要知那茶是用剛燒開的開水沏成，潑在臉上是何等痛楚，疼得那丫鬟當即就捂臉大哭起來。

葉氏本就憋了一肚子氣回來，不然也不會藉故拿她出氣，而今被她這麼一哭更是怒上心頭，隨手拿過一把掃塵的撣子劈頭蓋臉就往那丫鬟身上打去，一邊打還一邊罵：「好妳個賤人，做錯了事居然還有臉哭，看我不打死妳！」

那撣子是用硬木做的，打在身上最是疼痛不過；再加上這天氣，衣裳穿得薄，幾乎是一打一個印，痛得那個丫鬟滿地打滾，不住哀號求饒。可惜她越求饒葉氏就打得越起勁，甚至那根撣子打斷了猶不解恨，叫人再拿一根過來繼續撒氣。

葉氏為人喜怒無常，且御下極嚴，動輒打罵，是以滿屋子下人雖見那丫鬟被打得不成人形，愣是沒人敢勸。一個個皆低著頭，連氣也不敢大聲喘，唯恐葉氏遷怒於他們。

待得第二根撣子也被打斷後，葉氏方才將那半截木頭往地上一扔，一屁股坐在椅中不住喘粗氣。剛才那一頓打她可半分力都沒留，連折兩根撣子，靜下來後頓覺渾身無力。至於那丫鬟早沒了聲響，口鼻流血，躺在地上不知死活。

紅玉從剛才起就一直躲在門口，眼見葉氏的氣消得差不多了，方才端著一盤剛削好的梨進來，小聲道：「主子莫與那不開眼的奴才置氣，吃塊梨降降火。這可是新鮮運來的豐水梨，最是甘甜多汁。」

葉氏冷哼一聲，想要拿銀籤子，無奈剛才打得太用力，手哆嗦不止，根本用不上勁。紅玉見狀趕緊插了一塊削得乾乾淨淨的梨肉遞到她嘴邊，看她吃下後方才陪笑問：「主子覺著舒服些了嗎？」

葉氏點點頭，眉頭略微舒展。莫看這闔屋的奴才，能伺候得合她心意的也就紅玉一個，其他人暫時都難堪大用。

不過在看到血跡斑斑的地面以及蜷曲在地上偶爾抽搐一下的丫鬟時，她眉頭又皺了起來，不悅地道：「高福做什麼吃的，這種笨手笨腳沒腦子的人也往我這裡送，將我流雲閣當什麼地方了！來人，把她拖下去，我這裡不用這種連茶都沏不好的蠢才。另外告訴高福，讓他重新挑幾個機靈點兒的送過來。」

紅玉聞言，趕緊朝一眾還站在原地的下人使了個眼色，示意他們將渾身是血的丫鬟拖下去，再將金磚上的血跡清理乾淨。

不論是葉氏還是紅玉，她們對那丫鬟的生死都漠不關心。在雍郡王府這樣的深宅大院中，死幾個下人是常有的事，賤命一條，頂多拿些銀子給他們的家人就是了。

「主子您不是去瞧靈汐格格了嗎？怎得生這麼大氣？」見葉氏氣消得差不多了，紅玉方才敢問出這句話。

一提起這個，葉氏又是一肚子氣，用力拍了一下桌子恨聲道：「除了年氏還有誰，仗著自己是側福晉便處處壓我一頭，實在是可恨至極！」

原來葉氏知曉這些日子胤禛為了靈汐的病憂心不已，夜夜留在含元居，便想著法子討好他。知道胤禛今日不用上朝，特意一大早讓下人捧了她精心挑選的滋補藥材親自送去。怎麼說她也是靈汐的姨母，靈汐病了這麼些天，她理應去瞧瞧。

哪知她去了那裡，發現年氏等人也在，正與胤禛及那拉氏說著話。見她將東西送上後，年氏看了一眼，張嘴就說這些都是普通貨色，只能勉強補些氣，當不得大用。這話裡話外的貶低將葉氏氣得不輕，無奈年氏是側福晉，穩壓她一頭，只能咬牙暗忍。

這還不算完，年氏命人取來一支足有臉盆大小、不知長了多少年的紫靈芝出來。靈芝補血益氣，能治癒萬症，有「不死藥」之稱，其中又以赤靈芝、紫靈芝、雲芝最為珍貴。這麼一支靈芝價格怕不在千金之下，立時將她送來的東西貶得一文不值，讓她恨不能找個地洞鑽進去，省得在那裡丟人現眼。

之後，年氏提及縫製夏衣一事時忽地瞟著葉氏直笑，胤禛瞧著奇怪便問她是何緣由。年氏開玩笑地道，往年縫製新衣，流雲閣總是用料最省的一處，今年怕是要反過來了。

原來在懷弘時之前，葉氏身姿纖秀，好不教人羨慕；可自懷孕以後，胃口大增，身形胖了許多；最後幾個月又一直躺在床上不曾下地走過一步，更是臃腫不堪。雖然這些日子葉氏一直有在節食，但一時半會兒哪瘦得下來，依舊珠圓玉潤、豐腴得很。

如今早已不是唐朝那時候，放在以瘦為美的現在，縱然四大美人之一的楊玉環再生，亦免不了被人說一句痴肥。更何況葉氏論姿色、容貌，如何能與楊玉環相提並論？

年氏笑語嫣然間所流露出來的諷刺之意令她險些背過氣去，雖有那拉氏替她圓場，仍難以釋懷，匆匆告辭離去，之後便有了藉故責打丫鬟出氣那一幕。

第一百零五章　翡翠

紅玉偷偷打量了葉氏塞在石青綾紋錦暗繡碧藤羅花式旗服下略有些肥胖的身子一眼，陪笑道：「年氏那是嫉妒主子您呢，她雖貴為側福晉，可入府至今一直都無所出。哪像您現在膝下育有時阿哥，那可是王爺的長子；論尊貴啊，您可是所有福晉裡的頭一份呢，連嫡福晉都不能與您相提並論。年氏也就趁現在逞一時之快罷了。」

這番話聽得葉氏十分入耳，身子往後一仰靠著椅背，嘴裡言道：「說是這麼說，可眼下我見了年氏還不是要行禮請安，看她臉色做事。庶福晉……庶福晉……」她喃喃自語，心有不甘。曾經這個身分令她自得，然眼下只剩下深深的不滿。

本以為李氏被廢，而她又生下弘時，胤禛會晉她為側福晉，可等了這麼多天竟是半點消息也沒有，令她心急如焚。今日去探望靈汐也是想探一探胤禛的態度，哪想反而被年氏好一頓奚落。

「依奴婢看啊，王爺定是因為靈汐格格的病一時給忘了。等靈汐格格病好了，便會下令晉主子的位分，到時年氏便不足為慮了。您別太過杞人憂天了。」紅玉一邊替她捏著肩膀一邊寬慰道。

「杞人憂天？我只怕夜長夢多！」葉氏冷笑一聲，難掩憂心之色。「別忘了眼下鈕祜祿有了身孕，王爺待她是何樣子妳也看到了。想我千辛萬苦才生下弘時，還死了一個女兒，如今也不過是比照側福晉待遇。可她剛一懷孕就與我平起平坐，若她也生下一個小阿哥，側福晉之位落在何人頭上只怕難說了。」在說到最後一句時，她眼裡閃過陰冷懾人的光芒。

從最初見到時，她就覺得這個鈕祜祿氏是一個威脅，而今果然應驗了。

「其實……」紅玉忽地轉著黑白分明的眼珠子道：「奴婢覺得王爺對她只是一時迷戀，她現在懷了孕不宜再伺候王爺，若有人趁此機會分散王爺的心思，想必王爺很快便會將她拋諸腦後，到時，她自然就威脅不到主子了。」

葉氏是何等人物，連自詡精明的李氏都能瞞過，紅玉那點兒小小心思又豈能逃得過她的眼睛？她冷笑著捏住紅玉尖尖的下巴道：「這個人選自然就是紅玉姑娘妳了對嗎？看不出妳這飛上枝頭變鳳凰的念頭一直沒斷過啊，上次沒能得幸於王爺，想來心裡難受得緊吧！」

紅玉聽她口氣不善，連忙跪下磕頭道：「奴婢只是想替主子分憂罷了，絕不敢有非分之想。若主子不信的話，奴婢願對天發誓，此生此世，只伺候主子一人，絕不敢有二心。」

「少跟我在這裡矯情，若有得選擇，哪個會願意做一輩子奴才！」葉氏冷笑不止，目光牢牢迫視著紅玉。「敢在我面前耍心眼，妳膽子可不小啊！」

紅玉慌得眼淚一下子就下來了，抱著葉氏的大腿大聲喊冤：「奴婢真沒有二心，實在是因看到主子為鈕祜祿氏傷神，所以才斗膽獻策，求主子明鑑啊！」

「行了行了，妳有什麼心思我還不清楚嗎？少在這裡鬼哭狼號的，讓人聽見了還以為我虐待妳呢。」葉氏不耐煩地揮揮手，見紅玉哭哭啼啼地起來，她眸光一閃，冷聲道：「我不管妳存了什麼心思，總之現在給我好好做著奴才該做的事，聽到了嗎？」

葉氏並不是真的要處置紅玉，否則根本不會與她說這麼多。府裡哪個女子不是懷著飛上枝頭做鳳凰的美夢？何況紅玉曾經只差了這麼一點便可將夢變成現實，心裡留著念想不足為奇。而今她想要利用自己來上位，那自然該好好敲打一番，省得不將自己這個主子放在眼裡。

「奴婢知道！」紅玉險些被嚇得魂飛魄散，哪還敢多言，在葉氏的示意下戰戰兢兢起身繼續為她揉肩捏腿。

葉氏舒服地閉起眼，任由紅玉一下一下替她按著肩腿。也就是紅玉她還留了幾分情，若是別人敢如此的話，早就拖出去亂棍打死。

門敞著，夾雜了花香的暖風不時從外面吹進來，溫溫涼涼說不出的舒服，愜意的氣氛直至被一聲突如其來的通傳打破。

「主子，翡翠姑姑來了。」

「哦？」聽得是嫡福晉身邊得臉的侍女來了，葉氏連忙振一振精神站起身來。剛抬眼便，看到穿了一身醬紅色綢子繡花衣裳的翡翠滿面笑容地領著幾個小丫鬟進來。

「奴婢給葉福晉請安，葉福晉吉祥！」

不等翡翠屈膝，葉氏已經笑著扶住她道：「姑姑今日怎麼有空過來？」旋即又揚聲道：「還不快給姑姑看茶！」

昔日葉氏做出一副膚淺張揚的樣子，是為了麻痺李氏，讓她以為自己是個好控制的人。眼下李氏已經不在了，她自然無須再偽裝。何況自己好歹也是弘時的額娘，若再如以前那般，不免被人所看輕。

翡翠是嫡福晉那拉氏身邊的侍女，也是府裡唯一有品級的，是以見了面都客氣地稱一聲姑姑。

「福晉不必麻煩。」翡翠笑吟吟環視了一眼道：「時阿哥不在嗎？」

「乳娘陪著他正在睡覺，姑姑要見的話，我這就叫人去抱來。」

葉氏話音剛落，翡翠已連連擺手道：「使不得、使不得，奴婢可不敢擾了時阿哥睡覺。」在接過丫鬟遞來的茶後，笑咪咪道：「自上回那事後，我家主子一直惦念著時阿哥，原本是想親自來探望的，可是您也知道靈汐格格一直病著，主子要照顧格格抽不出空來，何況也怕將傷寒帶給時阿哥，所以特意遣奴婢過來一趟，給時阿哥送些東西來。」

葉氏頗有些受寵若驚地回道：「得嫡福晉如此記掛，實在是弘時幾世修來的福氣。」

翡翠笑一笑，忽地湊近了小聲道：「主子知道適才葉福晉受了氣，但大家都在這府裡，低頭不見抬頭見，又是姊妹，傷了和氣總歸不太好，所以希望葉福晉多多忍耐。至於年福晉那邊，主子也會想辦法規勸幾句。總之就是一句話，萬事以和為貴。」

「姊妹之間偶爾拌嘴是常有的事，哪用得著說忍耐這麼嚴重，何況年姊姊出身高貴，脾氣難免大了些，這我都是知道的，斷不會因這點兒小事就傷了彼此的和氣。煩請姑姑轉告嫡福晉，讓她放心。」葉氏寧和微笑，彷彿真的毫不介懷。唯有流雲閣的人知道，剛剛她將一個丫鬟打得生死不明。

第一百零六章　挑撥

翡翠含笑點頭，似乎對葉氏的回答甚為滿意。她拍手喚過兩名丫鬟，其中一個捧著墊了黑絲絨的托盤，上面擺著一件長命百歲如意海棠項圈鎖，式作海棠四瓣，瓣上各鑲貓睛石一、紅寶石一、東珠一；底下又垂有東珠九鎏，鎏各九珠，以藍寶石為墜腳，精緻華貴，端的是一件不可多得的寶物。

翡翠捧在手中小心地撫摸了一下方才遞給葉氏，口中感嘆道：「這件項圈鎖是當年世子滿月時皇上賞的，主子一直視若珍寶，輕易不肯拿出，連奴婢也沒想到主子會拿來送人，可見主子對時阿哥當真是疼愛至極。」

「能得嫡福晉垂憐，是弘時幾輩子修來的福氣，改明兒我一定親自帶他去叩謝嫡福晉。」葉氏感激涕零地接過，命紅玉小心收好。

隨後翡翠又指了指另一人捧著的幾匹看似不起眼的素白緞子道：「這是江浙兩地織造呈送進京的素錦，瞧著不起眼，但穿在身上猶若無物，用來給時阿哥做幾身小衣裳、小肚兜是最合適不過了。這素錦主子統共也沒幾匹，還是藏了好一陣子的，這不全叫奴婢拿來了，葉福晉您可千萬別嫌少。」

葉氏是知道素錦名貴的，當下忙不迭謝恩，命下人將東西接過。

除了翡翠介紹的兩件東西外，還有一床彩格錦團花紋的錦被。哪知就在紅玉去接時，捧著錦被的丫鬟往後退了一步怯怯地道：「這床錦被不是給葉福晉的。」

直到此時翡翠才注意到她也進來了，忙不迭轉過身輕斥：「妳這奴才進來做什麼，還不快出去等著。」

在小丫頭慌慌張張地退出去後，翡翠方才有些不自在地笑道：「葉福晉見諒，新來的下人不懂事，讓您看笑話了。」

葉氏撫著袖間的葡萄紋和顏道：「不礙事。不過我倒是有些好奇，姑姑拿著這床錦被是要去送給誰？」

見翡翠遲疑著不肯說話，她一使眼色，紅玉立刻知機地往翡翠手裡塞了錠十兩重的元寶。「這是我家主子給姑姑喝茶的錢，請姑姑笑納。」

「這……」翡翠打量了手裡沉甸甸的銀子半晌，方才咬咬牙道：「不瞞葉福晉說，那床雲絲彩格錦團花紋錦被原是我家主子準備和素錦還有項圈鎖一道送給葉福晉的。您也知道雲絲極為少見，而用雲絲做成的被子輕若無物，又貼膚柔軟，給時阿哥蓋是最好不過的。」

「可凌福晉不是懷孕了嗎？王爺對她寶貝得不得了，適才出來前見到這床雲絲錦被甚是歡喜，說淩福晉懷著孕，身上受不得重被壓著，用這床錦被最好不過，命奴婢送到淨思居給淩福晉去。主子雖有心向著葉福晉您，可也不敢違逆王爺的話啊。」

「我明白。」葉氏臉上的笑意有些勉強，吸一吸氣道：「淩妹妹懷著孩子是比一般人金貴些。」

翡翠見她神色尚好，輕吁了一口氣道：「奴婢還要去淨思居送錦被，就先行告辭了。」

葉氏頷首道：「不耽擱姑姑做事了。紅玉，替我送姑姑出去。」

紅玉在將翡翠送出流雲閣後轉身回去，還未來得及踏進正堂，便見一個青瓷茶盞朝自己飛來，趕緊往邊上一躲。那茶盞「砰」的一聲砸在門框上，茶盞連蓋子一道摔了個粉碎。雪白的碎瓷四下飛射，有一塊碎瓷恰好飛到門邊一個下人身上，割開好深的一道口子。

葉氏臉色鐵青地站在屋中，驚人的戾氣在眉中盤旋。她還沒說話，後堂已經響起了嬰兒哇哇的啼哭聲，中間夾雜著乳娘極力哄勸的聲音。

可嬰兒還是啼哭不止，惹得葉氏心煩意亂，怒喝道：「乳娘！妳在做什麼，為何時阿哥哭個不停？」

話音落下不久，便見乳娘慌慌張張地抱了弘時出來，說是由於剛才那突如其來的響動驚醒了正在熟睡的他，所以才會啼哭不止。她已經想盡辦法在哄了，可是根本沒用。

「沒用的東西，連個孩子都哄不好！」葉氏不悅地瞪她一眼，抱過孩子輕拍他的後背，想要讓他安靜下來。可弘時卻不肯給她這個額娘面子，反而張嘴哭得更大聲了，一點兒也沒有要停下來的意思。

葉氏氣得用力搖晃懷裡的弘時，怒罵道：「一天到晚就知道哭哭哭，有什麼好哭的，有本事你把你阿瑪給我哭回來啊！省得他現在心裡就只有鈕祜祿氏那個狐狸精！」

她這番舉動嚇得乳娘臉色煞白，緊張地搖手道：「主子晃不得，時阿哥才一個多月，禁不得這般用力晃動啊！」

「真是麻煩！」葉氏怒哼一聲將弘時交還給乳娘，叮囑她趕緊哄好，否則讓她吃不了兜著走。

在乳娘唯唯諾諾退下後，弘時的聲音終於小了。葉氏撫了撫疼痛欲裂的額頭，不無恨意地咬牙道：「真不知鈕祜祿氏給王爺灌了什麼迷魂湯，讓王爺這樣寵著她，實在可惱！」

紅玉繞過門口的狼藉，小心走到葉氏身後替她撫著背道：「主子當心氣壞了身子。不管怎麼說，您還有時阿哥呢。」

在一陣氣恨糾結後，葉氏漸漸冷靜下來，抬起幽冷的目光在紅玉身上一陣打量，把紅玉看得心裡發毛，擔心是否自己又不小心說錯了話。

她正在忐忑不安之時，葉氏開口了：「紅玉，妳想做主子嗎？」剛剛才被好一頓訓斥過，現在聽她舊事重提，以為是葉氏改了主意想治自己的罪，嚇得紅玉大驚失色，忙不迭跪下道：「主子饒命，奴婢往後再也不敢胡思亂想了，求主子開恩！」

「不用緊張。」葉氏睫毛輕輕一抬，在灑落正堂的夏光下閃爍著華麗的色彩，不過隱在這層華麗之下的是深深的陰鷙。「念在妳伺候我多年且還算盡心盡力的分上，我可以再給妳一次機會。」見紅玉面露喜色，她又道：「不過妳記著，我既能捧妳上雲端，自然也可以重新將妳踩入爛泥中。往後，妳若敢生出二心，我必要妳求生不得，求死不能！」

大驚變成了大喜，紅玉好一會兒才回過神來，連連磕頭道：「奴婢記下了。奴婢這一輩子都不會忘記主子的大恩大德！」她高興得連聲音都有些走樣了。

這一切皆被葉氏看在眼中，眼裡的陰鷙之色越發深重。她本不欲再用紅玉這顆棋子，但適才的一切令她意識到鈕祜祿氏所帶來的威脅，若任之由之，只怕原本觸手可及的一切皆會成為南柯一夢。夢醒後，一無所有，這是她萬萬不能接受的，所以必須要先下手為強！

孩子……

這雍王府裡，有弘時一個承繼王位就夠了，不需要更多。

第一百零七章 桃花夭夭

人間四月芳菲盡，山寺桃花始盛開。

雍王府裡雖然看不到廬山大林寺桃花盛開的景象，但這裡同樣有偌大一片桃花林，花開粉紅芳菲，每一樹皆是繁盛燦爛。

凌若喜歡桃花姿意綻放的美態，趁這日天氣晴朗，便叫上溫如言一道去賞那桃花夭夭的美景。墨玉與素雲則各提了個小籃子，摘著開得最好的桃花瓣放入籃中。桃花不只可以用來觀賞，亦可搗爛了與珍珠粉和在一起敷面。長久如此，可令人肌膚白裡透紅、粉嫩無瑕，因此許多胭脂當中常摻有桃花成分。

伊蘭在後面蹦蹦跳跳，髮間插了一朵開得正豔的桃花。上回因李氏一事，凌若被禁足，她亦被告知不得踏足王府。凌柱一家得知後擔驚受怕，唯恐有所不祥，富察氏更是四處求神拜佛，乞求女兒平安無事。

這便是身在天家的悲哀，尋常妻妾間的勾心鬥角在天家無限放大，動輒傷身害命，而這還僅僅是王府，遠非宮裡……

所幸後來凌若吉人天相，不僅洗清了冤屈還懷上胤禛的子嗣，伊蘭亦被允許重新出入雍郡王府。

溫如言摘了一朵桃花在手裡把玩，柔嫩的花瓣在指尖的感覺就與嬰兒粉嫩細膩的肌膚一般。她側目望著旁邊的凌若，笑意盈盈道：「想不到我當日的玩笑之語竟會一語成真，妳果然懷了王爺的骨肉。」

凌若低頭一笑，目光落在平坦的腹部，無言的溫柔。「這孩子來得實在突然，直至那夜陳太醫告訴我時，我還有些難以置信。」

「妳啊，這麼大的人了還這般粗心，連月信過了這麼久沒來都不曾注意。還好孩子平安無事，否則我看妳如何安心。」溫如言輕聲斥了她一句，又不無關心地道：「往後可一定要注意了，縱然沒事也要按時服用陳太醫開給妳的安胎藥，一天都不許落了，知道嗎？」

「知道了，我的好姊姊，從剛才到現在妳已經說過很多遍了，再講下去我耳朵都要長出繭子來了。」凌若含著笑意道。

「妳這丫頭，言下之意是說我囉嗦？」溫如言佯裝不悅地捏了一下凌若秀挺的鼻子道：「若非看在妳是我妹妹的分上，才懶得與妳說這些呢。」

桃樹下擺放了不少供人小坐歇息的石凳，在墊了煙灰紫的軟墊後，兩人一道坐下來。不時有暖風拂過，吹落了樹枝上將落未落的桃花，粉嫩的花瓣飄飄然隨風婉轉落在衣上，宛若印在上面一般，更添幾分美態。

溫如言仰首看著落花漫天的美景，低低道：「若兒，妳不知我聽到妳有孩子的消息時，我有多歡喜。雖然不是我親生，但妳的孩兒便是我的孩兒，我必會拿他當親生孩子般看待。」說到此處，她忽地看向凌若，眸光清澈如水。「若兒，妳信嗎？」

凌若微微一笑，拂去她肩頭的落花。「若連姊姊都不信，那這世間便沒人再值得我相信。我說過，往後每一年的除夕都要與姊姊一起度過。不疑不嫉，守望相助。」

不疑不嫉，守望相助……溫如言默默唸著這八個字，心底滋生出一股暖流。

「姊姊！姊姊」原本在林子裡任意撒歡的伊蘭突然小臉煞白地跑過來，在快跑到凌若面前時不慎被裙子絆得跌倒在地，雖然很快被墨玉扶起來，但還是疼得她直掉淚。

「摔傷哪裡了，讓姊姊看看。」凌若連忙走到她身邊，一邊替她拭去身上的塵土，一邊緊張地打量著。

伊蘭只是手上磕破點兒皮，遠不及她適才看到的景象嚴重。她驚惶地攥了凌若的手，語無倫次地帶著哭腔道：「姊姊，死人！有死人啊！我看到了！」

凌若聞言一驚，忙問她是在哪裡看到了。伊蘭嚥了口唾沫，指著桃林西北角的位置道：「剛才我跑到那邊看到大石後面躺了個人，原以為是暈倒了，可是怎麼叫她都沒反應，所以就湊近了看。這才發現她臉上通紅一片，有的地方還起了泡，血肉模糊的好可怕。」一想到剛才所見的畫面，伊蘭仍是心有餘悸，一頭撲進凌若懷裡。

眾人皆是滿臉驚駭。在這王府中死個把人不稀奇，可曝屍府中卻還是頭一遭。溫如言忙讓伊蘭帶自己去看看，不過在看到凌若也要跟去後皺了眉道：「妳身懷六甲，許多事要避忌，萬一那裡果真是個死人，豈非兩相衝撞？」

凌若知她是為自己好，想了想道：「那我遠遠站著就是了。」

幾人隨伊蘭走出一段路後，果然發現了她所說的大石。儘管還隔著一段路，但已經能看到大石旁邊躺著一個翠綠色的身影，一動不動。

溫如言示意凌若站在原地不要再往前走，自己則大著膽子走過去。果真如伊蘭所說，那人面上起了許多水泡，又混了口鼻滲出來的鮮血，看起來甚是可怕，難怪伊蘭會嚇成這副模樣。

雖然那人一動不動與死人無異，不過為求慎重，溫如言還是伸指在她鼻下探了探，竟意外探到微弱的氣息，忙喊：「快過來，她還沒死。」

這人就是被葉氏責打的那個丫鬟。葉氏叫人隨意找個冷僻的地方扔了，生死由天，哪知那兩人把她抬到這裡時，其中一個突然腹痛如絞要去出恭，便決定將她扔在此地，懶得再搬。反正只是一個無關緊要的下人而已，死就死了，誰會去追查。

凌若看到她近乎被毀的面貌，以及一截恰好露在衣外的手臂上那怵目驚心的青紫傷痕時，哪還有不明白之理。瞧其衣著當是個丫鬟，必是犯事被主子責打所致。只是不知她犯了何錯要被打成這副模樣，若任其這樣躺著，只怕不到天黑就要斷氣。

既是遇見，斷無不救之理。凌若與溫如言合計後，命墨玉回去將小路子叫來，好將她背回淨思居，然後再找大夫救治。這一路上，小路子走得很平穩，但饒是如此，背上的人依然咳出數口血來，顯然是傷了五臟六腑。

將她安置好後，凌若正要命人去請大夫，負責照料她的水秀忽地「啊」了一聲，指著昏迷不醒的小丫鬟道：「主子，這人奴婢認識，是葉福晉屋裡的人，叫阿意。」

第一百零八章　隱祕

從阿意被背進來的時候，水秀就覺得有些眼熟，只是阿意臉上又是水泡又是血跡，一時沒能想起是誰，直到此刻血跡拭淨方才認了出來。

她與阿意相識，還是前陣子凌若被禁足的事。有一回她拿了換洗的衣裳去浣衣房，不想那管事知道淨思居失勢便對水秀冷嘲熱諷，臨了還將她拿去的衣裳悉數扔在地上，說他們忙得很，讓她自己去洗，把水秀氣得不輕。恰好阿意來取葉氏的衣裳，看不過眼，幫著說了幾句，管事這才不敢繼續撒潑。自那以後，她與阿意碰到時就會聊上幾句。

說到這裡，水秀同情地看了滿身是傷的阿意一眼，面色戚戚道：「她雖然是葉福晉的人，但心腸很好，也正因為如此，她在流雲閣不得葉福晉的歡喜，只在外間伺候，做些端茶遞水的粗活。葉福晉待下人並不寬厚，稍有不如意就是一頓責打，這次不知犯了什麼錯要被打成這樣。」

像凌若這樣善待下人的主子並不多，在大多數主子眼中，奴僕的命賤如草芥，生死根本不放在心上。左右死了一個，很快會有另一個替上，他們身邊永遠不會缺了伺候的人。

凌若搖搖頭，示意李衛速去請大夫，晚了只怕回天乏術。李衛一路小跑，但還是花了半個多時辰方才將大夫請到。診斷的結果與之前猜測的一樣，阿意身上連番重擊，傷了內臟，幸好救得還算及時，能保住一條小命，不過被燙到的半張臉就沒辦法了，即便傷口癒合也肯定會留下疤痕。

這對於一個才十五、六歲，尚未嫁人的姑娘來說，比死好不了多少，也不知阿意醒來後能否接受自己毀容的事實。

阿意昏迷了許多天才醒，她在知道自己容貌被毀時哭了許久，所幸沒有尋死覓活；而眾人也知道了她身上的傷因何而來，唏噓不已。每每說起流雲居及葉氏，阿意都是一臉驚恐，哀求凌若不要將她送回去，她想留在淨思居，哪怕做牛做馬也甘願。

凌若知她是怕回去後葉氏不會放過她，尤其是自己救了她的命，葉氏視自己為眼中釘，更不會饒過阿意，便讓阿意先養好傷，一切等傷好後再說。

在這段期間，流雲居發生了一件不起眼的小事。

胤禛身邊親信狗兒來流雲居找阿意，說有些事要問她。葉氏推說阿意手腳不乾淨，偷了她首飾，被發現後已經趕出了流雲居，至於現在人在何處她也不清楚。

這件事很快被葉氏拋諸腦後，直到很久之後才再次想起。

過了四月就是仲夏，天氣越發炎熱，即便是在夜間也能感覺到驅之不去的熱意，到處能聽到夏蟲聲嘶力竭的叫聲。

朝雲閣中，年氏一臉緊張地看著正替她把脈的老人。綠意與年氏的另一個貼身婢女迎春站在一旁。

足足診了半盞茶時間，老人方才收回手。綠意見狀忙問：「如何，鄧太醫，我家主子是不是有喜了？」

鄧太醫捻著花白的鬍鬚搖頭道：「恕微臣直言，年福晉並未有喜脈。」

「可是我明明感覺到泛酸欲嘔，且身子睏乏，這不都是害喜的症狀嗎，怎麼會沒懷孕，鄧太醫，是否你沒診仔細？要不然再診一次。」年氏的聲音裡有不易察覺的顫抖。

鄧太醫面對她伸出的手腕搖了搖頭。「微臣身為太醫院副院正，這點把握還是有的。福晉之所以感到泛酸欲嘔，是因天熱吃多了寒涼之物，傷了胃，微臣待會兒給福晉開幾服藥吃了便沒事。」

年氏顫抖著放下繡有繁花的衣袖，失魂落魄地問：「鄧太醫，我一直有在服你給我開的藥，為何……為何一直到現在都沒懷上孩子？」

鄧太醫嘆了口氣道：「微臣的藥雖可有助於受孕，但並非絕對，畢竟微臣只是太醫而非神醫。恕微臣多嘴說一句，孩子一事始終要順其自然才行，強求不得；福晉如此著緊，反而不易受孕。」

年氏勉強笑道：「多謝鄧太醫，勞你這麼晚過來一趟實在過意不去。綠意，替我送鄧太醫出去。」

鄧太醫拱手離去，在走到院中時，身後傳來一陣摔東西的聲音。他微微搖頭對一旁的綠意道：「妳們得空勸勸年福晉，藥可醫身卻難醫心，她如此心浮氣躁，我怕她孩子沒懷上反而憋出病來。其實福晉還年輕，多的是機會。」

「奴婢知道。」綠意將一個唐三彩鼻煙壺塞到鄧太醫手中。「總勞您一次次過來，主子心裡其實也很過意不去，這個鼻煙壺您拿著玩。」

在送鄧太醫出去後，綠意折身回到了正堂，此刻地上已是一片狼藉，滿地都是摔碎的瓷玉器件。年氏還在發瘋一樣地不停往地上砸東西，迎春跪在地上一個勁地請她息怒，但年氏根本聽不進去，只是借摔東西來發洩心中的怒火。

直至整個朝雲閣正堂再無一件能扔的東西為止，年氏方才停下手，搖搖晃晃地望著無處落腳的廳堂，目光中有難言的悲傷，喃喃道：「為什麼？為什麼別人都能有自己的孩子，就我沒有？葉氏有了，鈕祜祿氏也有了，那我呢？我什麼時候能有？」

綠意小心跨過隨處都是的碎片來到年氏身邊，扶了她道：「主子，鄧太醫說了，您還年輕，遲早會有的。」

「遲早，那又是什麼時候？」年氏淒厲地一笑，低頭看著伸開的手掌。在澄亮的燭光下能看到掌心不知何時割開了一道口子，鮮血不停地往外滲出。

綠意驚呼一聲，趕緊用絹子替她壓住傷口，讓迎春去拿止血的藥來，待藥塗好後才換了一塊絹子小心地包好。

「主子，其實您入府至今不過兩年，未懷上孩子是正常的事，您不見瓜爾佳福晉她們入府都四、五年了也不見有孕。」見年氏情緒平穩了一些，綠意方敢小聲勸道：「適才鄧太醫對奴婢再三叮嚀，說一定要讓主子您放寬心，切莫急於一時，如此才有利於受孕。」

「鄧林這個無用的庸醫！」一說起這個，年氏立刻又是火上心頭，隨手抄起迎春剛剛放下的藥瓶摜在地上，聽任瓷瓶碎裂的聲音響徹在耳畔。「枉我如此信任他，還喝了這麼久的苦藥，竟是半點效果也沒有。虧他還是什麼太醫院副院正，依我看根本是個裝神弄鬼的庸醫，也不知是怎麼進的太醫院！」

氣恨之餘，她將鄧太醫也怪上了。

然下一刻，又有透明的水滴從她眼中滴下，落在緊緊握住衣裳的手背。當她抬起頭時，那張絕美無瑕的臉龐已經爬滿了淚痕，眼中有著從未展現於他人面前的懼意。「七年！還有七年！」

她突然一把抓住蹲在自己面前的綠意肩膀，因為太過用力，指上未卸的鎏金紫玉護甲尖端深深嵌入肉裡，疼得綠意雙眉緊皺，耳邊是年氏驚惶失措的聲音——

「再有七年，我就永遠不可能有自己的孩子了，我不能像別人那樣有耐心地、無限期地等下去，綠意，妳明白嗎？」

綠意忍著肩上的痛，強笑道：「主子，還有七年，不是七月，還有時間的。您相信奴婢，您一定會擁有自己的孩子，一定會！」

「真的嗎？」年氏怔怔地看著綠意，淚水流過臉頰，在下巴結成一滴滴酸澀透明的淚珠，那些淚藏著她從不顯示在人前的軟弱與悲哀。

在年素言心裡長久藏了一個不為人知的祕密，哪怕是胤禛也一無所知。年氏一族，但凡女子者，必須在二十五歲前生子，一旦過了這個年紀便再無所出。數代下來，無一人可以打破這個定律。

第一百零九章　心難安

在年氏嫁入雍王府之前，年遐齡曾對她千叮萬囑，讓她一定要想辦法在二十五歲前生下兒子，如此才能真正坐穩側福晉之位。為此，年遐齡還想盡辦法請得鄧太醫替她調理身子。

迎春爬過來抱住年氏的腿，泣道：「主子，您那麼喜歡孩子，上天有眼，絕不會殘忍剝奪您做額娘的權利。若您還不放心的話，奴婢和綠意答應您，往後吃齋唸佛，替您積福積德，直至您生下小阿哥為止！」

小阿哥……這三個字令年氏冷若寒冰的心生出一絲暖意。與阿瑪純粹將孩子視作工具不同，她是真心希望擁有自己與胤禛的孩子，此生此世，她必會給予他全部的愛……

隨著孩子在腹中日漸長大，凌若害喜的情況越發嚴重，往往一日下來都吃不了幾口。雖胤禛命廚房日日換新花樣送來，但還是沒什麼胃口，有時候即使吃了很快也會全部吐出來，連安胎藥也不例外。懷胎兩月，不僅絲毫沒見長肉，反而越發的瘦了，一張小臉尚不及胤禛手掌大。聽有經驗的嬤嬤說，這害喜至少要等到四個月以後才會好轉。

凌若從不知原來懷孕是一件這樣辛苦的事，想到至少還有兩月要這樣天天嘔吐，真是想想都害怕；可是每一轉念，思及有一個極小極小的生命正在腹中努力成長，為的便是十月後出現與他的阿瑪、額娘相見，所有的害怕痛苦便都化成了憐惜與愛意。是的，為了這孩子，不論受多大的苦都是值得的。

自靈汐病癒後，胤禛常過來看凌若，眼見她害喜這般嚴重，經常滿桌的菜上來又原封不動地撤下去，唯恐長久如此會引致身體虛弱，曾不只一次提過請宮裡太醫為她看看，也好設法減輕一些害喜的反應。

但凌若清楚自己懷孕一事已在府裡引起軒然大波，不知多少人眼紅嫉妒；若再張揚無忌的話，只怕有人會做出過激之事。當初清音閣葉氏被人下藥一事，她可記憶猶新，所以她一直拒絕胤禛的好意，寧可讓尋常大夫替她請脈。

孩子，永遠是爭鬥的源頭。很多人為此扭曲了本性，變得殘忍惡毒，令人髮指！

其實，葉氏險些流產的事在她心裡一直是個疑團，到底指使瓜爾佳氏的人是誰？曾以為是李氏，可是事後證明李氏是要奪葉氏之子為己子。按這個邏輯來推論，葉氏流產對她有百害而無一利，所以絕不可能在葉氏產子前加害於她。

既不是李氏，那麼最可疑的當是年氏無疑，只可惜時至今日依然找不到任何與她有關的證據。而瓜爾佳氏又不是一個易與之輩，從她嘴裡根本套不出任何有用的線索。

一日不能除掉這顆毒瘤，她就一日難心安。

這日夜間，凌若吃了半碗小米粥當晚餐後，穿了一件素錦裁製的輕衣坐在院中乘涼，手中的象牙柄團扇輕輕搖著，帶動習習晚風吹拂在臉上。水秀與水月兩人坐在青石臺階上，商量著要將前些日子採來的最後一批桃花花瓣搗成花泥，然後再封存起來，這樣凌若什麼時候想敷臉了就可隨時取出。

凌若對於水月能令花瓣封存不腐很是好奇，問過後方知原來她家祖上是製香師，曾在京中開過名為「六合齋」的香粉店，名聞京城。只是後來家道中落，很多製香法子都失傳了，僅傳下來少有的幾則，其中就包括長期封存花泥的祕方。

水月說她最大的夢想就是找齊祖傳的製香法，然後重開香粉店；雖然她自己也知道這是一個遠不可及的夢，但人很多時候不就是為一個夢想而活嗎？

凌若笑看著她們一個將花瓣放入石臼中，一個用石杵仔細搗爛，不時因為花泥的細膩與否小聲爭執幾句。

「姊姊！姊姊！」伊蘭突然赤著雪白的小腳從屋裡跑出來。她腳上戴了一對串有銀鈴的鐲子，一跑起來鈴鈴作響，很是清脆動聽。

她一路跑到凌若身前，正要與以往一樣撲進凌若的懷裡，李衛已經快一步將她攔住了。見他擋在自己面前，伊蘭不高興地撅起嘴角，拍著李衛道：「幹麼擋著我？沒見我要跟姊姊說話嗎？」

見這位小祖宗不高興，李衛趕緊陪笑道：「奴才可不敢擋二小姐，只是主子有孕在身，二小姐這樣撲上去，萬一驚了主子的胎氣可怎麼是好。」

被李衛這麼一提醒，伊蘭才想起這回事來，險些闖了大禍。她吐吐粉紅色的小舌頭，瞅著凌若道：「姊姊，我不是故意的。」

「沒事。」凌若笑一笑，示意李衛讓開道：「你們幾個也太小心了，哪有動不動就會驚胎氣的。」

「對了，蘭兒，妳不是在沐浴嗎？怎麼突然跑出來了，連鞋子也不穿？」她撫著伊蘭披在身後的髮絲，柔聲問道。

一聽這個，伊蘭又撅起了嘴，看了急匆匆追出來的墨玉一眼道：「本來是要沐浴的，可是墨玉說泡澡用的玫瑰花瓣沒有了。」她抓著凌若的手左右搖晃，撒嬌道：「姊姊，沒有花瓣我洗著不舒服，妳讓墨玉再去花房領點兒嘛。」

墨玉小步跑到凌若面前行了一禮道：「主子，不是奴婢偷懶不肯去，而是花房一早便來回過話了，說玫瑰花瓣用得差不多了，僅剩的一點兒是要留給年福晉的，動不得。最快也要等明天採購的花瓣才能送到。奴婢已經跟二小姐解釋過了，可她還是不肯洗。」

「年福晉有什麼了不起的，不也就一個側福晉嗎？」伊蘭不高興地哼了一聲道：「王爺明明說過給姊姊側福晉的待遇，如此說來，不是與年福晉平起平坐嗎？憑什麼要讓她啊！」

凌若被她膽大妄為的話嚇了一跳，趕緊做了個禁聲的手勢道：「不得胡言亂語，這府裡的事妳知道多少便敢在這裡妄加評論。」見伊蘭不以為然，她又肅聲道：「妳可知光憑剛才那幾句，傳到年福晉耳中便能問咱們一個以下犯上之罪！」

「王爺那麼疼愛姊姊，他才捨不得治姊姊的罪呢！」伊蘭皺了皺鼻子小聲道。

第一百一十章　爭執

凌若嘆了口氣，替伊蘭將被風吹亂的髮絲掖到耳後。「妳還小，很多事都不懂。王爺固然是府中最尊貴的人，但他一個人如何能顧得闔府周全？再說他身為一府之主，必須要秉公處事，豈能偏袒徇私？」見伊蘭還是一臉不高興的樣子，她柔聲道：「乖乖聽話，將就一晚，明兒個姊姊就讓花房送一堆玫瑰花瓣來，讓妳想放多少就放多少好不好？」

「那好吧。」伊蘭勉為其難地答應一聲，繃著一張小臉由墨玉牽她回房。

在經過水秀她們身邊時，忽地眼睛一亮，一下子甩開墨玉的手，跑到她們面前，蹲了身子盯著那滿筐輕香浮動的桃花瓣，輕呼道：「哇，原來妳們還收集了這麼多桃花瓣啊？」

水秀一笑道：「是啊，奴婢們正要搗成花泥，好留著給主子敷臉養顏之用。」

「哦。」伊蘭點點頭，漆黑甜美的眼珠子微微一轉頓時有了主意，跑回凌若跟前嬌聲道：「姊姊，不如將這桃花瓣給蘭兒泡澡，雖然比玫瑰差了些，但好歹也是花，聊勝於無嘛！」怕凌若不答應，她又做出一副可憐兮兮的樣子道：「沒有花瓣蘭兒真的很不習慣嘛！」

凌若寵溺地笑道：「妳若喜歡，儘管拿去就是了。姊姊的東西就是蘭兒的，待會兒讓她們送到妳房裡好不好？」

「謝謝姊姊！」見凌若答應，伊蘭高興地蹦起來，與凌若相似的眼睛笑成了一彎新月。

水月一聽就急了，忙道：「主子，這可是留著給您敷臉用的，現在都給二小姐泡了澡，那您用什麼啊？現在桃花可都謝了，想要再採到桃花瓣至少也要等到明年三、四月才行。」

「那就明年再說吧。只是敷臉而已，又不是什麼大事，再說沒了桃花，不是還有其他花嗎？」

「可是您最喜歡桃花，說它香氣清幽淡雅，沁人心脾。試了那麼多花瓣也就桃花最適合主子的皮膚，若貿然換了，萬一不適怎麼辦？」說到這裡，她朝伊蘭道：「二小姐若是覺得清水沐浴不舒服的話，奴婢去廚房拿些新鮮的馬奶來倒在水裡做成馬奶浴可好？」

「不必了！」伊蘭冷冷打斷她的話，原先掛在小臉上的笑容已消失得無影無蹤。她瞪著水月，一字一句道：「我不要洗什麼馬奶浴，就要這些桃花。怎麼？妳不肯是嗎？淨思居什麼時候換了妳當家做主，連我姊姊的話都可以不聽！」

「奴婢不是這個意思。」水月沒料到伊蘭會這樣胡攪蠻纏，說了這麼多依然聽不進去，語氣不自覺地生硬了幾分。

伊蘭一揚頭，倔強地對凌若道：「姊姊，總之，我今天一定要用這些桃花。」寒霜罩滿了嬌俏可愛的小臉，大有風雨欲來之勢。

「好了好了，我又沒說不讓妳用。」凌若輕輕撫著伊蘭的背道：「妳喜歡儘管拿去就是，水月也只是隨便說說，並沒什麼其他心思。妳不願意，不聽就是了，無端生什麼氣？瞧妳這小嘴，都可以掛油瓶了。」

「哪有。」伊蘭面色稍霽，但仍覺得滿肚子委屈難過，含淚道：「水月不是隨便說說，而是根本沒將我這個二小姐放在眼裡，否則只是一些花瓣而已，用得著這樣百般阻撓嗎？」

「胡說，哪有這回事。」凌若指著李衛他們道：「不相信妳自己問問他們，哪一個不是把妳當我一樣看待。」

李衛聞言，趕緊陪笑接上去道：「二小姐，您可真是冤枉死奴才們了。您是主子的親妹妹，奴才們哪敢對您有半點不敬。水月之所以讓您改洗馬奶浴，那可全是為您好。」見伊蘭不信忙又道：「奴才們聽說年福晉之所以肌膚細膩勝雪，無半點瑕疵，便是因為自小泡馬奶浴的關係。若二小姐也能這般，豈非美上加美，連那四大美人都不能與您相提並論，到時候非得將咱們大清國的青年才俊都迷得暈頭轉向不可。」

「就你油嘴滑舌。」伊蘭「噗哧」一笑，心裡的氣倒是消了一大半，再加上水月又在一旁賠罪，睨了她一眼，老氣橫秋地道：「罷了，念在妳是無心之失，我就原諒妳這一回吧，可不許再犯。」

說完，伊蘭又恢復小孩子心性，蹦蹦跳跳地拉了凌若的手嘻笑道：「姊姊怎麼樣，我是不是很寬宏大量啊！」

「是啊是啊。」凌若捏捏她的鼻子笑道：「我們家蘭兒最會體諒人了。好了，快和墨玉進去吧，我讓水秀替妳將桃花拿進去，妳想怎麼洗就怎麼洗好不好？」

伊蘭用力點頭，親了一下凌若的臉頰，開心道：「嗯，姊姊最好了。」

望著那一蹦一跳回房的身影，凌若搖搖頭，眼裡全是寵溺的笑意。雖然她在雍王府中如履薄冰、步步驚心，卻也換來了家人的開心歡喜。聽伊蘭說，家裡的生活比以前好過許多，甚至能有餘錢為榮祥請一個武師父教他騎馬射箭，不再像以前那樣處處要為生計操心，一個銅錢也不敢亂花。甚至於阿瑪在朝堂上的處境亦改善許多，石重德雖仗著自己是太子妃的父親不懼任何人，但到底避忌三分，不敢再像以前那樣明目張膽地欺負阿瑪。

至於大哥榮祿，一回與胤禛閒聊時問起，胤禛說他自出任江西任按察司經歷後，政績斐然，一上任就著手處理積壓多年的冤假錯案。他為人勤勉兼之又有處事頭腦，不到一年就將那些案子一一處理妥當；之後但凡有案子必親力親為，務求公平公正，不冤枉任何人，江西當地的百姓都稱他為榮青天。

這令凌若很是欣慰。還好大哥沒有自暴自棄，否則就不能如現在這樣造福一方百姓。十年寒窗苦讀，一朝金榜題名，為的便是替百姓謀福祉；可惜多數仕子高中之時便將之全都忘了，只一心一意想著替自己謀權謀錢……

她一時想得太入神，連胤禛進來都不知道，直至眼前一片漆黑，不見星光月華方才驚覺，伸手掰開蒙在臉上的手，仰頭迎上那張俊美無儔的容顏，莞爾一笑。

「四爺什麼時候也喜歡捉弄人了？」

第一百一十一章 自鳴鐘

「錯，我只喜歡捉弄妳一人！」胤禛撩袍在凌若對面坐下，臉上帶著輕淺的笑意。「如何，今天胃口好些了嗎？」

「還是老樣子，吃不了多少。」凌若答了一句後又道：「嬤嬤說懷孕頭幾月是沒什麼胃口的，等過些時候就好了，四爺不用過於擔心。」

「哪個說我擔心妳了？」見凌若因自己的話而怔忡，俊美的臉上不自覺逸出一縷笑意，捏著凌若小巧的鼻子道：「我是擔心我兒子。」

「好啊，原來四爺心裡只有孩子，根本沒妾身。」凌若佯裝生氣地別過身，不理會胤禛。

胤禛見狀哈哈一笑，攬過凌若幽香如蘭的身子，溫言道：「好了好了，不生氣，我那是逗妳玩呢。孩子固然重要，但孩子的額娘亦同樣重要，我心裡只盼著你們母子都好。」

「妾身知道。」凌若嘴角蘊了一抹淡然如花的微笑，柔若無骨的雙臂攀上胤禛的脖頸。寬大的雲袖滑落在臂彎處，露出一對殷紅如血的珊瑚手釧，寶光灼灼，襯著她雪白無瑕的肌膚即便在黑夜中依然耀眼無匹。

也許，終她一生，都無法成為胤禛最愛的女人；但她會努力成為雍郡王最寵的女子，永遠……永遠陪在他身邊，與他們的孩子一起。

有無言的嘆息在心底響起。這樣的人生始終是有遺憾的，可是她只能做到如此了……

在一陣子溫存後，凌若把玩著胤禛頸間的朝珠，好奇地問：「四爺剛從宮裡回來嗎？」往常胤禛但凡下朝回來都會換下那身朝服，可今夜卻依舊穿著石青色繡四爪金龍緞海水紋朝服，連朝珠都未摘。

「嗯，今兒個下朝後，皇阿瑪召我至養心殿問了一些刑部的事，所以晚了些。」胤禛軒一軒眉，握了凌若的手含笑道：「陪皇阿瑪用晚膳的時候，他問起妳的近況，得知妳懷孕後甚是高興，賜了許多東西讓我帶來，讓妳好生將養著；還說等將來孩子出生後，不論男女都要親自賜名。」

康熙對凌若的厚待，連胤禛也為之驚嘆。十餘個弟兄之中，從不聞有哪一房的妻妾得康熙如此另眼相待過，哪怕是太子的兒子也未得康熙賜名之隆恩。不過，胤禛是出入過康熙書房的人，不只一次見過南書房中那幅畫像。當日他在臨淵池邊，第一次正眼看凌若時所生出的似曾相識之感正是源於此。雖不知畫中女子是誰，但可想而知，康熙待凌若異乎常人的態度必與此畫有關。

「狗兒，去將皇阿瑪賞的東西搬進來。」胤禛隨口吩咐，然等了半天卻不見狗兒有動作。他擰了眉回頭看去，只見狗兒神思恍惚地站在那裡，對胤禛的話充耳不聞，全不見平日裡的那股機靈勁。

「狗兒！」

在胤禛刻意加重的語氣下，狗兒一個激靈回過神來。見胤禛神色不悅地盯著自己，趕緊跪下請罪。

胤禛冷冷盯著狗兒的頭頂道：「你若無心當這個差事盡可直說，我現在就打發了你去別處。」

狗兒嚇了一跳，滿面惶恐地磕頭道：「奴才該死，奴才該死，求四爺恕罪，奴才保證絕不會再犯。」

見他這般說，胤禛面色稍霽，但仍冷哼一聲道：「記住你的話，再有下一次絕不輕饒。」他眼中素來容不下一粒沙子，在給予身邊人遠厚於他處的月俸同時，也要求他們盡心竭力，不容有一點兒疏忽怠慢。

「還不快去將皇上賞的東西搬進來，難道你還想讓爺自己去搬嗎？」見狗兒還跪在那裡，胤禛作勢踹了他一腳，沒好氣地道。

「嗻！」狗兒趕緊答應一聲，垂下微紅的眼圈往外走去。

不消多時，便見他領了幾個小廝搬了一大堆東西進來，多是益氣滋補的藥物，也有珍珠、綢緞等物。最稀奇的是一件由兩名小廝抬進來的物件，足有半人高，外罩木框，鑲有鍍金雕龍，鑲嵌雞冠石與黃金；中間則是一個圓盤，上面標著一個個凌若不認識的字符，當中則有兩根長短不一的長針，底下有一個圓球在有節奏地晃動。

「四爺，這是什麼？妾身從來沒見過。」凌若好奇地看著兩名小廝小心翼翼地將東西放在石桌上。在他們放下的時候，那根稍長一些的針自己動了一下。

胤禛笑一笑道：「這是西洋進貢來的自鳴鐘，用來記錄時辰之用。瞧見圍成一圈的字了嗎？」見凌若點頭，他又道：「那是西洋的數字，代表一至十二，每一個時刻相當於咱們的半個時辰。裡面設了機關，每半個時辰，上面的小格當中便會出來一隻老鷹鳴叫。長短針則代表分與時，長針走一圈是半個時辰，短針走一圈則代表六個時辰，兩圈就意味著一天一夜。」

凌若心思靈巧通透，在聽胤禛簡單解釋之後便已明白了這個自鳴鐘的原理，與銅壺滴漏一個用處，卻是更加方便精準；每日誤差不過長針走三個數字，只需讓人每日按時調整誤差即可。

「皇上厚賜，妾身受之有愧。」凌若心有不安地道。雖不知這個自鳴鐘價值幾許，單看連雍郡王府都不曾有一座便可知其希罕到何等程度，只怕連宮裡都沒幾座。

胤禛拍拍她的手安慰道：「皇阿瑪賞妳的，妳儘管收下就是；再說妳現在腹中懷著孩子，有個自鳴鐘看時辰確實方便許多。」在命人將那座自鳴鐘擺放在淨思居正堂後，又不經意地道：「除此之外，皇阿瑪還指了徐太醫照料妳與孩兒。」

聽到容遠的名字，凌若有短暫的驚愕在眼底浮現。原以為李氏一事過後，她與容遠便橋歸橋、路歸路，從此不會再有任何交集，不曾想……

她與容遠，到底是糾纏不清了……

說話間，小路子端了冰鎮過的酸梅湯進來。胤禛一手接過飲盡後，望著凌若姣好的側臉感慨道：「不知為何，明明是一樣的東西，可在妳這裡吃著就是感覺比在別處更有滋味。若兒，該不會是妳在裡面下了什麼藥吧？」

凌若重新替他盛了一碗酸梅湯，玩笑道：「是啊是啊，妾身在這裡下了罌粟花，讓四爺嘗過一次便再也離不開。」

胤禛心情極好，同樣玩笑道：「妳自己不就是一朵最好的罌粟花嗎？我早已離不開若兒妳了。」

儘管知道胤禛是玩笑之語，但凌若依然聽得粉面生暈，輕啐了一口，推他道：「敢情四爺今兒個來就是專程為了取笑妾身啊，不理您了！」

她嬌羞可人的模樣惹來胤禛一陣大笑，笑過後握了凌若柔若無骨的手，誠聲道：「不是玩笑，是真的。若兒，我是真心盼著妳能陪我一生一世，這府中雖有女子無數，但只得一個妳令我有這種感覺。」

他的話令凌若大為動容，壓抑在心底的愛意在這一刻噴薄而出，反手緊緊握住胤禛寬厚的手掌，在漫天星輝下心甘情願地許下誓言。「那麼約定了，一生一世，矢志不移！」

愛——這個字太沉重，她不願去想，只要知道胤禛心裡是有自己的就足夠了……人不可以太貪心，何況她還有一個孩子要顧，即便真有委屈也只當沒有。

第一百一十二章 異心

彼時，伊蘭像是一尾小小的美人魚一般在倒滿溫水的木盆中嬉戲，不時捧起浮在水上的桃花瓣擲往空中。雖然花瓣浸了水，擲不高，但她仍是玩得不亦樂乎。待得玩累後，方趴在盆沿，任由墨玉替她擦背。

「墨玉，妳說用馬奶來沐浴真的可以令肌膚細膩勝雪嗎？」她忽地偏過頭問，雖然當時因為賭氣拒絕了水月的提議，但現在想起來不免有些心動。

墨玉豈有不知她心思的道理，當下微微一笑，停下手裡的動作道：「二小姐可是想試試？」一見伊蘭點頭，又道：「那二小姐等一會兒，奴婢去廚房要些馬奶來。」

「嗯。」伊蘭歡喜地點頭。在墨玉離去後，她又玩了一會兒水，忽地想到什麼，自言自語道：「這麼大一盆水，若墨玉只拿來一小碗馬奶，豈不是倒入就沒了？不行，我得讓她多拿些來才行。」

想到這裡，她從桶中起身，隨手取過一旁的寢衣披在身上，赤腳走到門邊。這個時候外頭一般都有人守著，她只要隔門吩咐一聲就是了。

伊蘭剛走到門邊，便聽到外頭傳來水月的聲音，只聽她憤憤道：「那位二小姐真是事多，只是洗個澡罷了，還非得要花瓣不可。那些桃花瓣是咱們好不容易採回來留給主子敷臉用的，為了這個，妳的手還被樹枝劃了道口子，至今都沒好。現在可倒好，她一句話便全要走了。」

「行了，為這事妳從剛才氣到現在，不嫌累嗎？快消消氣吧。」這是水秀的聲音，她勸道：「二小姐是主子，咱們只是奴才，主子想怎樣都可以，輪不到咱們奴才去批評。」

「哼，什麼主子！」水月不屑地道：「稱她一聲二小姐不過是看在主子的面上罷了，偏她真把自己當金枝玉葉，半分也不客氣。咱們院裡一旦得了什麼好的東西，她總是第一個用的，連主子都要撿她用剩的。還說什麼沒花瓣洗著不舒服，依我看啊，那分明就是矯情！主子得寵前，聽聞凌大人一家大冬天的連炭都燒不起，更甭提什麼花瓣澡了。也就主子性子好才容得下她，要換了我，非得好好教訓一番不可！」

「噓！小聲些，要是被二小姐聽到可就麻煩了。」見水月越說越大聲，水秀趕緊打斷她的話，臨了又勸道：「不管怎麼說，二小姐都是主子唯一的妹妹，主子對她難免有所縱容。我曉得妳看不慣二小姐為人，但主子待咱們這般好，不看僧面看佛面，再怎樣也得忍著。」

「我知道。」水月悶悶地道：「要不然我剛才也不會將那些桃花給她了。咱們採得那麼辛苦，她卻泡一次澡就全扔了，真是想起來都心疼。」

「好了好了，最多明年桃花再開時，我陪妳將府裡的桃花全摘下來好不好？莫再生氣了。」

水月被她說得噗哧一笑，凝聲道：「咱們若是將桃花摘光，府中那麼多主子看到光禿禿的枝椏，還不將咱們生吞活剝了啊！」如此說著，她終是不再氣悶，與水秀絮絮說著旁的話，渾不知她們之前的話已經一字不差落入伊蘭耳中。

伊蘭臉色鐵青地站在門後，垂在身側的雙手緊緊握成拳。若非尚有一絲理智克制，她現在就恨不得衝出去賞水月幾個巴掌。

她知道自己是沾了姊姊的光才能站在這裡被人稱一聲「二小姐」，那些人表面上對自己畢恭畢敬，事實上根本沒一人是真心瞧得起自己。譬如今日，只是一些花瓣而已，水月便敢推三阻四，還得姊姊發話才心不甘、情不願地答應。在他們眼中，唯姊姊一個主子，她鈕祜祿伊蘭在這雍郡王府裡什麼都不是！

憑什麼？憑什麼所有的好東西都被姊姊占了，她不費吹灰之力就可以得到四阿哥的寵愛，賜淨思居、封庶福晉，現在還懷了孕，錦衣玉食，享盡榮華富貴。而她，就什麼都沒有，連用些花瓣的自由都沒有？

明明都是一母同胞的親姊妹，連面容也相差無幾，為什麼待遇卻差了這麼多？為什麼？她不甘心！不甘心！

伊蘭死死咬著下脣，不讓一絲聲音逸出，拖著麻木的雙腿走到花梨木浴盆前。桃花靜水，本該是最燦爛美好的景象，可這一切她只覺得無比礙眼。這每一片桃花都化成水月嘲笑的嘴臉，恨得她雙目幾乎要噴出火來，緊握成拳的雙手狠狠拍打著水面，藉此發洩心裡近乎瘋狂的恨意。

當墨玉端著馬奶進來的時候，被滿地的水漬與殘花嚇了一跳，踮著腳尖走過去，小心翼翼朝站在木盆邊一言不發的伊蘭道：「二小姐怎麼起來了？可是出了什麼事？」

伊蘭冷冷盯著她手裡的馬奶。

果然只有一碗而已，墨玉，看來連妳也對我毫無恭敬之心，一切皆只是看在姊姊面上的敷衍罷了！

她抬頭，眼中沒有了令人生寒的恨意，唯有一片與年齡不相符的平靜，彷彿什麼事都沒有發生過。「我沒事，只是泡得太久覺著不舒服，所以想起身走走，至於這水……」眸光一轉，掃過狼藉的地面，輕描淡寫地道：「適才起來時不慎滑了一跤，待會兒叫人進來收拾一下。」

待確認伊蘭並未摔傷哪裡後，墨玉方才安了心，將馬奶倒入水中，一邊攪著水一邊道：「適才奴婢去廚房的時候，那邊只剩下這麼一盞馬奶了，二小姐先湊合著用一下，改明兒奴婢早點去廚房，讓他們多留一些。」待水差不多攪勻後又道：「二小姐，可以了，奴婢扶您進去泡一會兒。」

伊蘭手指滑過淡得幾乎看不到乳白色的水面，冷笑無聲攀上嘴角。偌大的王府會沒有馬奶，真當她是三歲小孩嗎？

長髮披散，遮住了她在幽微燭光下扭曲的臉龐，唯有淡淡的聲音響徹在屋中：「不必了，妳替我更衣吧。」

墨玉聞言一怔。二小姐剛才明明說想泡馬奶浴的，怎麼這一會兒工夫又變主意了？好生奇怪。想著那盞馬奶已經倒進去了，若就此倒掉未必可惜，遂又勸了幾句，無奈伊蘭堅決不肯，只得替她擦身更衣。

第一百一十三章 扭曲

在更衣的時候，伊蘭聽墨玉無意中提起胤禛來了，心裡一動，側頭看著銅鏡中自己嬌俏明媚的臉龐以及輕薄羅衣下開始發育的身子，一個匪夷所思的念頭在腦海中逐漸形成。

她要向所有人證明，鈕祜祿凌若可以做到的事，她鈕祜祿伊蘭同樣可以做到，甚至做得更好！

雍郡王府的庶福晉有何了不起，終有一日，她要跨過這一步，成為雍郡王府最得寵的福晉，得到與年氏、李氏並列的榮耀。待到那時，她將不再是姊姊的附屬；相反的，姊姊會因她而更加榮耀。

十歲，再過四年，康熙四十九年選秀之日，便是她改寫命運之時！

水月也好，墨玉也罷，皆等著吧。她登臨絕巔之日，就是與她們這群狗奴才清算總帳之時，到時必要她們為今日的怠慢付出血的代價。

至於此時……伊蘭將所有鋒芒與恨意掩藏在心底，時機未到，暫且忍耐。君子報仇，十年猶未晚，何況她是一個最記仇的小女子。

更衣時，伊蘭聽墨玉無意中說起胤禎來了，幽暗的眸光一閃，仔細將猶自滴著水珠的長髮編成辮，又從卸下的髮飾中挑選了一朵鑲紅寶石的珠花仔細別在髮上，任由細銀流蘇垂落鬢邊。

墨玉瞧見她這番舉動，奇怪地道：「二小姐還要出去嗎？」

「嗯。」伊蘭隨口答應一聲，推開墨玉往外面走去。剛推開門，便看到候在外頭的水月，目光從水月身上漫過，輕若鴻羽。

低頭見禮的水月忽覺頭皮一陣陣發緊，有一種恍如被毒蛇盯上的感覺，令人心驚肉跳。然等她抬起頭來時，這種感覺已消失，只看到伊蘭蹦蹦跳跳離去的身影，珠花上的紅寶石在夜色中劃過一道道奪目的流光。

伊蘭甫一踏進院子，便看到與凌若執手站在院中仰望星空的胤禎。從她這個角度，剛好能看到胤禎的側臉。

以往，許是因為胤禎高高在上、令人望之生畏的身分，她從未認真看過這位姊夫；而今瞧仔細了才發現，他是一個極其俊美的男子，劍眉星目、鬢若刀裁，更有與生俱來的皇家貴氣。

若說冷硬的氣質是他身上唯一缺陷的話，那麼在這一刻，連這一缺陷亦被補足。星空下，胤禎神情是少見的溫柔，脣角更蓄了一絲若有似無的笑意。

這樣的笑，令伊蘭看痴了，沉淪其中無法自拔。十歲，於許多事已經懂得，美醜更是分得極清。

往日裡總覺得大哥榮祿已經算是極為出色，可今日一比方知，胤禛才是真正的人中龍鳳，非常人能及。

若能得這樣的人為夫君，縱然要她死也心甘情願。

如此想著，她對凌若的嫉妒又多了一分。同是鈕祜祿家的女子，她沒理由會輸給姊姊。

她要他，她要這個近乎完美的男子成為她的夫君，沒有人可以阻止。

這一夜，在同一片星空下，年方十歲的伊蘭許下影響她一生的誓言。

「咦，伊蘭來了？」凌若看到了站在不遠處的伊蘭，笑吟吟地招手示意她過去。

伊蘭深吸一口氣，重新將天真無邪的笑容掛在臉上後方才跑了過去，規規矩矩地朝胤禛施了一禮，脆聲道：「伊蘭見過四爺，四爺吉祥。」

「該叫王爺才是。」凌若輕聲糾正她的錯誤。

哪知伊蘭嘟了粉嫩的小嘴道：「可是我看姊姊都叫四爺的啊，為什麼輪到我時就不行？」

這話令凌若一時不知該怎麼回答才好。倒是胤禛收回仰望星空的目光，朝伊蘭淡淡一笑道：「無妨，妳喜歡怎麼叫就怎麼叫，左右只是一個稱呼罷了。」

伊蘭雙頰微微一紅，所幸此刻是夜間，雖有燭光照明，但到底不若白天看得那般清楚，是以並無人發現她的異樣。

「妳在這府裡住得可還習慣？」胤禛和顏悅色地問道。

「一切都好，謝四爺關心。」伊蘭抬起頭朝胤禛甜甜一笑，晚風拂起她輕薄的衣衫，恍如遊走於暗夜中的精靈。

胤禛仔細打量伊蘭一眼，轉頭對凌若道：「伊蘭的容貌很像妳，想來假以時日又會是一個顛倒眾生的美人兒。」

凌若執扇掩一掩朱脣，玩笑道：「四爺這麼說，難不成是看上妾身的妹妹了？不過伊蘭還小，四爺縱是喜歡，怕也得再等上幾年才行。」

聽到她這話，胤禛頗有些哭笑不得的感覺，輕輕在她鼻梁上刮了一下，笑罵道：「我不過是讚一句妳妹妹罷了，便換來妳這麼多言語。古人說唯女子與小人難養也，真是一點兒都沒錯，偏妳又兩項都占全了。」

凌若一怔，旋即反應過來。她是女子，她腹中的孩子不就是小人嗎？忍了笑推他一推，又撫著小腹低頭道：「孩兒你聽到了嗎？你阿瑪這是在嫌棄你難養呢。」

胤禛笑而不語，目光落在凌若尚且平坦的腹部，溫和如三月春風，與他往日嚴肅冷漠的模樣大相逕庭。

這般親暱自然的舉動落在伊蘭眼中反而是無比礙眼，恨恨地險些咬碎了滿口銀牙。然她面上卻依舊裝著一派天真可愛，趴在桌上捧了雙頰，羨慕地晃著頭道：「四爺與姊姊這樣，是不是就是書中所說的舉案齊眉、琴瑟和諧。」說到這裡，她又小小地嘆了口氣，帶了幾分失落道：「不知蘭兒將來能否有姊姊的福氣，尋到一個如四爺一般人物，恩愛到老！」

凌若撫著她溼漉漉的長髮微笑道：「蘭兒放心，待妳成年後，姊姊一定替妳找一個文武雙全的如意郎君，讓他三媒六聘、八抬大轎風風光光迎妳過門。」

這一刻，凌若的聲音中有不容置疑的堅定、她已然為妾，此生縱然再得胤禛歡喜也僅是一個妾罷了，永遠低正妻一頭，她絕不希望唯一的妹妹重複自己的老路。

她知道四年後伊蘭逃不過入宮選秀的命運，不過她相信自己四年後一定有能力讓妹妹落選，逃過與後宮無數女子爭奪一人恩寵的悲慘命運。

願得一心人，白首不相離。

她不能完成的夢想，希望妹妹可以替自己完成，堂堂正正嫁予一人為妻，從此夫妻恩愛、白首到老。

凌若並不知道自己一番苦心，聽在伊蘭耳中卻變成另一種意思。

伊蘭努力忍住從心底泛上來的冷笑。

嫁人為妻？說的可真比唱的還好聽，分明是嫌她在這裡礙事，所以想要隨便找個人將她打發了去。

三媒六聘、八抬大轎有什麼用，若嫁的那個人無權無勢，豈非空頂著一個正妻的名頭受一輩子苦。

不！她所受的苦已經夠了，從這一刻起，她絕不要再回到以前貧寒的日子。她要出人頭地，享有一輩子受用不盡的榮華，讓每一個曾經欺辱、看不起她的人都卑躬屈膝，匍匐在自己腳下。

所以，她絕對不要離開雍郡王府，絕對不要！

這一刻，人性被徹底扭曲……

第一百一十四章　許願

伊蘭將滿腹心思化為臉上皎潔如月光的笑意，撲入凌若懷中撒嬌道：「不要，伊蘭哪裡都不要去，要一輩子陪在姊姊身邊。」

「傻丫頭，哪有一輩子不嫁人的理。」凌若寵溺地拍著伊蘭的背，只當她是小孩子的玩笑話。殊不知，此時的伊蘭已非她認識了十年的伊蘭，一切都已悄悄改變，不復從前。

「啊，是流星啊！」墨玉突然指著星空大叫。

傳說，在流星消失前許願，這個願望就會成真。

對著那顆拖著長長星輝劃過寂靜夜空的流星，凌若趕緊閉上眼睛，合掌於胸前，許下心中所願。

一願阿瑪、額娘身體安康，無憂無疾，家人平安。

二願胤禛得天庇佑，不論何時何地皆能遇難呈祥，逢凶化吉。

三願腹中孩兒平安長大，無病無災。

幾乎是在她閉眼的同一時刻，纖長若鴉翅的睫毛亦同樣覆住伊蘭的眼眸，她只有一個願望，那就是成為人上人！

待她們睜開眼時，流星已經消失不見，而胤禛則望著流星消失的方向出神。

伊蘭扯了胤禛的衣角，好奇地問：「四爺，您許願了嗎？」

「沒有。」胤禛低頭看著一臉天真無邪的伊蘭，笑道：「不過我相信妳姊姊一定替我許了。」

伊蘭面色一沉，很快又笑著拍手道：「四爺與姊姊真是心有靈犀一點通，好不教人羨慕。」

在她帶著童真的笑語中，周庸走到胤禛身邊，恭聲道：「四爺，紅格格已經到鏤雲開月館了，您是否現在就過去？」

紅格格即是紅玉。數日前，紅玉以一曲《霸王別姬》重新得胤禛青睞，儘管晚了幾個月，但總算得償所願被封為格格，且她優美的唱腔頗得胤禛喜歡，算上今日，已經是第三次侍寢了。

凌若強忍心中的酸意，笑著推了胤禛往外走道：「四爺快去吧，莫要讓妹妹久等了。妾身也睏了，該就寢了呢。」

胤禛如何會看不出她心中的酸澀難過，那笑，不過是裝給自己看罷了。當下握住她的手腕，略一猶豫對周庸道：「我今夜宿在淨思居不過去了，你讓人將紅玉送回去；另外再從前陣子宮裡賜下來的物件中挑幾件合適的給紅玉，就說是我賞她的。」

凌若聞言一怔，忙推辭道：「如此怕是不好吧？」

胤禛緊一緊她的手腕，輕聲道：「沒什麼不好，今晚我哪裡都不想去，就想陪著我的若兒。」

感覺到吹在耳邊的熱風，凌若臉上一下子就紅了起來，低了頭小聲扭捏道：「妾身……妾身有孕在身，大夫說……說……」後面的話太過羞人，當著這麼多人，尤其是伊蘭也在的情況下，她實在是說不出口。

「我知道。」胤禛微微一笑，握著她的手絲毫沒有鬆開的意思。「我陪妳與孩兒一道歇著。」見周庸還站在原地，雙眉一挑，不悅地道：「沒聽到我的話嗎？」

周庸聞言，知其心意已定，哪敢多言，趕緊應聲退下。

在他走後，胤禛牽了凌若的手走至內堂。換上寢衣後，胤禛吹熄燭火攬了凌若在床上躺下。

當輕若無物且帶有異香的錦被蓋在身上時，胤禛驚訝地道：「我並不記得有賜過妳雲絲被？」

雲絲輕軟保暖，用它來做被子最是舒適不過，可惜這雲絲極為少見，一年下來也得不了幾斤，且全是供給宮裡的。除非宮裡賞下來，否則縱是胤禛的身分也很難得到一條雲絲被。

凌若枕在胤禛的臂彎處笑吟吟道：「這條雲絲錦被是前幾日嫡福晉讓翡翠姑姑送來的。而且嫡福晉怕妾身懷了孕會睡不著，特意讓人將整條雲絲被薰上安息香，有助於入眠。」

「蓮意？」胤禛有些意外地挑了挑眉，倒是想起來幾年前宮裡曾賞過一條雲絲被給那拉氏，想來就是這一條了。

凌若點頭輕聲道：「嗯，嫡福晉待妾身當真極好，四爺有空該多去看看嫡福晉才是。」

她話音剛落，胳膊窩便被呵了一記，抬頭看到胤禛睜了在黑暗中依然明亮的眼眸輕笑道：「好妳個小妮子，旁人都是想盡辦法留在我身邊，唯獨妳是使了勁將我往外推。難道在妳心中，我還不及一條雲絲被來得重要？」

凌若「噗哧」一笑，擁著胤禛寬厚的胸膛道：「哪有，在妾身心裡，什麼也不及四爺來得重要。只是四爺並非妾身一人的四爺，總要雨露均霑，府中才能安寧。何況嫡福晉她真是一個極好的人，待四爺也好。」

「我知道。」說到這裡，胤禛打了個哈欠，擁緊懷中溫軟如玉的身子，在她眉心印下一個淺淺的唇印道：「很晚了，睡吧。」

這一夜，許是因為胤禛在身邊的緣故，凌若睡得特別沉，直至日上三竿方才醒來。身邊早已沒了胤禛人影，想是上朝去了。倒是狗兒還在，聽到凌若的聲音連忙隔著鮫紗帳帷請安。

得知他是特意為了晚些時候太醫入府請脈一事來通傳後，凌若點了點頭，命李衛拿來二十兩銀子賞了他，自己則換上一襲盤金刺秀海棠蝴蝶紋錦衣坐在銅鏡前，讓墨玉替她梳洗打扮。

狗兒謝過恩正待退下，卻聽正替凌若梳頭的墨玉漫不經心地道：「主子，阿意的傷已經好得差不多了，接下來您準備怎麼辦？難道真要留她在淨思居嗎？」

阿意！聽到這個名字，狗兒驚得險些掉了捧在手中的銀子，連忙收回正要跨出去的腳，三步併作兩步奔到凌若身邊，急切地問：「凌福晉，阿意、阿意她在淨思居嗎？」

凌若被他問得莫名其妙，瞧著銅鏡中狗兒急切的臉龐道：「不錯，阿意確實在我這裡。怎麼，你認識她嗎？」

「是！」狗兒想也不想就趕緊點頭，臨了又道：「能否讓奴才見一見阿意？」

凌若雖不知是怎麼一回事，但還是示意李衛去將阿意帶來。當腳步虛浮的阿意出現在狗兒面前時，狗兒目光猛地一縮，幾乎不敢相信自己的眼睛，任由沉甸甸的銀子掉落在腳邊。

第一百一十五章 兄妹

「妳……妳為什麼會變成這樣？」狗兒的聲音在顫抖。他知道那是阿意，可是為什麼，為什麼僅僅不見月餘，她就變成這副樣子？人瘦了暫且不說，為什麼她的臉上會有這麼大一塊疤？

阿意身子微微一縮，手下意識地撫上那塊疤痕，遲疑著不知該怎麼說。見她這副吞吞吐吐的樣子，狗兒更加心急，顧不得場合，一把抓住她瘦弱不堪一握的手腕低吼：「說！到底出什麼事了，是誰把妳弄成這副鬼樣子的！」

阿意用力掙開他的手，別過臉垂淚道：「我的臉已經毀了，再說也於事無補，你就不要再管了。」

見她始終避而不答，狗兒額頭青筋暴跳，怒吼：「妳出了事我怎麼可能不管！妳可知這些日子我找妳找得很辛苦，去問流雲閣，他們說妳手腳不乾淨偷了葉福晉的東西被趕了出去；之後我又去各處打聽，都說不知道妳在哪裡，也沒見過妳，我都快急瘋了！快說，到底是誰害了妳！」

阿意不停地搖頭，就是不肯說話。倒是墨玉在那邊看不過眼了，替凌若戴好一支赤金如意簪後，轉身沒好氣地道：「還能有誰，不就是那個惡人先告狀的葉福晉囉！阿意哪有偷她東西，根本就是她自己受了氣拿阿意來撒氣，往她臉上潑熱茶不說，還拿撣子往死裡打，連著打斷了兩根撣子。你瞧瞧。」她一邊說一邊撩起阿意的袖子，手臂上還殘留著諸多被棍棒打出來的傷痕。「若非阿意福大命大又恰好遇見咱們主子，帶她回來治傷，只怕你早就看不到她了。」

「葉氏！」狗兒咬牙切齒地吐出這兩個字，眉眼間有陰戾之色浮現。當初流雲閣的人說阿意偷東西的時候，他就不太相信。阿意心性如何，沒人比他更清楚。

望著阿意猶如陰陽臉一般的面容，狗兒心如刀絞，雙手在身側不住握緊鬆開再握緊，藉此克制胸中洶湧的怒意。

女為悅己者容。身為女子，最珍視的莫過於容顏，毀了容顏就等於毀了今後的人生。阿意……阿意……她該怎麼辦才好？

「是我不好，若不是我執意讓妳進府，妳就不會弄得一身是傷，還連容貌都毀了。都是我害了妳，阿意，是我害了妳啊！」狗兒淚流滿面，後悔不已。

阿意亦是淚流不止，泣聲道：「我之所以不讓人告訴你這件事，就是怕你自責。不怪你，真的，我從來沒怪過你。只是容貌毀了而已，旁的還不是好好的，依舊有手有腳，你不用擔心，嗚……」

墨玉在一旁聽得莫名其妙，跺一跺腳急道：「你們兩個到底在說什麼啊，我怎麼一句也聽不懂？」

墨玉的聲音令狗兒從哀傷自責的思緒驚醒過來，猛然想起這是什麼地方，手忙腳亂地拭去臉上淚痕，拉了阿意，對一直若有所思瞧著他們的凌若跪下，重重磕了個頭道：「多謝凌福晉救了阿意性命，這份大恩大德，奴才願以性命相報！」

「先起來再說。」凌若打量著年紀相仿的兩人一眼，好奇地問：「狗兒，阿意是你的心上人嗎？你如此緊張於她……」

狗兒愣了一下，旋即連連擺手道：「凌福晉您莫要誤會，阿意其實是奴才的嫡親妹妹。」

原來，狗兒不到十歲就因迫於生計被賣進雍郡王府，家裡尚餘一個年幼的妹妹，與父母一道以賣豆花為生。狗兒聰敏機靈，腦子轉得也快，很快就得到在胤禛身邊伺候的機會，月錢比尋常下人多了一倍不止，且常能得到額外的賞賜。狗兒自己捨不得花，把這些都攢起來寄回家中，倒是令家裡的日子好過許多。

可惜好景不長，去歲狗兒的父母相繼染病去世，留下阿意一個人孤苦伶仃。她長得雖不是什麼國色天香，卻也有幾分姿色。在安葬完父母後，阿意開始自己學著賣豆花，不曾想豆花沒賣出去，她卻被幾個地痞流氓圍住調戲，幸好她逃了出來，沒出什麼大事。

狗兒得知此事後，說什麼也不肯再讓阿意拋頭露面去賣豆花，萬一真出些什麼事，他如何對得起死去的爹娘？可是就算不賣豆花，她一個小姑娘獨身在家，依然免不了被人覬覦，是以在與阿意商議後，狗兒決定讓阿意進雍郡王府做事。雖說是下人，但至少兄妹相聚，隨時都可見到；再說了，有他在旁邊照拂，也不至於讓阿意被人欺負了去。

除此之外，狗兒還有另一重打算。再過幾年，阿意就到了適婚的年齡，與其在外面隨便找個阿貓阿狗嫁了，倒不如自己設法在四爺面前求個恩典，讓他給阿意指個好人家嫁過去。

跟了胤禛這些年，狗兒多少摸到一些胤禛的性子，知道這位外人眼中的冷面王爺其實是面冷心不冷，只要自己差事當得好，求個恩典絕非難事。

狗兒將此事與高福一說，高福很痛快地就答應賣他這個人情。原本想將阿意分到含元居的，哪知恰好碰到流雲閣來要人，見到阿意閒著，不由分說便拉去了流雲閣。狗兒雖知葉氏不是一個善與之輩，但心想著只是一、兩年，何況又是在外頭伺候的，忍一忍也就過去了。哪知竟是害了阿意一生，當真是後悔莫及！

「原來如此。」凌若聽完他的敘說後長長嘆了一聲，看向垂淚不語的阿意道：「妳往後有何打算，若想出府的話，我可以替妳去跟高管家說。」

阿意搖搖頭，絞著衣角道：「離開這裡，奴婢不知道還能去什麼地方，何況奴婢也不想與哥哥分開。再說……」

她撫著臉上的紅印未說下去，然凌若卻是明白她的意思。以阿意現在這副模樣，根本不會有好人家願意娶她，即便以雍郡王府的勢力強壓下去，成婚後亦會百般嫌棄。

靜默之際，狗兒突然雙膝一屈，跪在凌若面前凝聲道：「奴才有一個不情之請，望凌福晉成全。」

「你想讓阿意留在淨思居？」凌若心思一轉，已猜到狗兒要求的事。

「是。」狗兒磕了個頭道：「奴才只得一個妹妹，不想眼睜睜看她再回流雲閣被葉福晉折磨至死，所以斗膽求凌福晉收留阿意。」

第一百一十六章　戲弄

凌若睨了他一眼，並沒有即刻回答，而是屈指在梳妝檯上一下下敲著，若有所思。良久，她抬起眼眸深深地看了狗兒一眼道：「為何不將你與阿意的關係告知葉福晉，她看在你的面上，當不會再苛責阿意才是。」打狗尚且要看主人面，怎麼說狗兒也是胤禛的貼身小廝。

狗兒搖搖頭，滿臉苦澀地道：「換作以前或許是這樣，這一回她把阿意打得那麼狠，幾乎去了半條命，若讓葉福晉知曉奴才與阿意的關係，她不只不會放過阿意，還會想辦法除去阿意與奴才，以免奴才有心報復於她。」

凌若輕輕一笑，撫了裙上的海棠花，起身道：「淨思居雖不大，但多一人尚且住得下，只是阿意在名義上始終是葉福晉的人，我留她在身邊豈非是公然與葉福晉對立？於我，似乎有百害而無一利啊。狗兒，你倒是告訴我，為何我要替你妹妹做到這等程度？」

狗兒略一思索，仰首迎上凌若審視的目光，定定道：「請恕奴才直言，福晉與葉福晉之間，即便沒有阿意的事，也已是不死不休之局！」

凌若雙眉一挑，目光落在狗兒清秀的臉上，漠然道：「好你個大膽奴才，居然敢妄自議論主子是非。你可知單憑剛才那句話，我便可將你重重治罪！縱然四爺知道了也不會保你分毫。」

「奴才知道。」狗兒並未因她的話而心生懼意，坦然道：「不過福晉也清楚奴才說的乃是實情。您與葉福晉積怨重重，早已不可能化解，既如此，再多阿意一重又能如何？至於福晉說為何要替奴才妹妹做到這等程度……」他咬一咬牙，眼裡精光迸現。「從這一刻起，奴才願意效忠凌福晉，此生此命，絕不敢違！」

他是胤禛的貼身小廝，與周庸一樣深得胤禛信任，這一聲效忠意味著什麼，沒人比凌若更清楚。

笑意緩緩浮現在脣角，凌若親手扶起狗兒，語重心長地道：「你效忠的人應該是四爺，也只能是四爺，明白嗎？」

狗兒是一個何等機靈之人，否則也不能一直留在胤禛身邊做事，稍一轉念便明白凌若話中真正的意思，恭敬地垂首道：「奴才明白。」

「很好。」凌若滿意地斂一斂袖子，重新坐在銅鏡前。「從今兒個起，阿意就留在我院中，跟隨小路子他們一道做事吧，你有空盡可來看她。」想一想又叮嚀：「至於你和阿意的關係，暫時還是不要讓太多人知道的好。」

見她答應，狗兒大喜過望，拉了阿意連連叩謝凌若恩典。

待他們退下後，一直旁觀的李衛方才含笑道：「葉福晉若知道自己送了這麼一份大禮給主子，不知是否會氣暈過去。」

凌若撿了對翡翠銀杏葉墜子戴在耳垂上，望著鏡中顧盼生輝的自己，微微一笑，絕美卻帶有肅殺之意。「她要自尋死路，怨不得別人！」

自入府始，她從不曾得罪過葉氏，可葉氏卻處處針對她，三番四次想要害她，說到底皆是因為這張臉以及胤禛加注在她身上的寵愛。她可以退一次、退兩次，但絕不可能無底線地退下去。明知蛇時刻在想著咬自己，卻依舊一次次放棄殺蛇的機會，那不是寬容，而是愚蠢！

這日用過午膳，凌若躺在貴妃榻上小憩，也不知睡了多久，迷迷糊糊聽到外頭有人說話。待得神思漸漸清醒一些後，她聽出是墨玉與胤祥的聲音。

「哎哎，十三爺您不能進去，主子正在裡面歇息呢！」墨玉像隻小母雞一樣，張著雙臂盡職地守在門口，說什麼也不讓胤祥進去。

胤祥被擋在門外又好氣又好笑，屈指在墨玉額頭上重重地彈了一下道：「好妳個小墨玉，吃了熊心豹子膽了啊，居然敢攔十三爺我！這雍郡王府前前後後我都不知道來過幾回了，哪處沒去過。連高福都不敢攔我，妳可算是頭一個了。」

「每次來都打人家頭，不知道這樣會變笨的嗎？」墨玉吃痛地揉著額頭，小聲嘟囔，但仍倔強地不肯讓開。「奴婢哪敢攔您，實在是主子正歇著，您進去會吵醒她的。」

胤祥從胤禛嘴裡知道凌若懷孕的消息後，頂著烈日興匆匆趕過來，不想卻被墨玉擋在門外。此刻已是仲夏，又恰好是一天當中最熱的時候，天空中驕陽似火，熱浪滾滾，似有流火在燃燒。胤祥睨了一眼光亮刺目的天空，不悅地道：「那妳的意思是讓爺就這麼等在外面？」

墨玉努力忍著翻白眼的衝動道：「奴婢剛才不是已經說了嗎？十三爺可以去偏廳坐一坐，那裡雖沒放冰，但不論地面還是桌椅都是一日三遍拿井水擦過的，頗為涼爽宜人——」

胤祥不耐煩地揮手打斷她的話。「得了得了，爺也懶得再走了，就坐在這裡等小嫂子醒來。」說罷，撩了長袍隨意地在石階上一坐。

這位爺還真隨便……墨玉張了張口剛要說話，胤祥忽然拍著身旁的位置朝她咧嘴一笑道：「過來，陪爺一道坐著。」

「不用了，謝謝十三爺，奴婢站著就行了。」墨玉皮笑肉不笑地推辭。

哪知胤祥瞪了她一眼，不悅地道：「讓妳坐就坐，哪這麼多廢話。快點過來，地上可涼快著呢。」

墨玉無奈之下只好不情不願地走過去。誰讓人家是十三爺呢，哪有她一個小小丫頭說話的分。屁股剛一挨著臺階便感覺一陣火燒火燎的燙，驚得墨玉一下子跳了起來，捂著屁股大叫：「好燙！好燙！」

與此同時，耳邊傳來胤祥大笑的聲音，她頓時明白自己是被胤祥戲弄了。他明知地上燙得很，卻故意叫自己一起坐，為的就是要看自己出醜，簡直就是用心險惡！

哼，她惹不起還躲不起嗎？墨玉氣呼呼地鼓了雙頰，站到離胤祥老遠的地方，不打算再理會這個氣人的十三阿哥。

可惜胤祥不想放過她，硬拉著她一道坐下，看她齜牙咧嘴的模樣似乎特別開心，笑道：「行了，小墨玉，別跟身上長了蝨子一樣動來動去。爺給妳講個故事如何？」

聽到胤祥還會講故事，墨玉頓時來了興趣，催促他趕緊講。胤祥清了清嗓子道：「從前呢，有一座山，山上有座廟，廟裡住著一個老和尚、小和尚。有一天，老和尚對小和尚說，我給你講個故事吧，從前……」

在胤祥重複了數遍「從前」後，墨玉終於忍不住打斷他的話，悶悶道：「十三爺，您講的不是故事，是繞口令。按您這個繞法，只怕到明年這個時候都繞不完，奴婢還是不聽了。」

胤祥摸了摸鼻子，拉住準備起身的墨玉道：「小墨玉這是嫌爺講的故事太無聊了，那不如妳給爺講一個？」

「奴婢不會。」

手被胤祥緊緊拉著掙不開，墨玉只得繼續坐在那裡，黑著一張俏臉，不甚樂意地回答。

對這位十三爺，她真不知該如何是好了。

一個不肯講，一個執意要她講，正爭執不下時，屋中傳出淩若溫軟的聲音——

「墨玉，請十三爺進來。」

第一百一十七章 初識麝香

聽聞凌若已經醒了，墨玉大大鬆了口氣。她終於可以擺脫這個煩人的十三爺了。她趕緊起身，朝還坐在地上的胤祥道：「十三爺，您可以進去了。」

胤祥頗有些無趣地拍拍塵土站起身，剛要邁步，忽聽得丁鈴噹啷的聲音，低頭一瞧，腳邊多了幾粒金光燦燦的金瓜子，卻是從他繫在腰間的平金錢袋中漏出來的。在那錢袋底下，裂開了一道比金瓜子略大一些的口子。

「看來真得換一個錢袋了。」胤祥聳聳肩，隨手將撿起的金瓜子與錢袋一道扔到墨玉手裡。「喏，拿著，這是爺賞妳的，下回可記著得給爺講一個好聽的故事。」

「奴婢不要。」墨玉慌忙推辭。錢袋裡的東西雖然不多，但都是金色極純的金瓜子，比銀子貴重許多。

「囉嗦！教妳拿著就拿著，哪來這麼多廢話。」胤祥不悅地喝道：「妳不是明年就要發還回家了嗎？這些金瓜子差不多夠妳置辦些體面的嫁妝，找戶好人家嫁過去。」

胤祥一進屋，就看到凌若坐在椅中安靜地抿著茶。屋中四角皆放了冰，一進來便感覺通體舒泰，熱意全消。他接過水秀遞來的涼茶一口飲盡，長舒了一口氣後方才道：「我聽四哥說小嫂子懷孕了，所以特來瞧瞧。」

「多謝十三爺。」凌若的目光在胤祥身上打了幾個轉，抿脣笑道：「十三爺與墨玉似乎很投緣？」

胤祥知道她定是聽到自己在外頭與墨玉說話，也不在意，嘿嘿一笑道：「閒來無事逗逗那小丫頭還挺好玩的，心裡也沒那麼煩了。」說到這裡，他取出隨身所帶的錦盒遞過去道：「我這裡幾枝從關外參客手裡買來的長白山野山參，雖不到百年，但五、六十年卻是有的，正好給小嫂子補補身子。」

「十三爺太客氣了。」剛命水秀將錦盒收好後，凌若撥著袖口金色的流蘇瞧了胤祥，似笑非笑地道：「不知十三爺是因何事而煩心，能否與我說說？」

胤祥摸著剃得極光滑的前腦門兒，嘆了口氣無奈地道：「前幾天皇阿瑪召我入宮，說已經做主替我訂下親事，是尚書瑪律漢之女兆佳氏，七月便完婚。」

「這是好事才對，為何十三爺反而一副悶悶不樂的樣子，難道您不喜歡這個兆佳氏嗎？」

其實以胤祥的身分，如今才納嫡福晉已經算晚了，比他小的十四阿哥、十五阿哥都已經做阿瑪了。

胤祥攤一攤手道：「問題就在於我對這個兆佳氏根本不了解，更談不上喜歡與否。」他頓一頓又道：「小嫂子妳也知道我一心想要找一個兩情相悅的女子攜手共度一生，所以才一直推脫著不肯完婚，哪知推來推去還是逃不掉被指婚的命運。」

「十三爺也會說命運了。」凌若替他重新倒了一杯涼茶後道：「我聽說兆佳氏稟性溫良，容貌出色，是一個不可多得的好女子，說不定她就是您苦尋多年而不至的良配呢。」

「天底下哪有這等好事。」說到這裡，他搖搖頭，頗有些心灰意冷地道：「罷了，其實我早知自己身為阿哥，逃不過這個命運。什麼兩情相悅，不過是痴人做夢罷了，而今是時候醒了。」

他的話令凌若無言可對，只能讓胤祥想開些，畢竟康熙金口已開，斷無轉圜的餘地。人生有得亦有失，胤祥在得到看似貴不可及的阿哥身分，同時亦失去了許多，譬如自由……他永遠不可能像普通男子一樣去選擇自己的配偶，即便他已經尋到了那個想要長相廝守的女子也不行，因為他的親事只能由皇帝做主。

所幸胤祥是一個性格開朗之人，儘管有不開心，但並不會鑽牛角尖，相信假以時日一定會想通。

而且她相信，溫柔賢慧的兆佳氏一定會是胤祥的良配。愛，不一定要轟轟烈烈，有時候，細水長流反而可以走得更遠。

胤祥告訴她，禮部將婚期訂在七月初七，讓她到時候一定要隨胤禛來喝他的喜酒，千萬別忘了。

之後又說了幾句話，胤祥方才起身離去。他前腳剛走，後腳小路子便來說徐太醫到了。

容遠……望著那個熟悉至極的身影，凌若心中說不出是何等滋味。曾幾何時，她與他都認為對方是自己相伴一生的良人，而現在卻變成了凌福晉與徐太醫。

「你不該來的。」她對那個溫潤如玉的男子說道。

他回給她一個明暖若秋陽的笑容，一如既往。「還記得我對妳說過的話？只要我徐容遠有一口氣在，便會想盡所有辦法護妳一天，絕不讓妳受到一絲傷害。」

淚，消然落下，在半空中劃過一道憂傷的痕跡。「可是我卻怕傷了你！」她成為胤禛的福晉對容遠已經是一種莫大的打擊，而今又懷了胤禛的骨肉，這種痛，無疑是拿刀在刺容遠的心，他要如何承受得住。

容遠笑一笑，伸手想要拭去凌若不斷滾落臉頰的淚，然在即將碰觸的那一刻，他想起彼此的身分，眼底一片黯然，收回冰涼的手，輕言道：「只要妳好就行了，我不礙事。孩子，我一定會盡全力保妳平安生下。因為，他是妳的孩子。」

「容遠哥哥……」容遠最後這句話令凌若泣不成聲。這一世，她虧欠容遠實在太多太多，只盼下一世能有機會償還一二。

「是徐太醫。」明明已經連呼吸都帶上了痛，他卻還有力氣糾正凌若的稱呼。「好了，將手伸出來吧，讓我替妳把把脈。聽四阿哥說，妳害喜很嚴重。」

凌若點點頭拭去臉上的淚痕，將手放在軟墊上讓容遠替自己把脈。

為求仔細，容遠足足診了一盞茶的工夫方才收回手，輕出一口氣道：「福晉的脈象尚算安好，只是因害喜的緣故吃不下東西，令福晉身子略微有些虛。還有，福晉最近是否極喜歡吃酸的東西？」

水秀正好端了一盞茶過來，聽聞這話插嘴道：「主子自從懷孕後就極嗜酸食，尤其是酸梅湯，每日都要喝上好幾盞，難道有什麼不對嗎？可是奴婢聽府中的老人說，孕婦都是這樣的啊。」

「孕婦喜酸自是正常，但是若吃過多酸食，就容易傷胃。福晉害喜吃不下東西，這胃本就是空的，又突然吃那麼些酸物下去，試問胃如何能受得了。所以從現在起，福晉不可再吃酸食，尤其是那酸梅湯。」

水秀為難地道：「可是除了這些酸食，主子根本吃不下旁的東西，難不成要餓著肚子嗎！」

容遠命她取過紙筆道：「妳放心，我會替福晉開幾服減輕害喜症狀的藥，讓她可以吃進一些清淡的東西，待過了頭幾個月後再好生調理。」

這張方子，他斟酌了很久，落筆每一味藥前都要仔細推敲它的藥理，以及是否與其他藥物相沖相剋。

在將方子交給水秀後，他又道：「往後我每日都會來給福晉請脈，不過醫者醫身不醫心，最重要的還是福晉盡量在這段日子裡保持心境愉悅，不可太過勞神費心。」

見凌若一一記下後，容遠讓水秀將凌若現在用的胭脂水粉全部取過來仔細檢查一遍，確認裡面有無麝香成分。有孕之人最忌諱的就是麝香，若不小心用的或聞的多了，就會造成小產，遠比需要服用才見效的紅花更可怕。

容遠雖入宮不久，卻已經見識到後宮的殘酷。那些貌美如花的女子一個個為了爭奪君恩互相算計，不擇手段。在她們眼中沒有對與錯，只有成與敗。為了那條通向榮華的後宮之路，可以拋卻一切良知與人性。

麝香不只可以令已經成形的孩子胎死腹中，還可以令人永遠生不出孩子來，自然就成了她們最喜歡用的東西。

雍郡王府雖不是後宮，但同樣會有傾軋陷害存在，當日的李氏便是最好的例子。而今凌若懷孕，必將成為眾矢之的，必須小心再小心。

見容遠將一盒盒胭脂水粉拿起又放下，水秀在一旁抿著唇笑道：「徐太醫您就放心吧。這些東西啊，早在上回陳太醫來的時候，主子就讓他檢查過了，都沒有問題。」

容遠笑笑沒說什麼，手裡依然重複著相同的動作。在拿到最後一盒散發著陣陣宜人幽香的香粉時，他原本平靜的面色驟然一沉，手指從中挑出些許放在鼻尖細聞。

這個舉動令凌若心頭劇跳，忙問：「徐太醫，可是這盒香粉有問題？」

他沒有即刻回答，而是看向水秀。「妳好好想想，當時這盒香粉可有讓陳太醫檢查過？」

水秀仔細回想了一下，肯定地道：「有，奴婢記得很清楚。」

寒意在容遠眼中迸現，冷然道：「他看了，卻沒有告訴妳這盒香粉當中含有麝香的成分。」

「麝香！」水秀失聲驚叫。她曾聽人說過，孕婦是萬萬不可以聞到麝香的，輕則胎動不安，重則見紅小產。

「那、那主子要不要緊？」水秀手足無措地問道，唯恐凌若有什麼意外。

「妳放心，我剛才替福晉診過脈，一切都好；而這盒香粉又所餘甚多，想來福晉已經很久沒用，總算是一件幸事。只是往後再有什麼東西，一定要讓我看過後再用。」他語重心長地叮嚀。適才若非他執意要檢查，這盒香粉就成漏網之魚，一旦凌若用了，後果不堪設想。

「我明白。」凌若緊緊握住袖子，藉此讓自己鎮定下來，但仍有黏膩溼冷的感覺在背上蔓延，溼了貼身小衣。她涼聲道：「陳太醫他……」

「不是每個太醫都值得信任。」

容遠說得很隱晦，但凌若已然明白他言下之意。陳太醫必是受了他人指使，所以故意留下這盒香粉。究竟是誰，這樣迫不及待要傷害她的孩子？實在可惡至極！

她心中恨著，連眉眼也染上了戾氣。

第一百一十八章　噬心

之後又說了一陣話，凌若親自送容遠出去。此時已是黃昏時分，落日西墜，晚霞將天邊渲染得異常絢麗奪目。在經過蒹葭池時，意外遇到了在那裡賞蓮的瓜爾佳氏。她穿了一件水藍垂花墜珠的旗裝，髻上插了一支珍珠步搖，垂下長長的珠串在耳邊叮叮作響。旁邊站著她的貼身丫鬟從祥。

見他們過來，瓜爾佳氏神色微微一變，旋即若無其事地拍了拍手迎上來，笑容滿面地執了凌若的手道：「今兒個一早去嫡福晉處請安的時候，沒瞧見妹妹，心裡頗為記掛，正想去淨思居瞧瞧呢，沒曾想在這裡遇見了，可真是巧。妹妹沒什麼不舒服吧？」

凌若不著痕跡地抽回手，嘴角含笑。「勞姊姊掛心了，妹妹沒事。」

在她剛一懷孕的時候，那拉氏就免了她每日的晨昏定省，只是凌若不願遭人詬病，所以只要身子尚可就堅持去請安。

「那我就放心了。要知道妳現在可是兩個人，大意不得。」瓜爾佳氏拍著胸口，露出一副如釋重負的樣子，目光一轉落在容遠身上，抿唇笑道：「話說回來，妹妹真是好福氣，懷了王爺的骨肉不說，竟得皇上看重，親自為妳指了徐太醫照料，將來還要賜名，實在是令我這個做姊姊的羨慕。」

凌若揚一揚脣角，輕笑道：「論福氣，誰又怎比得上姊姊？姊姊入府至今已有八年，王爺卻一直對姊姊禮敬有加，甚是愛重。假以時日，姊姊若能懷上一男半女，王爺定會比現在更高興。」

兩人笑言相向，不知情的人見了定會以為她們是一對親密無間的好姊妹。唯有她們自己清楚，彼此算計重重，根本沒有一絲一毫的真心可言。

風拂過蒹葭池，滿池破水而出的蓮花隨風搖曳，錦繡無雙。

「我記得姊姊素來喜歡菊花，何時對蓮花也這麼感興趣了？」

「看來妹妹對我很是了解，不過，喜好總是會變的。聽聞妹妹常來這裡賞蓮，所以特意來瞧瞧，果然發現蒹葭池的蓮花開得美不勝收，令人忍不住心生歡喜。」她撫著垂落鬢邊的珠玉低頭一笑，嫣然生姿。「而且……我還聽說妹妹就是在這裡遇見了王爺，從而成就一段良緣佳話。我這個做姊姊的，實在很想沾一沾妹妹的好運呢！」

凌若剛要說話，突然看到瓜爾佳氏笑容一滯，手驟然抓緊胸口，露出痛苦之色，緊接著從她鼻中突兀地流出兩道暗紅色的血。

「主子，您又流鼻血了！」從祥驚叫一聲，趕緊扶瓜爾佳氏到一旁坐下，一手捏住她鼻子，一手在她後背頸椎處小心地按著。

過了約半刻鐘，瓜爾佳氏的鼻血終於漸漸止住，饒是如此，她的衣上也沾了不少血跡。

接過從祥遞來的纏花手帕拭淨鼻下的血跡後，瓜爾佳氏起身勉強一笑道：「讓妹妹與徐太醫看笑話了。不知是否因為近日天氣過於乾燥炎熱的緣故，經常會流鼻血。」

「能否讓微臣替福晉把把脈？」一直未曾言語的容遠突然這般道，神色有些怪異。

瓜爾佳氏的神色有些猶豫，不過依然將手伸出去。隨著手指搭上瓜爾佳氏的脈搏，容遠的神色由怪異轉為嚴肅，許久之後方才收回手道：「福晉近日是否經常流鼻血，且伴有心悸、心痛的症狀？且每每止住鼻血後，會感覺渾身痠軟，沒半分力氣？」

這番話猶如投入靜湖的巨石，在瓜爾佳氏心中掀起軒然大波，令她險些無法再保持慣有的笑意與隨意；而從祥更是滿面愕然。

「徐太醫，姊姊可是得病了？」凌若面露憂色。「若是的話，你可一定要設法替姊姊醫治。」

容遠剛要說話，瓜爾佳氏已經回過神來，輕笑道：「我不知道徐太醫在說什麼，只是天氣燥熱流鼻血罷了，根本沒有什麼心悸、心痛之事，更甭說渾身痠軟了。你瞧我，現在不是好端端的站著嗎？」說到此處，她揚一揚脣角，轉身道：「行了，你們慢慢賞蓮吧，我可得回去換衣裳了，瞧這一身髒的。」

見瓜爾佳氏若無其事地離去，容遠不禁心生疑慮。難道真是他診錯了？按理來說不會啊，那明明就是醫書中記載的噬心毒脈象，真是奇怪……

想到這裡，他又朝瓜爾佳氏離去的方向瞟了一眼，正是這一眼讓他看出了問題。

瓜爾佳氏看似自己在走，實際腳步虛浮拖沓，根本無法支撐身體，不過是在假裝而已。身體的力量其實全都壓在從祥扶著她的那隻手臂上，難怪從祥看起來極為吃力。

噬心毒！這絕對是噬心毒的症狀，只是不明白她為何要否認！

「徐太醫，她究竟得了什麼病？」凌若皺眉問道。她相信以容遠的醫術是絕對不會診錯脈的。

「不是病，是毒。」容遠搖搖頭，帶著一絲同情道：「她中了一種極為少見，名為噬心的毒。一旦中毒就會經常流鼻血，同時伴有心悸、心痛、痠軟無力等症狀。若不盡快設法解去體內劇毒的話，一年之後必會毒發身亡，無藥可救。」

是誰對瓜爾佳氏下了這種劇毒？而最奇怪的是，瓜爾佳氏明明知道自己中了毒，卻刻意隱瞞，究竟是怎麼一回事？

在離開淩若他們的視線後，瓜爾佳氏再也無法支撐，眼前一黑，昏倒在從祥身上。

等她再醒過來時，已身在悅錦樓。從意和從祥正守在床邊，見她醒來均是滿面喜色，扶她坐起。

「現在什麼時辰了？」瓜爾佳氏揉著微疼的額頭問道。

「回主子的話，已是戌時。您整整昏睡了兩個時辰。」從祥一邊說著一邊在她身後墊了兩個彈花軟枕，讓她靠得舒服些。

從意端了一碗散發著難聞氣味的藥過來，服侍她喝下後，方才小聲道：「主子，剛才的事奴婢都聽從祥說了。徐太醫既然可以說出您身上諸多症狀，說不定他知道您中的是什麼毒，為何您不讓他給您診治，還要否認？咱們之前偷偷請了那麼多個大夫，可沒一人說得出這毒的症狀。」

瓜爾佳氏幽幽嘆了口氣，閉一閉目，不無遺憾地道：「我自然知道，可是時機不對，人也不對。徐容遠是太醫，讓他為我診治，動靜太大，容易鬧得闔府皆知。一旦傳入她耳中，知道我想擺脫她控制，必不會饒過我。何況旁邊還有一個鈕祜祿氏在。」

從祥在一旁恨恨地道：「嫡福晉實在太過惡毒，主子都已經一心一意替她辦事，她竟還不放心，對主子下毒。」

瓜爾佳氏搖搖頭。

她至今沒想明白自己究竟是怎麼中毒的，她一直很小心，去含元居的時候從來不吃任何東西，哪怕是茶也僅僅裝個樣子，從不曾真正下過肚。這毒，到底從何而來？

那拉氏的手段實在令她心驚。

第一百一十九章　交易

瓜爾佳氏原是毫不知情，即使這幾月時常有出鼻血、心痛無力等症狀，也只當是自己身子虛弱，並未在意。直至前一陣子，那拉氏將自己叫過去，讓自己設法除去鈕祜祿氏腹中胎兒，而自己有所遲疑時，方才得知原來自己早已被她下了毒。若不依她的話辦事，自己便會毒發身亡。剛才所服的藥物就是用來壓制毒性的。

她若不想一輩子受那拉氏控制就必須解開身上的毒，為此這些時日她一直讓從意她們偷偷找大夫來替她診治。可這毒蹊蹺無比，竟沒一人診得出來，直至今日。

從意想了想，忽地道：「既然不能讓徐太醫來悅錦閣這麼張揚，那何不主子您去淨思居？雖然您曾害過凌福晉，但奴婢相信這世間沒有永遠的敵人與朋友，所有的只是利益。只要您給她足夠的利益，相信凌福晉會替您掩蓋這件事，絕不會張揚出去。」

她的話令瓜爾佳氏目光微微一亮。這倒不失為一個好主意，那拉氏要她害鈕祜祿氏的孩子，那麼她去淨思居是絕不會惹那拉氏懷疑的。至於利益……瓜爾佳氏脣邊漸漸綻出一絲清冷的笑容。對現在的鈕祜祿氏來說，還有什麼比腹中的孩子更重要。

翌日，同樣是晴朗無比的天氣，瓜爾佳氏出現在淨思居。待得奉過茶後，凌若斂了袖子，神色冷淡地端起茶盞道：「不知今日姊姊來，有何要事？」

瓜爾佳氏笑一笑，掃了一眼插在雙耳花瓶中剛採摘來的蓮花一眼道：「無事便不能來妹妹這裡坐坐嗎？那可真是太讓我這個做姊姊的傷心了。」

凌若眼中蘊了清冷如冰的笑意。「有什麼事直說就是了，這裡沒有外人，無須這樣惺惺作態。」她與瓜爾佳氏從來沒有什麼好聊的。

外頭晨光明媚，庭院中的櫻花樹綠意蔭蔭，夏蟬在樹間鳴叫不停。瓜爾佳氏撫著腕間的水晶手串，垂眸道：「妹妹既然這般說了，那我也不再拐彎抹角。我確實身子有事，想請徐太醫為我診治，但是又不想讓人知道，所以想借妹妹的地方讓徐太醫替我治病，還望妹妹成全。」

「昨日姊姊一口咬定徐太醫診錯了，今日卻又眼巴巴地過來求徐太醫救命，姊姊不覺得自己太奇怪了嗎？」凌若扶著李衛的手站起來，徐徐走到瓜爾佳氏面前，居高臨下地看著她，一字一句道：「再說，我與姊姊之間似乎沒有交情，過節倒是有一些，姊姊不覺得自己求錯了人嗎？」

「如果我願意送一份大禮給妹妹呢？」瓜爾佳氏慢條斯理地品著用君山銀針泡出來的香茗。

凌若目光一動，聲如碎冰：「妳是願意說出主使者的姓名？」

瓜爾佳氏脣色如朱，彎起一抹清冷如月的弧度。「妹妹，姊姊來這裡是求生而非求死。」

「既然如此，那我與姊姊就無話可說了。李衛，送客。」凌若拂袖轉身，再無理會瓜爾佳氏的意思。

「雲福晉請。」因瓜爾佳氏閨名雲悅，是以府中多稱其為雲福晉。

「我想與妹妹做一筆交易。」面對李衛的送客，瓜爾佳氏沒有再故弄玄虛，逕自說出她的來意。「借妹妹之地讓徐太醫替我去毒，而我則在這十月內保妹妹腹中胎兒平安。」

「有徐太醫在，我的孩兒自然一切平安。」凌若對瓜爾佳氏的話嗤之以鼻。

瓜爾佳氏的睫毛微微覆下，徐徐道：「我承認徐太醫的醫術很高，可是明槍易躲，暗箭難防，一個徐太醫怕是難以保妹妹與孩子十月平安。至少，眼下就有一個大劫。」

凌若側目冷笑道：「若是指那盒香粉的話，就不勞姊姊費心了，徐太醫已經驗出來了。姊姊真是好手段，連宮中御醫都能收買。」

「香粉？」瓜爾佳氏驚訝地抬起頭。「我不知妳說的是什麼，而且我說的也與香粉無關。如何，妹妹想好了嗎？是否與我合作？」她蓮步輕移到凌若身前，戴著五彩燕紋護甲的手指撫過她平坦的腹部。「這個孩子來之不易，妹妹可要仔細想清楚了才好，否則再後悔就來不及了。」

凌若退後兩步，避開那令人極度不舒服的碰觸，心底卻因她的話生出幾絲波瀾。難道真有連容遠也未察覺的危機隱藏在自己身側？她知道很可能這一切都是瓜爾佳氏在危言聳聽，但這個孩子她視若性命，如何敢冒這個險。

瓜爾佳氏將凌若那份遲疑看在眼中，知道自己切中了她的要害，笑意漸次加深，撥著耳下的丁香珠子徐徐道：「如何，妹妹想好了嗎？」

「主子。」凌若正自猶豫不決之際，李衛突然附耳小聲道：「奴才覺得雲福晉的話應有幾分可信之處，這府裡害人的手段層出不窮，確實防不勝防。您不妨先答應下來，然後再做計較。」

凌若點一點頭，看向瓜爾佳氏，咬牙道：「好，就與妳合作這一回，但是妳必須要告訴我，所謂的大劫是什麼？若是連這都不肯，實在令人難以相信姊姊的誠意，這合作自然也就成了笑話一樁。」

瓜爾佳氏微微一笑，指了雙耳花瓶中的蓮花對李衛道：「將這些蓮花拿到後院去埋了。記著，不要讓人瞧見。」

聞聽此言，凌若眼皮驀然一跳，難以置信地盯著潔白如玉的蓮花，忽地聯繫到昨日在蒹葭池邊的相遇，顫聲道：「妳在花裡動了手腳？」

笑意無聲無息在瓜爾佳氏脣邊綻放。「我說過，明槍易躲，暗箭難防。妳當我是真喜歡賞蓮嗎？那不過是藉口罷了。我知妳喜歡蓮花，自蓮花開後每日都會叫人摘一些放在屋中，所以便將磨成細不可見的麝香粉撒在蓮花花瓣當中。妳想想，若這般聞上一、兩個月，腹中的孩子會怎麼樣？徐太醫縱使再仔細也不見得會留意到這些細枝末節。」她取出一塊青色繡花的帕子拭臉，意態閒閒地朝驚出一身冷汗的凌若道：「在這府裡，旁的沒有，不讓孩子生下來的辦法卻有無數。」

李衛將蓮花花瓣一一撥開後，果然在底下發現一些極細的粉末，不是刻意去尋根本發現不了。

這樣隱蔽的手段，實在令人防不勝防。

第一百二十章　得悉

午後，容遠過來，得知瓜爾佳氏欲讓他醫治後，皺眉道：「雲福晉所中的乃是噬心毒，微臣雖然診得出，但不一定能治。」

「噬心毒？很難治嗎？」從意驚訝地問。瓜爾佳氏亦是一臉不解。

當容遠將噬心一毒仔細解釋清楚後，瓜爾佳氏已經臉色煞白，雙手緊緊抓著不住起伏的胸口，情緒激動到了極點。

好一個那拉蓮意，原來，她根本沒想要放過自己。什麼解藥，什麼中毒，那都是用來糊弄自己的謊言，自己日日服下的那些苦藥，根本毫無用處。噬心發作之日，就是她斃命之時！

從頭到尾，那拉蓮意這個毒婦都沒有想過要留下她的性命！

一年……她努力讓自己冷靜下來，但指尖還是遏制不住地顫抖，似秋風中的落葉。許久，她抬起頭，眼中有著對生的無限渴求。「徐太醫，我求你，救我！只要你肯替我除去體內的毒，你要多少銀子我都答應。」

容遠告訴她，這種毒源自苗疆一地，外人很少知道，連他也只是在一本醫書手札上見過，並沒有十足的把握可以替她驅逐蠱蟲。萬一失敗，那麼必然會引得毒性提前發作。

「徐太醫盡力就是。」瓜爾佳氏這樣回答。她很清楚，如今只有容遠是唯一能救她命的人，不論機會多麼渺茫都得試上一試。她不想死！絕對不想！

自此之後，瓜爾佳氏每日都會來淨思居，以看望凌若為藉口，讓容遠設法替她除去體內的噬心毒。容遠試過許多法子，甚至以毒攻毒，但都不見效。這毒遠比他想的更難對付，所幸還有數月時間讓他慢慢想法子。

帶了麝香的蓮花依舊日日送到淨思居，但再不曾被插入過花瓶，都是直接埋到後院。一切不過是為了掩人耳目罷了，至於掩誰的耳目，凌若不知，瓜爾佳氏亦不肯說。

在一個悶熱的午後，凌若曾問過瓜爾佳氏，對自己下毒的人是否就是主使她的人。瓜爾佳氏笑而不語，直至臨走前方輕描淡寫地說了一句：「我若說當日主使我害妳的人是嫡福晉，妳信嗎？」

「不可能！」凌若斷然否認。嫡福晉宅心仁厚，處處與人為善，怎可能做出如此狠毒之事。

「既不相信我的話，又何必問。」

扔下這句話，瓜爾佳氏飄然而去，留凌若一人在原地若有所思。

她突然想起秋瓷，曾經自己是那麼信任她，可是秋瓷卻在情誼與榮華之間選擇了後者。既然自小相識的秋瓷都不可信，那麼嫡福晉就可信嗎？

究竟……瓜爾佳氏那句話是挑撥抑或是真實？若主使這一切的人當真是嫡福晉，那麼這個女人實在太可怕了，她瞞過了所有人。

雨在入夜時分落了下來，嘩嘩如注。雨水順著重重飛簷不斷落下，打在地上劈啪作響，令人睡不安穩。雨徹夜未停，而凌若躺在床上整整聽了一夜的雨聲……

翌日，瓜爾佳氏再來的時候，凌若望著她，一字一句道：「姊姊，我再與妳做一筆交易如何？」

「什麼交易？」瓜爾佳氏挑了斜長入鬢的蛾眉問。

凌若走到她面前，牽起她的手輕輕放在腹部。「這個孩子出生後，我會讓他認姊姊為乾娘，從此與姊姊同進共退，以前的事一筆勾銷，絕不再提；而作為交換，姊姊告訴我，到底是何人在這府中興風作浪，年福晉抑或是嫡福晉？」

乾娘？瓜爾佳氏愕然。她幾時說過要做這孩子的乾娘，何況能否生出來都是未知之數，還說什麼同進共退，前事不咎？可笑至極。真當自己想與她同坐一條船嗎？不過是迫於無奈的計策罷了。等這筆交易過後，她們依舊是生死相搏的對頭。

瓜爾佳氏笑她不自量力，但手在碰觸到她柔軟的腹部時，心底某一個隱蔽的角落被深深觸動，那裡正有一個小小的人兒在努力長大。

孩子，她也曾渴盼過。那幾年瘋一樣的求醫問藥、求神拜佛，卻始終都沒有動靜，只能羨慕地看著別人一個個生下孩子。日子久了，連她自己也死心了……

她不甘心這輩子止步於一個小小的庶福晉，既然子息上無指望，那麼便只有另想他法。所以當初那拉氏暗中拉攏的時候，自己欣然相允，替她做事，替她手染血腥，只求能換來與年氏、李氏並列的榮耀。

結果是什麼？是身中蠱毒！從始至終，那拉氏只將她當作一枚隨時可以丟棄的棋子，任意玩弄於股掌之上。

她恨那拉氏，但也懼怕那拉氏。那個女人太可怕！

額娘……想到這兩個字，目光不自覺變得柔和起來。她真的很期盼有人可以叫自己一聲額娘，哪怕不是親生的也好。

「那拉蓮意。」

當瓜爾佳氏從飽滿的紅唇裡輕輕吐出這四個字時，凌若只覺渾身的血液都在一瞬間被抽乾，身子搖搖欲墜，腦袋一陣陣發疼，似有無數尖銳的長針刺入腦中。

竟然……竟然真的是她！

「為什麼？為什麼她要加害於我？」凌若哆嗦著沒有血色的雙唇問，能感覺到李衛攙扶她的手同樣在顫抖。這個結果實在太令人震驚。

「我不知道，她也從不與我說這些。」瓜爾佳氏瞧著雨勢漸止的外頭，幽幽道：「我只知道她最恨兩個人，一個是李氏，另一個就是妳，生死不見！」

原來……原來……她是這樣恨自己，可笑自己還一無所知，依然日日以最恭謹的姿態去請安。誰能想到在她溫柔和善的笑容背後是無盡的恨意，而自己甚至不知這恨從何而來。

凌若攏在袖中的指尖在不住顫抖，怎麼也停不下來。若非容遠看出瓜爾佳氏身中噬心，從而逼得她不得不與自己合作，只怕到死都不知道，一心一意要置自己於死地的，就是那位看似溫和無害的嫡福晉。

好可怕！這雍郡王府，雖然不見硝煙，但爭鬥卻比戰場更殘酷百倍。每一步落下都伴隨著重重殺機，一步走錯，就是粉身碎骨的下場。這樣的爭鬥太過殘忍血腥，可是……她，已經無路可退了……

「被那拉蓮意除掉，或者除掉那拉蓮意，妳只有這兩條路可走。」

這是瓜爾佳氏離開前所說的話，不斷在凌若耳邊迴響，提醒著她，這是一個人吃人的世界，存不得慈悲心。

熹妃傳 第一部第二冊

作　　者／解語
執 行 長／陳君平
榮譽發行人／黃鎮隆
協　　理／洪琇菁
總 編 輯／呂尚燁
執行編輯／陳昭燕
美術監製／沙雲佩
美術編輯／陳又荻
國際版權／黃令歡、梁名儀
企劃宣傳／洪國瑋
文字校對／朱瑩倫
內文排版／謝青秀

國家圖書館出版品預行編目資料

熹妃傳．第一部 / 解語作．-- 1 版．-- 臺北市：城邦文化事業股份有限公司尖端出版：英屬蓋曼群島商家庭傳媒股份有限公司城邦分公司尖端出版發行，2022.08-
冊；　公分
ISBN 978-626-338-193-3（第 2 冊：平裝）

857.7　　111009848

出版／城邦文化事業股份有限公司　尖端出版
台北市 104 中山區民生東路二段 141 號 10 樓
電話：（02）2500-7600　傳真：（02）2500-2683
讀者服務信箱：7novels@mail2.spp.com.tw
發行／英屬蓋曼群島商家庭傳媒股份有限公司城邦分公司　尖端出版
台北市 104 中山區民生東路二段 141 號 10 樓
電話：（02）2500-7600　傳真：（02）2500-1979
劃撥專線：（03）312-4212
戶名：英屬蓋曼群島商家庭傳媒（股）公司城邦分公司
劃撥帳號：50003021
※ 劃撥金額未滿 500 元，請加付掛號郵資 50 元
法律顧問／王子文律師　元禾法律事務所　台北市羅斯福路三段 37 號 15 樓

台灣地區總經銷／中彰投以北（含宜花東）　楨彥有限公司
電話：（02）8919-3369　傳真：（02）8914-5524
雲嘉以南　威信圖書有限公司
（嘉義公司）電話：（05）233-3852　傳真：（05）233-3863
（高雄公司）電話：（07）373-0079　傳真：（07）373-0087
馬新地區總經銷／城邦（馬新）出版集團 Cite（M）Sdn Bhd
電話：603-9057-8822　傳真：603-9057-6622
E-mail：cite@cite.com.my
香港地區總經銷／城邦（香港）出版集團 Cite（H.K.）Publishing Group Limited
電話：852-2508-6231　傳真：852-2578-9337
E-mail：hkcite@biznetvigator.com

版　次／ 2022 年 8 月 1 版 1 刷　Printed in Taiwan